KB131073

디어 가브리엘

DEAR GABRIEL
by Halfdan W. Freihow

이 도서의 국립중앙도서관 출판예정도서목록(CIP)은
서지정보유통지원시스템 홈페이지(http://seoji.nl.go.kr)와
국가자료종합목록 구축시스템(http://kolis-net.nl.go.kr)에서 이용하실 수 있습니다.
(CIP제어번호: CIP2020015002)

디어 가브리엘

언젠가 혼자 남을
자폐증 아들에게
보내는 아버지의 편지

할프단 프레이호브 지음 | 허형은 옮김

Dear Gabriel

문학동네

Dear Gabriel

일러두기

1. 이 책의 원저는 2006년 노르웨이에서 간행되었다. 단, 한국어판은 영어판 *Somewhere over the sea*(translated by Robert Ferguson, Anansi Press, 2012)를 번역의 저본으로 삼았다.

2. 주석은 모두 옮긴이 주이다.

3. 본문 중 고딕체는 원서에서 이탤릭체로 강조한 부분이다.

하나.
우리가 기댈 곳 찾아내기

망망대해처럼 붙잡을 것도 매달릴 것도 없을 때

갈매기 한 마리가 보트 창고의 지붕마루에 앉아 명상을 하고 있다.

오랜 세월로 갈변한 초록 이끼 바탕에 회색과 흰색의 갈매기가 도드라져 보인다. 무려 50년이나 북풍을 피해 지붕을 붙들고 버텨온 이끼 덩어리는, 아무렇게나 얹은 널빤지 한 장에 불과한 우중충한 지붕에 색깔과 질감을 더해주려고 그토록 질기게 버텨왔나보다. 참 아름답지. 아마 다른 곳이었다면 꽤 그럴듯한 그림이었을 거야.

이제 갈매기는 묵상에서 깨어나 물속으로, 차갑고 축축한 먹이가 잔뜩 저장되어 있는 바닷물로 뛰어든다. 먹이를 잡는 것 말고 아마도 다른 계획은 없는 듯하다.

오늘은 바다가 잠잠하구나. 물의 흐름이 굉장히 느린 것이 거의 죽어 있다시피 하다. 수평선은 가끔씩 나를 혼동시키는 그러데이션 구간을 사이에 두고 바다에서 하늘로 이어져 있다. 나는 하늘과 바다가 명확히 구분될 때, 한계와 장애물이 있을 때, 어떤 것이 내 것인지 분명히 알 때, 내가 속한 곳이 어디인지 볼 수 있을 때, 나 자신을 더 잘 이해하는데 말이다.

어젯밤에 또 비가 와서, 보트를 말려야 할 것 같구나. 보트 창고의 북쪽 벽은 빗줄기를 세차게 얻어맞고 해수의 소금기에 나무가 절여지고 담금질되어, 단단하고도 반질반질 윤이 난다. 그런데 남쪽 벽은 빗물이 맺히다못해 아예 줄줄 흘러서 늘 습기 찬 벽면에 페인트칠이 바스러져 떨어진다.

보트를 말려야겠다. 오늘은 반드시 보트를 말릴 작정이다. 돌아오는 봄에는 보트 창고도 손보자꾸나.

이게 전부 내 서재에 앉아 내다본 광경이란다, 가브리엘. 이 모든 일은 그냥 그 자리에 있기 때문에 일어난 것이지. 어떤 일이 일어나기 위해서는 제자리를 찾아야만 하거든. 하지만 다른 종류의 풍경들도 있어. 아무 일도 일어나지 않거나 혹은 모든 것이 너무 급속도로, 그리고 동시에 일어나서 그 안에서 모두가 머물 곳을 잃는, 제자리 없는 풍경들. 여기 내 서재에 앉아서 나는 '속한다는 것'에 대해 생각해본다. 너에게 속한 것, 나에게 속한 것 정도를 말하는 게 아니란다. 이 느릿느릿 인내하며 흐르는 풍경에 마음을 주고, 그러다 어느새 우리가 아는 한낱 연약한 속함이 전혀 의지가 되어주지 못할 때 그저 공기와 바다, 갈매기 울음에라도 든든한 벽처럼 기대게 되는 넓은 의미의 속함을 말하는 거야.

너랑 나, 우리는 기댈 벽이 필요한 사람들이잖아. 가끔은 손바닥으로 등 한번 쓸어주는 걸로 족하지. 그러나 때로는 통찰과 이해심으로 거대한 구조물을 쌓아올려야 해. 그래야 그것에 의지해 넘어지지 않고 당혹감이나 어리석음, 두려움에 빠져들지 않을 수 있어. 우리는 서로에게 기댈 벽이 되곤 해. 너도 내게 벽이 되어주지. 하지만 나 혼자 오롯이 너의 벽이 되어야 할 때가 훨씬 많단다. 네가 너무 쉽게 휘청거리고 넘어지니까. 가끔은 그게 무섭게 느껴져, 가브리엘. 바람과 빛과 망망대해 말고는 내가 붙잡을 것, 매달릴 것이 전혀 없는데, 너는 내 이해의 범주를 벗어난 지점까지 굴러떨어져버리거든.

학교에서 돌아온 네가 토끼들을 배불리 먹인 다음, 우리 둘이 앞마당에서 이런 심각한 이야기를 나누는 일은 좀처럼 없어. 우리에게 서로가 있어서 다행이고, 또 풍경이 손으로 만져질 듯 생생한 이런 곳에 살아서 얼마나 다행인지 같은 이야기는 오직 자투리 시간에만 나누지. 예를 들어 모든 것과 화해하게 되는, 잠자리에 드는 시간이라든가 아니면 유리와 강철로 된 차체와 무서운 속력이 나머지 세상을 가까이 다가오지 못하도록 막아주는 이동 시간에나 이야기하지. 좋은 일과 힘든 일은 이야기할 시간이 각각 따로 있는 법이니, 우리는 그 둘을 혼동해선 안 돼. 학교에서 돌아와 쉴 때는 일상적인 일, 어제 이야기했어도 별다를 바 없는 일들에 관심을 두는 게 좋아. 우리가 앞마당 잔디밭을 어슬렁거릴 때 동물들이라든가 네가 받고 싶은 크리스마스 선물, 오늘 저녁 메뉴 따위에 대해 떠드는 건 그래서야. 이런 것들, 현실적인 동시에 너무나 익숙해서 힘들이지 않고 우리의 주의를 끄는 것들에 대해 대화하는 건, 초저녁 시간을 어느 정도 감당할 수 있게 도와준단다. 초저녁은 체계적으로 어떤 일을 시작할 일정표가 정해져 있지 않아서, 시간이 우리에게 머물라고 내줄 자리가 없어서, 언제라도 찢어지고 터져버릴 수 있는 때거든.

그런 초저녁 시간이기에 아빠는 뜬금없이 보트 창고를 가리키며 저 지붕이 너무 낡아 보이지 않느냐고 너에게 물어본 거야. 지붕마루 한가운데가 갈라진 것처럼 보인다고 한마디 덧붙일 수도 있겠지. 묵직한 구름들이 그 부분을 내리누르고 있었나보다고. 아니면 아주 무거운 공기가 딱 거기에 얹혀 있었다거나……

그런데 네 눈빛이 내 말을 완강히 거부한다. 나는 잘못된 표현을 썼음을 깨닫는다.

—공기는 무거울 수 없어! 공기는 무게가 없으니까!

너는 아빠의 무지에 반쯤 분개하고 또 반쯤은 아빠가 농담하는 거면 어쩌나, 그러니까 이게 농담이고 네가 그냥 웃어야 하는 건가 걱정하며 대꾸한다.

그러나 이내 털어버리고 더는 캐묻지 않는다. 하지만 두어 시간이 지나고, 텔레비전에서 어린이 프로그램이 시작되길 기다리며 내가 저녁식탁을 치울 때까지도 너는 여전히 내 말을 곱씹고 있다.

—그런데 아빠, 아까 왜 무거운 공기가 보트 창고를 내리눌렀나보다고 했어? 구름이랑 공기는 무게가 제로라는 걸 몰라? 공기는 세상 무엇보다 가볍다고! 이것 봐.

그러면서 너는 시범을 보이듯 한 손을 오므려 들어 보인다.

—왜 그렇게 말했어, 아빠?

—어…… 나도 모르겠다…… 그냥.

나는 더듬거리고 머뭇거린다. 어떤 때는 쉬운 단어들만 써야 하거든. 답변을 찾는 데 약간의 시간도 필요하고 말이야. 출구 없는 미로로 우리를 휩쓸어갈 끝없는 '왜 그런데?' 토론의 게이트를 열지 않고서, 너의 호기심과 혼란을 진지하게 포용할 전략을 찾기 위한 잠깐의 시간. 왜냐면 너는 내 모든 대답을 새로운 질문으로 받아치니까.

—그냥 농담한 거야.

나는 이렇게 대답해버린다. 그게 그 순간 할 수 있는 최선의 대답이라서.

—그냥 농담한 거라니! 진실도 아닌데!

너는 더이상 평소 대화하는 목소리로 말하지 않고, 거의 소리치다시피 한다. 네 눈빛을 보니 이 대화를 도무지 이해 못하겠고 네가 부당한 취급을 당했다고 느끼는 걸 알겠다. 어쩌면 이 대화가 굉장히 나쁜 방향으로 끝날 수도 있겠다는 예감이 든다. 네게는 도움이 필요하지만, 그건 수치심이 들게 하지 않는 종류의 도움이어야 해. 네가 헤매고 있는 논리의 막다른 길에서 벗어나도록 안내해줄 도움, 출구를 찾지 못해 극도로 혼란스러워하는 너를 조심스레 이끌어줄 도움이 필요한 거지. 너는 명백한 불합리, 즉 거짓말과 '아빠가 하는 말은 항상 진실일 것'이라는 본능적 신뢰를 도무지 조화시킬 수 없는 애야. 네가 기억할 수 있는 한쭉 잘못 알고 있었을 가능성, 그러니까 사실은 공기가 보트창고 전체의 지붕을 무너뜨릴 만큼 무거울 수도 있다는 가능성은 더더욱 고려할 수 없지. 무사한 기분을 느끼고 싶은 무한의 욕구, 모든 것이 원인과 결과의 온전한 사슬 안에서 마땅히 있어야 할 자리에 있고, 세상이 합리적으로 돌아간다는 확신, 모든 게 평소대로 돌아간다는 확신을 느끼고픈 끝 모를 욕구에 사로잡힌 너에게는 그곳에서 건너오게 해줄 다리가, 미로를 탈출하게 해줄 안내의 손길이 필요해.

—근데 어쩌면 지붕의 들보가 너무 오래되고 썩어서 제 무게를 못 이겨 무너질지도 모르잖아. 어때? 나랑 같이 탐

험에 나서서 알아내볼까? 손전등하고 뜨거운 코코아 챙겨서?

—원래는 그렇게 부르지 않잖아! 아빠 잘못 말했어!

네 목소리에 크게 묻어난 패닉 상태를 감지하고, 방금 한 말을 재빨리 되감기해 내가 어떤 단어를 잘못 말했나 검토해본다. 잠시 시간이 걸리지만, 결국 그게 뭔지 알아낸다.

—미안, 탐험이라고 하려던 게 아니었어. 조사라고 말했어야 하는데. 네 말이 맞네. 우리가 뭘 탐험하러 가는 건 아니지. 보트 창고에 무슨 보물이 묻혀 있다고, 그치? 내가 하려던 말은, 손전등이랑 마실 거리를 준비해서 창고에 큰 문제가 없는지 조사하러 가자는 거였어. 어쩌면 지붕을 새로 올려야 할 수도 있겠다. 어떻게 생각해?

너는 아무것도 숨기지 못하는 눈으로 내 눈보다 살짝 왼쪽 위를 응시한다. 너무 크고 또 멀어서 내가 붙잡을 수 없는, 뭘 보고 있는지도 가늠할 수 없는 시선이다. 네가 실망한 건지, 아니면 내가 다 거짓말이었고 사실 공기는 무겁다고 말해버릴까봐 걱정하는 건지 잘 모르겠다. TV 어린이 프로를 보는 것과 건물 상태가 지독히 나빠서 너 혼자 들어가는 게 허락되지 않은 보트 창고를 조사하러 가는 것을 놓고 뭘 택할까 저울질하느라 머뭇거리는 건지, 그것도 아니면 아예 아득한 먼 곳으로 가버린 건지 아빠는 모르겠구나. 어떻게 해도 네게 닿을 수 없고 위치조차 알아낼 수 없는 어딘가, 네가 어떤 상태인지, 모든 것이 네게 상처가 되는지 혹은 모든 것이 아무 의미도 없는지, 네가 그냥 거기 있기만 한 건지 전혀 알 수 없는 그 어딘가로 가버린 걸까.

그런데 잠자코 있던 네가 큰 소리로 "좋아!" 하고 외치며 두 팔로 내 목을 와락 감싼다. 네 눈에서 다시 네가 느껴진다. 조금 전만 해도 그토록 멀게 느껴지더니 지금은 얼마든지 네게 닿을 수 있을 것 같다. 너는 방금 전에 걱정하던 것, 속은 기분이 들었고 어쩌면 아빠가 거짓을 말하는지도 모른다고 생각했던 걸 까맣게 잊은 듯하다. 우리는 곧바로 행동에 나선다. 직장에 있는 엄마에게 전화를 걸어 앞으로 뭘 할 건지 알리고, 코코아를 꺼내고, 우유를 데우고, 빵에 버터를 바른다. 정확히 말하면 내가 전화하고, 데우고, 바른다. 너는 구경만 하고. 하지만 네가 실제로 보고 있는지는 모르겠구나. 왜냐하면 너는 또다시 다른 데로 가버렸거든. 무슨 일이 벌어지는지 오직 너만이 아는 곳으로.

갈매기는 실컷 먹고 난 뒤에 뭘 할까? 배부른 갈매기는 뭘 할까?

솔직히 아빠도 모르겠다. 어쩌면 배가 부르면 적당히 만족하고, 후드득 날아올라 바다 저멀리 어디론가 가버리는지도 모르지. 하지만 한 가지 확실한 건, 언젠가 그 갈매기는 죽는다는 거야. 또하나의 풀지 못한 생애와 답을 찾지 못한 질문이 보태지는구나. 우리 삶의 기틀을 이루고 우리 자신을 정의하는 오만 가지 수수께끼—사람과 동물, 그리고 우리를 둘러싼 풍경, 좁쌀만한 씨앗에서 거대한 나무가 자라나게 하는 도무지 믿기 어려운 힘—우리를 둘러싼 이 모든 수수께끼에 또하나가 더해지는 거야.

아빠는 아는 것이 많단다, 가브리엘. 기억창고를 충분히 뒤지기만 하면, 가녀리고 연약한 갈매기의 날개가 배 속을 묵직하게 채운 녀석의 몸통을 공중에 띄우는 게 어떤 자연법칙에 의해 가능한지도 설명할 수 있을 거야. 하지만 사실 세상만사의 거의 대부분은 알지 못해. 더구나 가장 중요한 것들은 아마도 끝끝내 배우지 못할 거야. 도서관을 통째로 머리에 집어넣는다 해도 말이야.

그런데도 매일같이 나는 너에게, 네가 할 수 있는 가장 중요한 일은 배우는 것이라고 말한다. 그리고 나 스스로에겐, 너를 위해 할 수 있는 가장 중요한 일은 배움을 향한 너의 갈망이 더 뜨겁게 타오르도록 도와주는 거라고 말한다. 언젠가 이 편지를 읽게 됐을 때 너는 아빠가 너를 속였다고, 보트 창고의 지붕 얘기를 했을 때처럼 거짓말했다고 생각할까? 어쩌면 이 글을 읽을 때쯤 너는 다 자란 성인일지도 모르고, 또 어쩌면 관심이 없어서 아예 이 편지를 거들떠도 안 볼지 모르겠다. 어쩌면 네가 먼저 나를 떠나보냈을지도 모르고 그로 인한 비통함을 전혀 이해 못하고 있을지도 몰라. 그러다 결국 네가 아빠라 부른 사람, 네게 모든 게 괜찮아질 거라 약속했던 사람, 너는 다른 방도가 없기에, 그리고 그 무엇도 절망보단 낫기에 하릴없이 믿어버렸던 그 사람이 안겨준 포근함과 안정감만 어렴풋이 기억할 수도 있겠구나. 어쩌면 말이다.

상상해보렴—네가 어떤 사람인지 아빠가 전혀 모른다고. 너를 이리 잘 아는 아빠인데. 네가 어떤 것들을 기억하는지 아빠가 전혀 모른다고 생각해봐. 아무것도 잊지 못하는 너인데.

보트는 적어도 내일까지는 내버려둬도 되겠다. 돌풍 수준의 바람과 모든 걸 바싹 구워버릴 듯 내리쬐는 햇볕과 진눈깨비, 우리 둘이 태어나기 전부터 견뎌온 보트 창고도 물론 내버려둬도 되겠지? 어쩌면 가을, 아니면 내년까지도 괜찮지 않을까? 그냥 다 내버려두면 안 될까? 설거지며 읽기 숙제며 TV 어린이 프로며 전부 다.

네가 대답할 수 있을 거라 기대하거나 그걸 당연하게 생각해서 묻는 건 아니야. 아빠도 때로는 혼란스럽고 답 없는 의문에 짓눌려서 묻는 거야. 뭐가 제일 중요한지 나도 항상 알지는 못해서, 때로는 중대한 것과 사소한 것을 구분하지 못해서 물어보는 거야. 시간은 흐르다가도 때로 완벽히 정지해버리기에, 그 시간을 가지고 내가 했어야 하는 일들이 너무 많기에 물어보는 거야. 내가 느끼는 사랑은 무척 강하고 비통함은 바닥을 모를 만큼 깊어서, 그 두 가지가 너무 많은 공간을 차지해버려서 어떻게 해야 할지 몰라 묻는 거야.

화창한 여름날 혼자 풀밭에 앉아 달걀노른자처럼 샛노란 민들레를 몇 시간이고 들여다보는 널 지켜보면서, 네가 무슨 생각을 하는지 도무지 감조차 잡을 수 없기에 물어보는 거야. 꽃을 낱낱이 분해하면서 네 입술이 달싹거리는 걸 바라보지만 네 입에서 나오는 게 단어인지, 어떤 단어들을 읊조리는 건지 아빠는 몰라. 네 눈에 떠오른 감정이 기쁨인지 작은 행복감인지, 아니면 전혀 다른 어떤 것인지 아빠는 몰라. 혹시 부숴버리고픈 충동, 갈기갈기 찢어발기고픈 충동일까? 꽃의 핵을 드러내고픈, 그 심장부를 찔러버리고픈 욕구일까? 아니면 완벽한 무無, 아무 생각이 없는 것도 아니고 생각으로부터 도망친 것도 아닌 진공 상태일까?

아빠가 이렇게 묻는 건, 언젠가 너를 서커스에 데려갔을 때 있었던 일 때문이야. 여덟 살의 너는 며칠이고 그날만을 손꼽아 기다렸더랬지. 너는 신나는 분위기와 화려한 조명, 온갖 색깔과 소리에 주체 못할 정도로 흥분했고, 서커스에 홀딱 빠져버렸잖아. 공연 중간의 휴식시간에 우리는 솜사탕을 하나씩 사 들고 서커스 천막 뒤로 가서 동물을 구경했어. 너는 나를 조르고 졸라 초록색 광선검을 얻어냈고, 우리는 공연장으로 돌아가 아찔하게 높은 그네를 타고 묘기를 부리는 공중곡예와 훈련받은 코끼리들이 보여주는 쇼를 관람했어. 그런데 얼마 안 가 아빠는 서커스가 너에게 충분히 이해하고 받아들일 만한 자극이 아니란 걸 알아챘어. 너는 서서히 흥미를 잃고서 아예 관심을 꺼버렸고, 네 무릎에 놓은 광선검을 보거나 아니면 옆자리 여자애가 가지고 있는 붉은 광선검만 내려다봤어. 내가 불붙은 후프를 통과하는 개들, 차력사 입에서 뿜어나오는 불길을 좀 보라고 아무리 유도해도 소용없었지. 집에 가는 차 안에서 오늘 재미있었냐고 묻자 너는 정말 끝내줬다고 대답했어. 뭐가 제일 마음에 들었느냐고 물으니, 너는 조금도 망설이지 않고서 광대 둘이 공을 가지고 보여준 묘기가 제일 좋았다고 말했고. 나는 아무 대꾸도 할 수 없었어. 갑자기 심장을 지진 듯이 아팠거든. 아들아, 그날 서커스에 광대들이 공으로 묘기 부린 코너는 없었단다. 네가 난생처음 서커스를 보러 가서 가장 마음에 든 게 그날 있지도 않은 묘기였다니. 광대쇼의 기억은 아마도 텔레비전에서 봤거나 아니면 학교에서 다른 애들이 서커스 얘기를 했을 때 주워들었던 내용일 거야. 네가 자동적으로, 그리고 아마도 무의식중에 차곡차곡 쌓아두는 종류의 정보겠지. 나중에 필요할 때, 그러니까 네가 딴생각에 빠져 있거나 겨울잠 모드로 들어갈 때, 아니면 다른 어딘가로 가 있을 때 누가 불쑥 질문을 던지면 '옳은' 대답을 하기 위해 저장해두는 정보 말이야.

한번은 네 누나가 이런 말을 했지. 안경을 쓰는 사람이 안경의 생김새를 묘사하려면 일단 그걸 벗어야 한다고. 맞는 말이야. 그리고 안경뿐 아니라 사람도 마찬가지란다. 혼자서는, 그것도 자신과 한발 떨어지지 않고서는 스스로를 있는 그대로 보거나 이해할 수 없어. 바로 그런 이유로 아빠는 너에게 우리에 대해, 인생에 대해, 네가 종종 맞닥뜨리는 문제들에 대해, 그리고 어째서 엄마 아빠가 항상 곁에서 도와줄 수 없는지에 대해 얘기해주고 싶어. 어떤 것이 좋은 일이고 어떤 것이 힘든 일인지 최대한 잘 설명해볼게. 비통함이라는 걸 말로 표현할 수 있도록 노력해볼게. 가브리엘 너라는 아이를, 너와 우리를, 또 우리가 사는 풍경을 한번 잘 묘사해볼게. 그러다보면 우리가 있는 곳이 어디이며 왜 여기에 있는지, 우리가 누구인지, 우리 둘 다 조금 더 잘 이해하게 되겠지.

어쩌면 그러는 게 위험할지 모른단 생각도 했어. 이따금 눈을 감으면서 다시 눈떴을 땐 모든 아픔이 사라져 있기를 바라곤 하는데, 내가 이런 것들을 글로 써버리면 더는 그런 소망을 빌 수 없게 될 테니까. 만천하에 비밀을 드러내는 것 같을 거야. 그러다 곧, 혼자 비밀을 끌어안고 있는 건 아무 의미 없는 짓이라는 생각이 들었어. 그건 그 비밀을 털어놓을 상대가 없다는 얘기니까. 간직한 비밀들을 털어놓을 사람, 그것들을 나눌 사람이 없다면 그 비밀들은 존재하지 않는 거나 마찬가지일 테지. 있지도 않은 비밀들을 가지고 대체 뭘 할 수 있겠니?

둘.
맥락 없는 슬픔들 감당하기

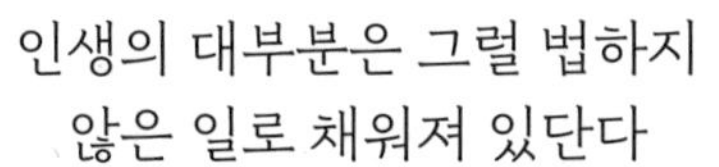

인생의 대부분은 그럴 법하지 않은 일로 채워져 있단다

우리 동네엔 나무가 거의 자라지 않는다. 자라고 싶지 않거나 아니면 자랄 수가 없는 환경인가봐. 비바람을 막아주는 산도 적고 날씨도 워낙 궂으니까. 나무는 천성이 느긋하고 신중해서, 시끄럽고 불안하고 폭풍이 심한 환경에서는 몹시 불편해한단다. 평화롭게 자랄 수가 없는 거야.

돌을 던지면 바로 물에 닿을 만큼 바닷가를 지척에 둔 작은 섬마을의 언덕, 우리가 바다를 향해 지은 집이 서 있는 곳의 저 너머로, 북대서양이 아메리카 대륙까지 광활하게 펼쳐져 있어. 이런 황량한 풍경은 나무가 자라기에 적당하지 않아. 심지어 비틀리고 병든 덤불이나 야생화, 토탄마저도 버티기 힘든 환경이지. 내륙으로 한참 더 들어가야 짭짤

한 바닷물 포말을 흩뿌리던 바람이 잦아들고 언덕과 작은 계곡, 농장과 마을이 비로소 피난처를 제공해주지. 그곳에서는 마치 과묵하고 등허리가 꼿꼿한 부족의 일원인 양 나무들이 크고 작게 무리지어 서 있단다. 우리도 가끔 그 나뭇잎 부족이랑 나무껍질 부족들을 보러 가잖아. 그래봐야 우리집에서 고작 십 분에서 십오 분 걸리는 곳이니까. 그래도 그 정도면 이미 딴 세상이야. 파도 소리가 허황된 이야기처럼 들리고, 해안의 탁 트인 전경과 눈을 쏘는 강렬한 햇빛 대신 폐쇄적이고 음침한 뭔가가 지배하는 곳. 바닷가 마을에 사는 사람들에겐 그런 숲이 답답하게 느껴지기도 하지. 네 한몸 서 있을 공간도 확보하기 힘들어서 네가 좀처럼 나가기 싫어하는 시내처럼 말이다.

그런데 바닷가의 우리집 정원, 남향과 서향이 만나는 한 구석에는 나지막한 울타리와 맞대고 우뚝 선 나무 한 그루가, 자기는 남들과 다름을 고집스럽게 천명하고 있어. 그 나무의 이름이 뭔지, 또 이렇게 집요한 나무에 이름이 있기나 한지 아빠는 모르겠구나. 과연 이 나무가 보통 나무들이 늘어선 모양새처럼 '서 있다'고 표현해도 좋은지조차 모르겠다. 적어도 '똑바로 서 있다'고는 못 하겠어. 몸통 한쪽이 바람을 맞아 반들반들 윤이 나는 이 나무는 우월한 북서풍에 고개 숙인 채, 어쩐지 숭고한 품위가 느껴지는 모양새로 순응과 결의를 담아 절하고 있거든.

나뭇가지들은 하나같이 남동쪽을 향해 뻗어 있어. 한껏

힘을 준 채 뻗친 이 가지들은 바람을 견디느라 고생한 탓인지 길쭉하고 억세며 하나같이 수평으로 펼쳐져 있단다. 한낮에 벌써 햇빛이 숨어버리고 나무들도 시커멓게 헐벗는 겨울이 되면 이 가지들은 잡히지 않는 동풍을 움켜쥐려고 애쓰는 늙은 마녀의 비틀린 손가락처럼 보이지. 잎사귀들이 바싹 마르긴 했지만 아직은 매달려 버티고 있는 가을이 되면, 가지들은 촉수를 꿈틀대며 자기를 단단히 붙잡고 있는 나무줄기에서 벗어나려고 버둥대면서 쉿쉿거리는 뱀처럼 보여. 나무가 사방을 초록으로 뒤덮을 정도로 몸집이 팽창하고 새들의 지저귐과 벌레들의 속삭임에 맞춰 콧노래를 부르는 여름이 오면, 풍성하고 청량한 이 가지들은 팔로 자기 자신을 끌어안은 신비로운 생명체로 변한단다. 또 봄이 돌아와 잎사귀가 꽃봉오리를 톡 터뜨리기 직전, 터뜨릴 수 있으면서도 터뜨리기 싫어하고 그럼에도 반드시 터뜨려야만 하는 그 시기에 이르면, 가지들은 순수한 욕망덩어리가 되어 바깥쪽으로 손을 뻗치면서 이 운명을 거부하는 동시에 놀랍게도 의지하는 모양새를 취한단다.

나무는 엄청난 태고의 비밀을 간직한 존재들이란다, 가브리엘. 그러니 가장 나이든 원로와 가장 어린 자들을 대하듯 성심껏 대우해줘야 해. 그들이 없으면 우리 모두 뿌리 없는 존재가 될 테니까.

이렇게 자연을 사람처럼 감정과 생각을 가진 존재인 양

이야기하는 것을 의인화라고 해. 의인화가 그다지 적절치 않은 화법이며, 자연을 논할 때 의인화하지 말아야 한다고 주장하는 사람들도 많아. 원칙적으로는 너도 전적으로 동의할 거야. 너는 같은 종류가 아닌 것들을 뒤섞는 걸 싫어하니까. 그렇지만 우리 동네의 날씨와 풍경을 얘기할 때는 예외를 적용해야 해. 날씨와 풍경은 우리와 너무나 친밀하게 엮여 있어서, 우리도 모르는 사이에 절로 그들과의 대화에 빠져들곤 하잖니. 이 편지에 우리 주변의 자연을 아무 특징 없는 존재인 양 딱딱하게 묘사한다면 너무 이상할 거고, 아마 읽는 너도 어색할 거야. 만약 그렇게 기록한다면 우리 둘 다에게 자연이 매일 실제로 경험하는 것보다 생기 없고 덜 살가운—심하면 그다지 있을 법하지도 않은—대상처럼 느껴질 거야.

오래전 네가 병원에 장기 입원했을 때 말이야, 온종일 병실에 누워서 빈둥대는 게 지겨워진 네가 갑자기 산책을 가겠다고 선언했던 것, 기억나니? 바람이 심하고 비까지 내리던 날이라 병원 관계자분들이 다 만류했는데도 너는 이렇게 반박할 수 없는 주장을 펴면서 물러서지 않았어.

—내가 자연의 아이란 걸 아직도 모르겠어?

결국 우리 둘은 빗속으로 나갔고, 연못까지 걸어가 오리떼에게 먹이를 주면서 그 녀석들과 한참 동안 얘기를 나눴지.

모든 것은 서로 연결되어 있단다, 가브리엘.

네가 태어나던 밤, 오슬로에는 2월의 폭설이 내렸어. 우리가 바닷가 마을로 이사 가기 6개월쯤 전이었을 거야. 네 엄마, 나의 헨니는 난산으로 고생했던 경험이 있지. 너는 네번째 출산이었는데, 너를 만날 날을 그리도 간절히 기다린 건 너뿐만 아니라 네 엄마도 육체적, 심적 스트레스에서 해방시켜주고 싶어서였어.

네 엄마가 분만실에 누워 있고 너의 탄생이 불과 몇 분 내로 임박했을 때 의사는 분만을 유도하기 시작했어. 그런데 하필 그때 아빠를 찾는 연락이 왔지 뭐냐. 병원 숙직실에 나를 찾는 전화가 와 있다는 거야. 전화를 받은 나는 수화기 저편, 이 나라 서쪽 끝 다른 세상으로부터 너의 외증조할머니가 세상을 떠났다는 소식을 들었어. 그러니까 네 엄마의 외할머니가 숨을 거두셨다고.

분만실로 돌아왔지만 아무 말도 할 수 없었어. 헨니는 그토록 많은 도움의 손길에 둘러싸여 있으면서도 기적을 완수했지만, 네게 생을 안겨주는 순간에는 철저히 혼자였단다. 마침내 조산사가 너를 번쩍 들어올렸고, 네가 마치 진이 다 빠지기 전에 어서 생을 붙들고 싶다는 듯 팔다리를 마구 흔들며 반짝이는 눈을 내게 고정시킨 순간, 네 외증조할머니가 결코 되돌릴 수 없는 완전한 '죽음'을 맞은 게 아니라는 사실을 퍼뜩 깨달았어. 외증조할머니는 당신의 시간을 다 채웠고, 이제 네 차례가 됐기에 자리를 내어주신 거야.

한참 후에야 옆방 물침대에서 너의 조그맣고 지친 몸을 우리 둘 사이에 누인 채, 나는 네 엄마의 외할머니가 세상을 떠났다고 직접 전했고, 우리는 조용히 눈물을 흘렸어. 하지만 마냥 슬퍼서 흘리는 눈물은 아니었어. 그날 엄마 아빠는 사람이 가지고 있던 걸 계속 소유하면서 동시에 더 가질 순 없다는 걸 깨달은 것 같아. 조금 낯설고 받아들이기 힘들지만 위로가 되는 생각이었지.

나중에 네 형들과 누나가 기다리고 있는 집을 향해 고요한 오슬로의 밤길에 갓 쌓인 눈을 밟으며 여전히 너의 탄생에 취해 붕 뜬 기분으로 걸어가는데, 맹세코 별똥별 하나가 하늘을 가로지르는 걸 봤어. 그건 네 할머니의 영혼이 살아생전 그토록 강하게 흔들림 없이 신실하게 믿었던 천국으로 향한 순간이었을 거야.

네가 예닐곱 살쯤 됐을 때였나. 그날 밤, 그러니까 네가 태어나고 네 외증조할머니가 돌아가신 날 밤의 이야기를 우리가 들려주자 너는 곧바로 할머니의 목소리가 어땠는지, 할머니의 눈은 어땠는지 물었어. 너는 종종 그런 식으로 사람들을 파악하곤 하잖니. 목소리의 울림과 높낮이에 귀기울이고, 그들의 겉모습에 묻어나는 심중과 감정을 읽으면서 말이야. 그런 식으로 상대방이 화났는지, 또 심성이 못됐는지 착한지 파악하잖아. 이번에 넌 할머니의 목소리가 따뜻했는지, 눈빛이 다정했는지 알고 싶어했어. 그래서 우리는 할머니가 손재주가 몹시 뛰어났고 세상에서 가장 맛있는 팬케이크를 만들었던 아주 지혜로운 여성이었다고 최대한 자세히 묘사해줬어. 그러자 너는 늘 그랬듯이 새로운 정보를 네가 가지고 있는 맥락에 적절히 통합할 수 있도록, 더 장황한 설명을 요구했어. 너는 네 삶에 보탬이 되는 사람 혹은 네 삶의 참여자로 간주할 만한 사람들하고만 나름의 의미 있는 방식으로 관계를 맺는 것 같더구나. 때로 네게 '다른 사람들'은 너의 신경을 어지럽히는 왁자지껄한 삶에서, 그저 일시적으로 스쳐가는 부수적 요소에 불과한 것처럼 보이기도 해.

—외증조할머니가 혹시 내가 그분 생각을 하면 눈물이 난다는 걸 아셔? 내가 노인이 되고 죽어서 하늘나라에 가면 외증조할머니를 만날 수 있어? 물론 그러려면 한참 있어야겠지만.

참 너다운 질문이었지. 오직 저세상에서만, 또 세월이 한참 지나야만 일어날 일인데도 너는 너 나름의 전제하에, 또 네가 이해하는 맥락 안에서 그렇게 관계를 정립해야 했던 거겠지. 안 그러면 이 어지러운 세상에서 외증조할머니를 식별하는 데 어려움을 겪었을 테니까.

엄마 아빠는 죽은 자를 환영해주는 하늘나라가 진짜 있는지 확신도 못하면서 네 질문에 '그렇다'고 대답했어. 우리가 '그렇다'고 한 건 때로 진실을 말하는 것보다 맥락을 지키는 게 더 중요하기 때문이야.

이해의 배경인 맥락을 유지하는 가장 좋은 방법은, 기억되기 바라는 것들을 최대한 기억하는 거야. 이 표현이 조금 이상하게 들릴 수도 있는데, 내가 하려는 말은 사람들은 저장할 기억들을 아주 신중하게 선택한다는 거야. 우리 스스로가 그런 선택을 내리는지 아니면 우리가 세상을 겪으면서 저절로 그 선택이 이루어지는지, 그건 단언하기 어렵단다. 어느 쪽이건 간에 우리는 모든 진실을 기억할 수는 없어. 우리가 듣는 말을 전부 정확히 기억할 수도 없고, 또 5월의 풀밭이 정확히 어떤 빛깔의 초록이었는지도 기억할 수 없어. 그런 걸 전부 기억하려고 하는 건 불가능한 보장을 요구하는 것과 같아. 그런가 하면 우리는 메모리 케이블을 사용해 어두침침한 시간의 골짜기를 가로질러 아득히 먼 시점에 있는 우리 자신에게 접속할 수 있어. 또 우리의 기억장치에 펼쳐진 세상을 상상해 오래된 미지의 시간이라는 광대한 구간을 가로지를 교각들을 건설할 수도 있지. 그런 식으로 우리 자신도 다른 사람들에 의해 유의미한 메모리 시퀀스에 삽입되어 오래도록 기억될 수 있을 테지. 진실은 가공하기 어려운 것이란다. 그건 얼음이나 강철처럼 냉철한 방식으로 존재하지. 맥락처럼, 비록 진실하진 않더라도 마음을 편안하게 해주는 부드러움으로 다가오는 게 아니라. 우리집 앞마당의 나무를 생각해보렴—그 나무는 진실을 전달하는 게 아니라 네가 그 나무에 올라가 숨었을 때, 그 줄기에 네 이름을 새겼을 때, 그 아래 묻혀 있을 금은 보화를 꿈꿨을 때 네가 어떤 아이였는지를 이야기해주잖아. 그 나무의 뿌리는 너의 이야기들이 다른 나무들과 다른 이름들, 또다른 이야기들로 흘러들어가게 해주는 수로인 셈이고. 아빠는 나무들이야말로 세상을 하나로 엮어주는 주인공인 것 같아, 가브리엘. 땅속에서 다 같이 손가락 같은 뿌리들로 격자그물을 짜서 단단히 세상을 붙들고는 우리 대신 세상의 이야기들을 기억해주는 존재들. 그래서 땅에 귀를 바짝 대면, 너와 나의 이야기들을 지워버리고 우리를 다른 모든 이야기 속으로 빨려들게 할 만큼 커다란 합창으로 나무들이 중얼거리는 소리가 들려오는 것 같단다.

네게는 어려운 얘기라는 거 알아. 네게는 맥락이 참일 수밖에 없고, 또 참이어야만 하니까. 왜냐면 너는 논리적 사고의 틀, 각각의 연결고리가 한 치의 모호함도 없으며 결코 어긋나지 않는 인과관계의 사슬과 맥락의 미묘한 차이를 구분하지 못하거든. 빈약한 가능성이나 심지어 '그럴 법한' 정도의 가능성에서 비롯된 사고는 절대 신뢰하지 않지. 불확실성의 범주 안에서 일어나는 사고 과정을 경험하길 꺼리고, 남들의 못 미더운 소속감을 토대로 너 자신의 소속감을 쌓는 것도 경계해. 혹시 네가 종종 한구석에 홀로 선 채 남들과 어울려 놀지도 않으면서 그들의 놀이를, 그 가벼운 분위기를 직접 느끼기를 갈망하듯 손을 뻗곤 하는 게 그래서니? 다 내려놓는 게 그렇게도 어려운 거니?

그럼에도 내게 모든 것이 연결돼 있음을 누구보다 분명하게 가르쳐준 건 너였어.

암만 봐도 그런 가르침과는 가장 멀어 보이는 네가 말이야. 다른 사람들이 가슴 두근거리며 도전의식을 느끼고 한계를 시험하는 것, 급작스러우며 예상을 벗어난 모든 것, 분열시키고 변화시키고 탈바꿈시키는 온갖 것을 시도할 수 없을 뿐 아니라 감히 시도할 엄두조차 내지 못하는 네가 말이야. 심지어 집에서도 선물이라든가 네가 이미 경험해보고 좋아하는 일을 할 거라는 소식 말고는 의외의 놀랄 일이 생기는 걸 안 좋아하는 너, 게다가 그런 경우마저 미리 예고해두어야 하고 여유롭게 대비할 시간이 주어져야만 만족하는 네가 말이야. 오직 경험을 통해 익숙해진 것들—예를 들면 엄마나 아빠가 출장 다녀올 때마다 작은 선물을 안겨준다거나 부서진 물건은 수리하거나 다른 걸로 바꿀 수 있다는 것, 얼룩은 빨래로 지울 수 있고 젖은 옷은 말릴 수 있다는 것 등—만 납득하기에 일어날 법하지 않은데 일어나는 사건들은 수차례 목격한 후 간신히 익숙해져야만 너는 비로소 별다른 저항 없이 받아들이고 있는 그대로 음미하잖니.

하지만 인생의 거의 대부분은 그럴 법하지 않은 일들로 채워져 있어, 가브리엘. 거의 모든 일이 처음으로 일어나지. 이 사실을 언젠가는 어떤 식으로든 받아들일 수 있겠니?

오래전 네가 태어나기 몇 년 전에 아빠는 낙하산 점프 강습을 받았단다. 그날은 두번째 점프를 하기로 돼 있던 날이었어. 네 엄마는 늘 회사에 있거나 아니면 공부중이라서, 내가 네 누나 빅토리아를 데려갈 수밖에 없었어. 아마 빅토리아는 그때 서너 살쯤이었을 거야. 내가 엄청나게 큰 격납고 한가운데서 경험 많은 점퍼들의 도움을 받아 낙하산을 등에 메고 강사들에게 점검받는 동안, 네 누나는 눈을 휘둥그레 뜨고 나만 빤히 바라봤어. 그리고 내가 비행하는 동안 빅토리아를 봐주기로 한 교습센터 여직원까지 함께 우리 셋은 곧 활주로로 나갔지.

당시는 아빠가 여행을 자주 하던 시절이었는데, 네 엄마가 공항까지 차로 배웅해줄 때 빅토리아를 데려간 적이 많았어. 그래서 빅토리아는 아빠를 따라 어디론가 갔을 때 아빠가 비행기를 타는 것과 그후 며칠에서 길게는 몇 주간 아빠를 못 보는 것 사이의 분명한 연관성을 인지했을 거야. 어린아이의 세계에서는 아주 긴 시간이었겠지.

아무튼 그날은 아빠가 비행기에 탈 때 빅토리아를 안고 달래줄 엄마가 곁에 없었단다. 얼떨결에 모르는 애를 떠맡은 친절하지만 낯선 여자가 손을 잡아주고 있었을 뿐. 요상한 배낭을 메고 이상한 옷을 입은 아빠가 저만치에 대기중인 비행기에 탑승하리라는 걸, 즉 자기를 두고 어디론가 가버려서 어쩌면 한참 후에야 돌아오리라는 걸, 그래서 처음 보는 이 아주머니와 단둘이 남아 있어야 된다는 걸 깨달은 순간 빅토리아는 서럽게 울기 시작했어. 비행기 계단을 올라가다가 뒤를 돌아본 순간, 빅토리아의 눈에 어린 절망의 기색이 보였어. 심장에 날카로운 비수가 날아와 꽂힌 듯했고, 바로 그 순간 내가 하려던 부자연스럽고 비이성적인 짓에 대한 두려움을 완전히 잊었어—몇천 미터 상공에 정상적으로 떠 있는 비행기에서 자발적으로 몸을 내던지는 짓이 전혀 두렵지 않아진 거야.

아마 내 사랑스러운 딸 빅토리아를 꼭 안고 달래주고픈 강한 본능이 두려움을 밀어내서 그랬을 거야. 어쨌든 나는 지정된 낙하지점으로 거의 정확하게 착륙할 수 있었어. 네 누나는 붙박인 듯 서서 자기를 돌봐주는 아주머니의 손가락이 가리키는 방향을 순순히 올려다봤어. 그런데 나를 발견한 순간, 그러니까 멀리 보이는 까만 점이 방금 전 자기를 버리고 비행기 속으로 사라진 아빠임을 알아본 순간, 내가 앞으로 살면서 절대 잊지 못할 환한 빛이 빅토리아의 얼굴에 퍼졌어. 도무지 믿기지 않는다는 듯한 놀라움이 서서히 순수하게 빛나는 행복감으로 변해갔지.

네가 우리에게 온 이후 몇 년간, 그날 낙하 교습에 나를 따라온 아이가 네가 아니었던 걸 신께 얼마나 감사했는지 몰라. 아빠가 갑작스레 낯선 여자의 손에 맡기고 떠난 아이가, 그래놓고 또 예고도 없이 하늘에서 뚝 떨어져 놀라게 한 아이가 빅토리아가 아니라 너였다면 아마도 너는 깊고도 헤어나오기 힘든 위기의 구렁텅이에 빠졌을 거야. 현실에 적응하기가 거의 불가능했을지도 몰라. 맥락과 예측 가능성, 익숙해질 수 있는 시간적 여유에 대한 강렬한 욕구가—네 표현을 빌리자면, 모든 것이 '평소대로 있도록' 유지하려는 욕구가—그토록 심하게 흔들리는 경험을 너는 결코 받아들이지 못했을 거야.

왜냐면 네가 그날의 빅토리아와 같은 나이가 됐을 때 말이다, 가브리엘. 아침식사 때 예고했던 미트볼 대신 저녁메뉴로 스파게티를 먹게 된 이유를 네게 납득시키는 일조차 무척 힘들었거든. 네가 미트볼보다 스파게티를 훨씬 좋아했는데도 말이야.

맥락이라는 게 얼마나 중요한지 내게 가르쳐준 너—그것이 인생을 단순화하고 더 가볍게, 이해하기 쉽게 만들어줄 뿐 아니라 삶에 확실성, 오래 지속되는 사랑의 가장 기초적인 토대라고 할 수 있는 고유하고 주기적인 아름다움을 더해준다는 것까지 가르쳐준 너—얘야, 너는 아마 다른 누구보다 나를 놀라게 한 사람일 거야.

아빠는 이렇게 생각한 적이 한두 번이 아니야. '세상에, 얘가 진짜로 해보려는구나. 자기가 단단히 쌓아올린 규칙을 깨려는구나. 계획하지 않은 것, 준비하지 않은 것을 큰맘 먹고 해보려는구나. 평소 때와 다른 것을 일부러 찾아서 해보려는구나.'

네가 사회적 규범이나 관습을 이해 못했던 경우를 얘기

하는 게 아니야. 저번에 네가 소변이 급한 상태로 나랑 같이 슈퍼마켓 계산대 앞에 줄 서 있다가 벌어진 일처럼 말이야. 더이상 참지 못한 네가 바지를 발목까지 내리고는 초콜릿 진열대 주위에 깔끔한 원을 그리며 오줌을 누는 바람에, 나는 화내며 꾸짖었고 너는 상처받고 창피해했지. 아니면 네가 엄마랑 전자상가에 갔다가 등뒤에 뭘 숨겨가지고 나왔을 때라든가. 네 엄마가 그게 뭐냐고 묻자 너는 자랑스럽게 휴대용 CD플레이어를 내밀었고, 엄마가 화를 내니까 이렇게 말했잖아.

—나도 알아, 그치만 아무한테도 안 들켰잖아!

그래, 아무한테도 안 들켰지, 가브리엘. 보는 사람이 아무도 없어도 도둑질은 여전히 나쁜 짓이라는 걸 너한테 설명해준 사람이 없었던 거지. 일단 들켜서 혼나면, 해선 안 될 짓을 했다는 걸 너는 알지. 하지만 들키지 않았고 그래서 누가 뭐라 하지 않은 행동, 아무도 못 보고 지나간 행동을 너는 어떤 논리에선지 '진짜가 아닌 일'로 생각하더구나. 설사 선한 행동이라도 말이야. 스스로 친절하게 행동하거나 영리하게 굴어놓고도, 누가 말해주기 전에는 네가 그랬다는 걸 알아채지 못하는 듯했던 적도 몇 번 있었어. 너 같은 사람들은 자기만의 폐쇄적인 세계에서 산다고들 얘기하지만, 그게 딱 맞는 말은 아니야. 오히려 어떤 면에선 남들보다 훨씬 더, 오직 타인과의 교류를 통해서만 자신을 발견한다고도 할 수 있으니까. 그래서 네 행동과 너를 너로 만들어주는 고유한 특성들을 비추어 보여줄 다른 사람들이 없으면, 너는 가장 외로운 의미에서 혼자이기도 해.

이건 방금 언급한 상황, 아니면 그와 비슷한 수백수천 가지 상황들을 놓고 하는 얘기가 아니야. 그런 일들에 연연하는 단계는 진즉에 지나갔으니까. 네 엄마와 나는 언제부턴가 남들이 인상을 잔뜩 쓰고서 퍼붓는 비난이나 요란스러운 불평, 무례한 손가락질, 상처가 되는 말들을 흘려듣기 시작했단다. 네가 얼마나 가정교육을 잘못 받았는지, 얼마나 되바라졌는지, 우리가 얼마나 나쁜 부모인지…… 불쌍한 것, 저런 엄마 밑에서 자란 애는 커서 뭐가 될까…… 어떤 아빠들은 자식을 저렇게 내팽개친다는 게 너무 끔찍하지 않아요?…… 세상에, 저런 애는 정신병원에 입원시켜야 하는 거 아니에요?

너보다 큰 애들이나 다 큰 어른들이 무지함으로 네게 해를 가할 때라든가 드물지만 너를 직접 건드릴 때, 아니면 네게 욕하거나 협박할 때, 오직 그럴 때만 아빠는 반응해. 분노를 참지 않고 격하게 맞대응하면 대부분은 그냥 물러나더구나. 그러고 나면 나도 위험한 사람이 됐다는 걸, 나도 상대를 때리고 해치고 다치게 할 수 있다는 걸 깨닫고, 이루 형언하지 못할 희열 섞인 섬뜩함을 느끼곤 해. 하지만 대부분의 경우 네 엄마와 나는 저녁에 와인 한잔하면서 그냥 웃어넘긴단다. 너를 키우며 온갖 모욕을 당해서, 하고많은 편견과 무지에서 나온 말을 들어서 단련됐는지 그런 모욕들쯤 그냥 재미난 이야깃거리로 치부하고 한바탕 웃어 넘기게 해주는 감정 반응장치가 생겨버렸단다.

가끔은 네 행동이 너무나도, 정말 환장할 만큼 부적절해서 애쓰지 않아도 웃음이 절로 터질 때도 있고. 우리 가족이 태국에 놀러갔다가 돌아오는 길에 있었던 일이 떠오른다. 늦은 밤이었고, 졸음과 멀미에 취한 채 암스테르담 국적기에 오른 너는 약간 휘청거렸어. 곱슬곱슬한 머리에 보기 좋게 그을린 피부, 게다가 직접 딴 코코넛 열매 묶음을 손가락에 대롱대롱 매달고, 목에 연보랏빛 난초 목걸이까지 건 너는 꼭 아기천사처럼 사랑스러웠지. 우리는 기내 저 뒤편의 40번대 좌석으로 가고 있었는데, 갑자기 네가 일등석 한가운데 멈춰 서더니 주변을 두리번거렸어. 그리고 두 줄 너머에 앉아 있는, 실크와 모피를 두른 화려한 모델을 보더니 결심한 듯 그쪽으로 척척 걸어가 14일 치 아이스크림과 탄산음료, 볶음밥을 그 여자의 모피코트와 아르마니 드레스, 탈색한 머리에 죄다 토해버린 거야. 다행히 눈치 빠르고 수완 좋은 승무원이 상황을 진정시켰고, 너는 48F 좌석에서 내 무릎을 베고 쌕쌕 잠이 들었어. 네 머리를 쓰다듬으며 아빠는 속으로 이렇게 외쳤단다. 브라보! 유럽으로 돌아오는 내내 웃음이 멈추지 않았지.

하지만 너를 보며 종종 놀란다는 건 이런 일화를 두고 하는 얘기가 아니야. 웃기기도 하고 슬프기도 한, 아니 웃긴

동시에 슬픈 이런 일화들은 네게서 느끼는 경이로움과는 거리가 있어. 너를 너무도 남다른 존재로 만들어주는, 그래서 과학계에서 그걸 설명하기 위해 새로운 단어를 만들어내야 할 지경인, 좀처럼 이해하기 힘든 그 맥락이라는 것과 관계가 있지.

셋.
원래 그러한 것들 내버려두기

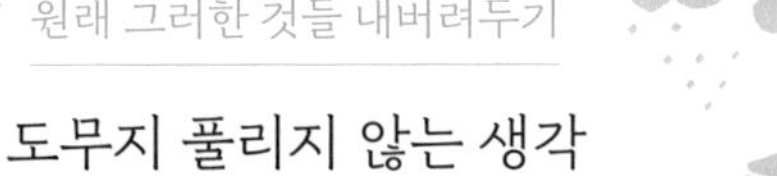

도무지 풀리지 않는 생각 밀어내는 법

—하느님은 하늘나라에 산다는 게 사실이야?

—왜 하느님이랑 아는 사이인 사람은 없어? 하느님은 모두를 안다며. 하느님을 본 사람이 있기는 있어?

—하느님은 존재하지 않아. 아주 오래전에 죽었으니까. 십자가에 매달려서 돌아가셨잖아. 그전에는 살아 있었지.

—아, 맞다, 하느님은 존재해, 내가 깜빡했네. 다시 살아났지. 어느 날 갑자기 영영 사라진 게 아니라.

—지구에 사람들이 갑자기 나타나게 할 수 있다니, 하느님은 진짜 마법사인가봐. 마법이 아니면 어떻게 그랬겠어?

—아냐, 하느님은 마법사가 아니야. 하느님은 어차피 인간도 아닌걸. 아빠가 전에 그렇게 말했잖아.

—그치만 하느님이 이 세상을 만든 장본인이라면, 자기가 만든 세상에 도대체 어떻게 태어난 거야? 잠깐, 그게 아니다. 이 세상에 태어난 건 예수님이지. 근데 예수님과 하느님은 한몸이라며?

너는 묻고 또 묻지만 하느님과 예수님, 천국에 대해서는 아빠도 아는 바가 별로 없단다, 가브리엘.

네가 그렇게 궁금해하는 것도 무리는 아니야. 학교에서도 성경 속 이야기를 많이 들려주는데다 어른들하고 교회 행사에 참여할 기회도 가끔 있고, 또 우리 동네에 신앙심 깊은 이웃들도 워낙 많이 사니 네가 영향을 안 받을 수가 없지.

네 질문에 아빠가 뭐라고 대답했는지 정확히 기억은 안 나지만, 아주 신중하게 말을 골라 대답했을 거야. 왜냐면 이런 질문들에는 조심스럽게 접근해야 하니까. 너뿐 아니라 우리 모두가 어려워하는 문제고, 자칫하면 말실수의 함정에 걸려들기 일쑤거든. 사람들이 하느님과 천국에 대해 말할 때 어떤 의미로 하는 얘기인지 정확히 짚어내기란 쉽지 않단다. 어쩌면 말 그대로 흰 수염 난 할아버지가 저 위에 살고 있고, 그 할아버지가 아주 오래전 엿새에 걸쳐 이 세상을 창조해냈다는 뜻일 수도 있어. 아니면 은유적으로 하는 말일 수도 있지. 혹은 하느님은 우리 머릿속에만 존재하는 어떤 관념인지도 몰라. 세상을 놀랍도록 글자 그대로

만 이해하고 해석하는 너 같은 아이에게, 이렇게 명확한 준거의 틀조차 없는 다면적인 개념들을 일일이 확인한다는 건 거의 넘을 수 없는 장벽이겠구나.

너는 놀랍도록 방대한 어휘력을 자랑할 뿐 아니라 그 어휘를 한 치의 빗나감 없이 적재적소에 사용하는 아이야. 특이한 점이 있다면, 네가 쓰는 문장은 모든 요소에 예정되고 고정된 자리가 있다는 거지. 왜냐면 너의 세계에서는 모든 단어가 반드시 헷갈릴 여지 없는 단 하나의 명확한 의미를 띠고 전달되어야 하니까. 예를 들어 우리가 "날뛰는 정신줄 좀 붙잡아"라고 말하거나 빵을 먹으려면 먼저 밀가루 반죽을 "치대야" 한다고 말하면, 너는 우리를 안쓰럽게 쳐다보면서 비웃는 듯한 미소를 짓잖니. 또 누군가 네 머리가 살짝 짧아진 걸 눈치채고 머리 잘랐느냐고 물으면, 너는 답답하지만 참아준다는 투로 이렇게 대답하지.

—아뇨, 내가 안 잘랐어요. 이발소에 다녀왔죠.

그런 네가 한심하리만치 부정확하다고 생각하지만, 그냥 받아들이기로 한 표현들도 몇 개 있긴 해. 네가 더 어렸을 때, 아빠가 우유 좀 건네줄 수 있느냐고 묻자 네가 "응" 대답만 하고 가만히 있었던 일이 생각난다. 왜냐면 너한텐 내가 '우유를 건네줄 능력이 있느냐'고 물은 것이나 마찬가지였으니까.

지금은 너도 이런 종류의 질문들에 숨은 뜻이 있다는 걸 알고, 구체적인 요구가 없어도 우유를 건네준다든가 하는 식으로 그 숨은 뜻에 따라 행동하지. 하지만 여전히 언어학적 예외나 도구들—반어법과 해학, 농담, 중의적 표현과 냉소 또는 은유 같은—은 이해하지도 못하고, 그런 걸 왜 사용하는지 납득하지도 못해. 네가 보기에 그런 수사법들은 의미 왜곡과 오해, 무질서만 낳을 뿐이니까. 신앙이나 죄, 그리스도의 부활, 구원 같은 개념을 네게 어떻게 설명해야 할까? 게다가 네가(아니, 솔직히 우리 모두 다!) 애초에 이해하기 너무나 힘든 그 단어들이 각기 다른 종교에서 어떤 차이를 빚어내며, 한 종교에 속한 개개인에게도 어떻게 다른 의미를 지니는지 어떤 식으로 설명해줘야 할까? 나아가 어떤 사람들에겐 그런 단어들이 아무 의미가 없다는 것을, 그 개념들을 멍청하거나 부정적인 것으로 치부하지 않으면서 어떻게 설명할 수 있을까?

이렇게 고민하다가 아빠는, 어쩌면 너무 자주 이러는지 모르겠는데, 가장 단순한 해결책을 선택한다. 사람은 제각각 다 다르단다, 라고 대답하는 거야. 누구는 하느님을 믿고, 누구는 알라를, 또 누구는 부처님을 믿어. 어떤 사람들은 그 어떤 신도 믿지 않고, 아예 무엇을 믿고 의지해야 할지 모르는 사람도 많단다. 이를테면 바로 아빠처럼 말이야. 세상을 창조한 게 하느님인지 아니면 세상이 저절로 생겨났는지 나도 몰라. 사람이 죽으면 하늘나라에 간다고 믿진 않지만, 진짜로 하늘나라에 가는지 아닌지 아빠는 몰라. 또 사후 지옥에 떨어져 그동안 저지른 죗값을 치르게 되는지도 마찬가지로 전혀 모르지만, 그건 그냥 안 믿으려고.

생각하는 것과 아는 것은 전혀 다르단다. 그걸 너도 어느 순간 이해하게 됐지. 종종 네가 답하기 어려운 질문을 던질 때마다 아빠가 이렇게 말하잖아.

—나도 몰라.

그런데 그건 네가 싫어하는 대답이라, 너는 곧바로 이런 질문으로 맞받아쳐.

—그래도, 아빠는 어떻게 생각하는데? 태양이 폭발할 거라는 게 진짜라고 생각해?

—응, 그렇지만 아주아주 먼 훗날 그렇게 될 거야.

—그때쯤엔 내가 하늘나라에 있을 거라고 생각해?

—응.

—그럼 천사들이랑 신들 같은 그런 분은 하늘나라에 불이 안 붙게 할 수 있다고 생각해?

—……

너는 똑떨어지는 답을 원해. 아니다, 이렇게 표현할게. 너는 답이 무엇이건 간에, 언제나 답이 존재한다는 확인을 원하는 것 같더구나. 대답의 내용은 논외로 하고, 그보다 너는 모든 질문에 답이 있다는 걸 알고 싶어해. 왜냐면 각각의 질문에 상응하는 답—그것도 딱 하나의 답—이 없다면, 이 세상을 어떻게 이해할 수 있겠니? 답이 충분치 않은 세상을 네가 어떻게 받아들이고 살아갈 수 있겠니?

네게는 선택의 여지가 없단다, 아들아. 지금보다 인생을 더 난해하게 만들고 싶은 생각은 추호도 없지만, 어쩔 수 없어. 모든 사람이 이런저런 문제들에 대해 각기 다르게 알거나 믿거나 생각한다는 걸, 그렇기 때문에 네가 상대방을 파악하기 위해 배울 수 있는 공식 따위는 없으며 모든 의문에 답을 얻을 수도 없다는 걸, 네가 아무리 열심히 찾아도 답이 없을 때가 많으며 세상에는 언제나 답보다 질문이 더 많다는 걸 네가 받아들이고 살 수밖에 없다는 얘기야. 심지어 하느님을 믿는 사람들조차 그냥 그렇게 믿고 살아간단다—그들이 하는 게 바로 그거야, 무조건 믿는 것.

믿는다는 건 여러 가지를 의미해. 때로 믿음은 '잘 알지 못하는 것을 상상해본다'는 의미를 갖지. 네가 커서 우주비행사가 될 거라고 믿는 것처럼. '의심하지 않는다'는 뜻으로 쓰일 때도 있어. 네가 학교에서 구슬을 마음대로 집어온 게 아니라 얻어온 거라고 주장하면, 내가 너를 믿어주는 것처럼. 혹은 '확실하진 않지만 그럴 거라고 생각한다'는 의미일 때도 있어. 네가 빅토리아의 물건을 마음대로 뒤지면 아빠는 네 누나가 화낼 거라고 믿는다고 말할 때가 바로 이 경우야. 아니면 이 모든 의미가 혼합될 때도 있어—우리가 분명히 알지는 못하지만 그럴 법하다고 여겨지는 것을 믿는 경우가 그래. 사람들이 신을 믿는다는 것은, 바로 이와 비슷한 의미로 하는 말일 거야.

이런 얘기가 네게 몹시 혼란스럽게 느껴진다는 걸 알아.

아까는 답이 존재하지 않는 경우도 있으니 모든 질문에 답을 얻을 수는 없다고 했었지. 그런데 지금은 또 믿는 방식이 하도 여러 가지라 무엇을 어떻게 믿어야 할지 감도 못 잡을 수 있기에, 뭔가를 믿는 것도 그리 쉬운 일은 아니라고 말하고 있으니.

그럼 믿는 것과 아는 것에 대한 얘기는 잠시 접어두자꾸나. 다른 이야기를 한번 해보자. 이 세상이 하나의 거대한 교회 또는 엄청나게 큰 사원이라고 상상해보렴. 어떤 곳을 말하는지 알지? 너도 교회나 절에 가는 걸 좋아하잖아. 세상의 모든 장소—모든 나라와 도시, 모든 강과 산과 화산, 모든 숲과 바다와 사막과 정글—이 지구만큼 커다란 교회 안에 들어가 있다고 상상해보자. 그곳에서 살아가는 모든 생명, 거기서 자라고 숨쉬고 기고 걷고 날고 헤엄치는 모든 생명이 아무도—동물과 식물, 새와 물고기들, 심지어 인간까지 그 누구도—다 헤아려볼 수 없을 정도로 거대한 사원 안에 살고 있다고 가정해보자.

왜냐하면 헤아려 살펴보는 것이 이해하는 데 항상 필수적인 건 아니거든. 때로는 무조건 받아들이는 게 필요할 때도 있어. 때로는, 지난번에 네가 별로 달가워하지 않는 문제를 아빠가 꺼냈을 때 네가 한 말처럼 대처하는 것도 필요하고.

—그 생각은 그냥 밀어내면 안 돼?

그보다 더 맞는 표현이 있을까 싶었어. 처음엔 무슨 소리인가 싶었지만, 생각하면 할수록 딱 맞는 표현이지 뭐냐. 아빠는 나중에야 깨달았어. 가끔은 생각들을 정말 밀어내야 하지. 안 그러면 계속 슬픔이나 분노에 잠겨 있거나, 아니면 약간 미쳐버릴 것 같은 상태에 머물러 있게 되니까. 이를테면 네가 왜 금을 만들어내는 게 불가능한지, 왜 빅토리아 누나가 너보다 먼저 태어났는지, 왜 봄에는 일광욕을 할 만큼 날이 따뜻하지 않은지 물으면 내가 "원래 그래" 하고 대답하는 경우가 바로 그래. 모든 일이 명쾌하게 설명되기를 바라는 너는 그런 대답을 몹시 싫어하지. 그런데도 때때로 아빠는 네 눈을 바라볼 때, 혹은 처음엔 네 어깨에서, 그다음엔 온몸에서 긴장이 스르르 빠져나가는 걸 볼 때면 네가 어떻게든 받아들인다는 걸 알아챘단다—네가 풀리지 않는 생각을 밀어내고 있고, 그게 너에게 도움이 되고 있다는 사실을 말이야.

아빠도 교회나 절에 앉아 있으면 생각을 그냥 흘려보내곤 해. 그러는 걸 좋아해. 사람들이 성스럽다고 여기는 그런 공간 안에서는, 뭐가 참이고 뭐가 거짓인지 구분하지 못해도 괜찮다고 믿고 싶어져. 보통 회사나 학교에 있을 때, 또 집에 있을 때, 혹은 상점에서 쇼핑하고 있을 때에도 우리는 끊임없이 옳고 그름을 따져야만 해. 우리는 항상 알고 있어야 하고 더구나 그걸 왜, 어떻게 아는지도 언제든 설명할 준비가 돼 있어야 해. 하지만 교회에 있을 때는 몰라도 돼. 거기에서는 심지어 뭘 믿을 필요도 없어. 어쩌면 신이 그곳에 진짜 계신지도 모르고, 또 그분은 너무나 전능하고 지혜로우신 분이기에, 우리가 지극히 사소하고 인간적인 생각들을 품고 있어봤자 별로 도움될 게 없어서 그럴 수도 있어. 물론 아닐 수도 있고. 아빠는 신이 존재하는지 아닌지는 그리 중요하지 않다고 생각해. 그래도 그런 공간에는 우리를 기분좋게 해주는 것, 평안과 위로와 차분한 기쁨을 안겨주는 뭔가가 있어—그런 곳에 있으면 뭐든 다 알아내려는 욕구를 내려놓게 되고, 대신 감사하며 그저 삶을 즐기고픈 오묘하고 선한 충동이 솟아나니까.

그럼 이제 온 세상이 교회나 사원이라고 상상해보렴. 그럼 우리는 어디에 있든—아프리카든 해변이든 집안이든—위안을 얻고 안심할 수 있어. 식물이건 물이건 돌이건 공기건 자연에 존재하는 모든 것과 인류가 짓고 창조한 모든 것이—우리가 아무것도 이해 못해도 되고 또 아무것도 믿거나 생각하지 않아도 괜찮은 교회 안에 있는 거라면, 우리는 어디서건 안심할 수 있을 거야.

너도 비슷한 생각을 한 적이 있지. 학교에서 처음으로 야외수업을 가서 반 아이들과 낯선 숲에서 하룻밤을 보내야 했는데, 넌 조금 불안해했잖아. 엄마 아빠가 같이 가줄까 물었더니, 너는 싫다면서 이렇게 대꾸했어.

—어른이 따라와줄 필요 없어! 예수님이 날 보살펴줄 테니까. 예수님은 물위를 걸을 수 있는 분이잖아!

그러더니 마음이 안 놓이는지 이렇게 덧붙였어.

—그래도 혹시 모르니까 하느님하고 부처님도 같이 와 달라고 하면 안 돼? 그리고 다른 한 분도. 이름이 뭐더라? 안나?

네가 말의 명확성과 직설적 의미에 집착하는 걸 남들은 도통 이해 못하지만, 그런 특성은 네가 가진 다른 뛰어난 기질들로 상쇄되고도 남는단다. 그건 바로 네가 누구와도 비교할 수 없을 정도로 정직하고 진실되며 정이 넘치고 용감하다는 거야. 너무나 너다운 기질들이라, 그 기질들이 곧 너라고 해도 무리가 없을 것 같다. 그것들은 아주 자연스러운, 네게 딱 맞는 방어벽이 되어주지. 그 기질들이 없었다면 네가 어떻게 살아갔을지…… 감히 상상조차 할 수 없구나.

이 기질들은 네가 일부러 개발한 것이 아니지. 네가 뭔가 잘해내거나 남들의 호감을 얻기 위한 전략의 일환으로 후천적으로 기른 자질이 아니라는 얘기야. 너는 그토록 재능이 넘치면서도, 전략적 사고는 거의 불가능한 아이니까. 전략적 사고는 너의 천성에 반하거든. 너는 대부분의 사람들이 서로와의 관계에 마치 게임처럼 임한다는 걸 전혀 몰라. 그 게임에는 언젠가는 깨질 불문율들이 있긴 하지만, 그 법칙마저 항상 적용되지는 않는다는 것도…… 상황에 따라 협약이 끊임없이 변하는, 그래서 네게는 도무지 이해할 수 없고 따라서 침투하기도 불가능한 시스템이지.

만약 네가 그 게임, 종종 너무 비겁하게 느껴지지만 그럼에도 대부분의 사람들이 남을 상대할 때 아랑곳하지 않고 순순히 따르는 그 게임의 법칙을 거스르기로 결정했다면—만약 네가 그걸 의식적으로 거부하고 대신 무조건적인 열린 태도로 세상과 상대하는 편을 선택했다면—넌 무모하고 황당할 정도로 용감한 결정을 내린 아이가 됐을 거야.

하지만 현실은 다르지. 너에게는 애초에 선택권이 없었어. 너는 사람들을 달리 상대할 방법을 모르지. 속마음을 숨기는 능력도 없고, 다른 방법이 가능하다는 걸 아예 고려조차 못 해. 그 때문에 너는 보통 사람들이 의아해할 정도로 취약한 모습을 보여. 그뿐 아니라 사람들이 '상대하기 힘든 애'로 분류하는 대상이 되어버리지. 왜냐면 사람들은 너를 어떻게 상대해야 할지 항상 알지는 못하고, 너를 이해도 못해서, 혹시 네가 자기들을 가지고 노는 게 아닌가 의심하거든. 어린애에 불과한 네가 설명할 수 없고 참아줄 수도 없는 우위를 차지하고 있다고 의심하기 시작해서, 필요하면 온갖 비열하고 가차없는 게임 트릭을 동원해 당장 눌러줘야 한다고 믿어버리는 거야.

그럼에도 불구하고 이런 기질들은 다른 무엇보다도 너를 훌륭하고 꽤 괜찮은 사람으로 만들어준단다, 가브리엘. 덕분에 너를 알고 지내는 사람들에게 너는 삶을 풍부하게 해주고, 자기 자신을 바로잡을 수 있게 해주는 교정본 같은 존재가 되고 있어. 네게서 인생을 배우는 특권을 누리게 해주고, 너를 가르치는 기쁨을 느끼게 해주지—네가 그런 취약점들을 가지고도, 또 남들이 당혹스러워하는 반응을 매일 마주하면서도 얼마든지 잘살아갈 수 있게 해줄 방법들, 네가 경험할 모든 행복을 보호하고 강화해줄 온갖 방법들을 가르쳐주고 함께 배워가는 걸 우리는 어느새 기쁨으로 느끼게 되는 거야.

네가 너의 어려움들, 즉 남과 다르다고 여겨지는 부분과 너의 뒤엉킨 생각들에 대해 질문을 퍼붓기 시작하면서부터 우리는 그걸 '문제들'이라고 부르고 있어. 너도 덩달아 그 표현을 쓰는데, 가끔은 영악하고 계산적으로 사용하는 것 같을 때도 있어. 예를 들어, 하면 안 되는 일이라는 걸 알면서도 잘못을 저질렀을 때처럼.

—응, 알아, 죄송해요. 그치만 엄마 아빠도 알잖아. 나한테 문제가 있다는 거.

그런 일이 자주 있는 건 아니야. 보통 네 문제들을 입에 올릴 때 네가 가라앉히기 어려운 극도의 스트레스를 느끼는 기색이 역력하거든. 그 일상적인 표현 뒤에 소름끼치는 심연의 미스터리 같은, 깊이를 가늠할 수 없는 거대한 수수께끼가 숨어 있으니까—너는 어째서 남들과 다른가 하는 도무지 이해 불가한 의문 같은 것 말이지.

너는 엄마 아빠가 네 문제들을 언젠가 '고쳐줄' 거냐고 여러 번 물었지. 그게 무슨 뜻인지 설명하지 않아도 우리는 네가 일종의 치료법을 원한다는 걸 알 수 있었어. 엄마 아빠가 네 문제들을 없애줄 거라는 무언의 기대가 담긴 질문이라는 걸. 그렇지만 사랑하는 가브리엘, 엄마 아빠가 아무리 간절히 원해도 그것만은 해줄 수 없단다.

물론 우리는 너를 돕기 위해 할 수 있는 모든 일을 할 거야. 하지만 우리가 어른이고 네 부모여도 해줄 수 있는 것, 해줘야 하는 것이 뭔지 사실 우리도 잘 몰라. 그동안 읽은 자료라든가 보건 당국과 교육자들, 전문치료사들이 일러준 것들 정도만 알 뿐인데, 그들끼리도 서로 다른 주장을 할 때가 많아. 예를 들어 어떤 전문가는 식단을 바꾸면 효과가 좋을 거라고 조언하지. 또 어떤 전문가들은 자기들이 '몹쓸 행동'이라 부르는 걸 교정하기 위해 특별한 훈련법을 써야 한다고 주장하고. 그런가 하면 약물치료만이 답이라는 입장을 여전히 고수하는 이들도 있어.

이런 해결책들을 더욱 받아들이기 어렵고 신뢰할 수 없게 만드는 건, 너와 같은 문제를 가진 아이들이 저마다 고유하고 제각각 다르다는 점이야. 그래서 한 아이에게 좋은 결과를 가져다준 방법이 다른 아이에게는 효과가 없거나 도리어 역효과를 초래할 수도 있어. 게다가 누가 긍정적인 반응을 보이고 누가 부정적인 반응을 보일지, 아니면 아무 반응도 없을지 누구도 예측할 수가 없지. 따라서 어떤 조언을 따를지 부모들은 각자 어려운 결정을 내려야 해. 자기 자식에게 이 요법 저 요법을 줄줄이 테스트해보는 끝없는 짐을 지울 것인가? 이건 마치 한 번도 먹어본 적 없는 메뉴로 가득한 레스토랑에 앉아 주문한 음식이 마음에 들지, 뱉어내고 싶을지 전혀 모르는 채 그 집 요리를 하나씩 모두 연달아 맛봐야 하는 상황과 비슷해.

그게 얼마나 힘든 일인지 너도 직접 겪어봐서 알잖아. 전에 한 달간 병원에 입원해 이런저런 약물을 시험복용하면서 몸소 체험했지. 그곳 의사들이 다수의 아동에게서 개선 효과를 봤다고 장담한 약물들이 너는 낫게 해주지 못했고, 오히려 누가 봐도 부정적인 결과만 안겨줬잖아. 한밤중까지 잠들지 못하던 네가 갑자기 벌떡 일어나 크레용과 종이를 집어오더니, 둥그런 배 속에 긴 창자가 꼬불꼬불 엉켜 있는 그림을 그렸어. 그 안에 알약 하나를 그려넣고 그 위에 커다랗게 빨간 ×표를 치더니 이렇게 말했지.

—내 배 속에서 꾸물거리는 이 알약들 더는 먹기 싫어. 잠을 못 자겠어. 꿈도 안 꾸는데 악몽에 갇혀서 머릿속이 뱅글뱅글 도는 것 같다고. 이 약들 좀 치워줘!

그래, 가브리엘, 우리는 네가 가르쳐준 것과 네 부모 노릇을 하면서 배운 것 말고는, 네 문제들과 그걸 어떻게 해결할지에 대해 아는 바가 별로 없어. 이렇게 얄팍한 기반을 토대로 우리는 선택을 내리고 결과를 운에 맡겨왔단다. 영양 섭취나 식단과 관련한 복잡하고 강압적인 치료법들을 거부하기로 한 결정도 그중 하나야—그 이유는 순전히 네가 언제 어디서 먹을지 모르는 모든 샌드위치와 사탕, 소스, 케이크의 성분을 세세히 들여다보는 것이, 혹여 얻을 수도 있으나 그다지 있을 법하지 않은 잠재적 이득에 비해 터무니없이 힘겨운 작업이라고 판단했기 때문이야.

엄마 아빠는 어떤 선택을 내릴 때 늘 너에게 바라는 두 가지를 기준으로 결정한단다. 하나는 네가 최대한 다른 사람들과 대등하게 살아가는 것이고, 다른 하나는 너 자신이 행복이라 부를 만한 것을 취할 기회를 최대한 많이 확보하는 거야. 너를 사회의 비주류로 밀려나게 하고 또 지금보다 더 별종처럼 느끼게 할 치료법들은 미련 없이 거부하고 있어. 대신 가장 자연스럽다고 느껴지는 방법들을 주로 취하지. 바로 너를 안정감과 칭찬과 사랑으로 포근하게 감싸주는 것.

아들아, 우리는 네가 자랑스럽고 우리가 네 부모인 것도 자랑스럽다. 네 형들과 누나들도 너를 동생으로 둔 걸 자랑스러워해. 이것만은 결코 의심하지 말아라. 때로 우리가 무력감과 의구심에 힘들어하고, 그런 모습이 네게는 배신처럼 느껴진다 해도 말이다. 우리도 종종 어리석게 굴거나 네게 상처를 줄 수 있고, 네가 보통 사람들이 벌이는 게임의 평범한 구성원이 아니라는 사실을 잊어버리거든. 우리에게 주어진 또하나의 과제가 바로 그거야. 마음 아프게 들릴 수도 있지만, 네가 가장 신뢰하는 가족이나 친구들조차 때로 나약하고 멍청하고 불공평하게 굴며, 또 때로는 너무 자기중심적인 태도로 네게 아량을 베풀지 못하거나 네가 바라는 방식대로 너를 대하지 못하기도 한다는 걸 너에게 납득시키는 것.

어느 따사로운 여름날, 내가 섬 근처의 암초에 누워 일광욕을 하고 있을 때였어. 네가 차가운 바닷물을 한가득 담은 양동이를 들고 살금살금 다가오더니 내게 그대로 부어버렸지. 나는 짜증이 울컥 치밀어서 벌떡 일어났고, 아마 험악한 표정으로 너를 노려봤을 거야. 그러자 네가 글쎄, 숨길 수 없는 놀라움이 고스란히 드러나는 얼굴로 나를 쳐다보며 믿을 수 없다는 투로 이렇게 말했어.

—어, 아빠, 설마 아들을 때리려는 건 아니지?

당연히 안 때리지, 얘야. 하지만 너는 어쩜 그렇게 세상 겁날 것 없는 순진함으로 아빠를 종종 놀라게 하니?

드문 일이지만 너는 가끔가다 네가 어떤 사람인지 꿰뚫어보고 알아보는 사람들을 만나지. 마찬가지로 너도, 묘한 본능적 상호작용으로 상대방을 알아봐. 그런 경우를 직접 목격한 나로서는, 너와 그 사람 사이에 순간적으로 어떤 영적인 가교가 생겨나 둘을 연결해준 게 아닐까 추측할 뿐이야. 영적이라는 말만 들어도 두드러기가 돋는 아빠인데 말이다. 하지만 받아들이고 말고는 내가 선택할 수 있는 게 아니더구나. 세상에는 명명백백하지 않은 맥락이라는 게 존재한다는 것 또한 네가 가르쳐줬으니까, 가브리엘.

예를 들어볼까. 우리, 태국의 어느 섬에 있는 불교 사원에 간 적이 있지. 우리집 서재에 내가 세워놓은 커다란 황동 불상에서 너는 항상 눈을 떼지 못했어—그래서 네 불상을 따로 사겠다는 욕심에, 대체 언제 태국 여행을 갈 거냐고 한동안 우리를 들볶았잖니. 결국 오래전 아빠가 불상을 구입했던 바로 그 절로 우리는 여행을 가게 됐고, 그토록 고대하던 일이 실현된 것에 네가 기쁨을 감추지 못하던 모습이 떠오른다.

우리가 절 안에 들어가기도 전에 네 시선이 제일 먼저 꽂힌 건 피라미드형 구조물 꼭대기에 자리한 거대한 도금 불상이었다. 높이가 최소 20~30미터는 될 그 불상은 알 수 없는 불가사의함을 내뿜으며 시공과 우주를 관통해 정면을 응시하고 있었다. 우리가 차에서 내리자마자, 엄마나 아빠가 따로 일러주지 않았는데도 너는 즉시 샌들을 벗는다. 그러더니 불상 발치에 이르는 가파른 계단을 오르기 시작하는 거야. 계단 양옆을 장식한 난간에는 몸이 서로 엉킨 가느다란 용들이 조각되어 있다. 얼른 따라나선 내가 계단 꼭대기에서야 겨우 너를 따라잡았는데, 이미 너는 지혜를 내려준다는 거대한 조각상에서 흥미를 잃은 뒤더구나. 대신 벗겨진 금박에 매료되어 있다. "이거 진짜야?" 사방이 금 천지인 태국이 빈곤에 신음하는 나라라는 사실을 너에게 어떻게 설명해야 할까? 최소한 승려들은 부자인 걸까?

너는 아담한 제단 앞에 놓인 꽃과 향과 화환, 신자들이 보시한 음식이 든 사발 따위에는 별 흥미가 없어 보인다. 속 빈 막대기로 불상 둘레의 대들보에 걸린 종과 징들을 무심히 두드려 '옴—' 하는 불교의 본원적인 소리를 내는 등, 절 안에서 으레 날 법한 소리를 착실히 내볼 뿐이다. 파노라마 같은 전경도 보는 둥 마는 둥 하더니, 자기 불상을 사러 다시 내려가겠단다.

우리는 상품 판매대를 찾아내고, 너는 고민 끝에 불상 하나를 골라 든다. 제일 큰 것도 비싼 것도 아니고, 게다가 황동으로 만든 것도 아니다. 불그스름한 광택을 띠는 밝은 베이지색의, 돌을 깎아 만든 중간 크기의 그 불상이 어지간히 네 마음에 드나보다—진짜 돌, 그러니까 진귀한 종류의 돌로 만든 게 틀림없다고 우리가 보장만 해준다면 너는 대만족이다.

물건값을 치르자 너는 당장 떠나고 싶어한다. 날이 더우니 다시 해변으로 돌아가고 싶단다. 게다가 가만 보니 절이 너의 기대에 못 미치는 것 같더구나. 수도승들이 쓰는 독채는 평범한 회색의 낮은 콘크리트 건물이고, 눈부시게 반짝이는 보물도 눈에 안 띄니 그럴 만하다. 불상을 손에 넣은 건 만족스럽지만 다른 건 전부 대실망인 기색이다—이곳은 우리가 방콕 여행지 사진에서 본 장엄한 사원들과 천지차이니까.

너는 출구 쪽으로 휑하니 가버리고, 나는 돌아서서 우리 일행을 불러모은다. 이제 가야 한다고 손짓하고 곧바로 돌아섰는데 그새 너는 어디론가 가버리고 없다. 출입구에서 주차장을 쭉 둘러보지만, 너는 어디에도 없다. 혹시 나 모르게 내 뒤쪽으로 빠져나가 대형 불상이 있는 곳으로 돌아갔나 싶어서, 다시 절 안으로 들어가려는 찰나 네가 보인다.

너는 햇빛조차 투과할 틈 없이 빽빽한 잎사귀 무리를 드리운 어느 나무 아래, 거대한 화분에 심어놓은 큼직한 초록 식물들 사이의 반쯤 가려진 우묵한 구석을 바라보고 서 있다. 가까이 다가가보니 한데 뒤엉킨 나뭇잎들 너머로 계단이 한 칸쯤 꺼진 곳에, 언뜻 의전용 카펫처럼 보이는 아름다운 비단 양탄자가 깔려 있다. 그 끝에는 축소형 왕좌라고 해도 좋을, 조각으로 장식한 나지막한 벤치가 있다. 거기에는 나이를 짐작하기 어려운, 주황색 승복을 두른 삭발 수도승이 가부좌를 틀고 있었다. 승려의 얼굴에서, 그리고 단순한 디자인의 동그란 안경알 너머로 세상을 향해 빛을 발하는 그의 눈에서 형언하기 힘든 온화한 기운이 느껴진다. 순간 나는 그가 수도원장임을 알아챘다.

너는 뭔가를 기다리듯 가만히 서 있다. 수도승과 10미터 거리를 두고.

어느 순간 그가 고개 숙여 인사하듯 머리를 살짝 움직인다. 윙크보다 겨우 큰 정도의 아주 미미한 움직임이다. 너는 티셔츠와 샌들, 모자를 벗어 한쪽에 치워놓고 양탄자로 올라가 그에게 다가간다. 몇 미터 앞까지 갔을 때 천천히 무릎을 꿇고 이마가 비단 양탄자에 닿도록 상체를 깊이 숙인다. 거기에 그렇게, 순수하고 헌신적인 순종의 자세로 한

동안 가만히 있는다.

빼빼 마른 수도승은 천천히 한쪽으로 몸을 틀더니 긴 손잡이가 달린 황동 바가지를 항아리에 넣어 물을 퍼올린다. 그 바가지를 네게 뻗더니, 축복의 말이라고밖에 짐작할 수 없는 주문을 중얼중얼 외며 네 머리와 등에 물을 뿌린다. 물을 맞는 동안 너는 미동도 하지 않는다. 모든 것을 맡기고서, 다 안다는 듯, 나는 절대로 닿을 수 없는 어떤 깨달음을 안고 거기 엎드려 있다.

잠시 후 몸을 일으킨 너는 수도승에게 짧게 한 번 눈길을 준다. 그리고 셔츠와 샌들, 모자를 주섬주섬 집어들고는 나더러 우리 이제 가는 거냐고 묻는다. 왜소하고 말없는 수도승은 이미 눈을 감았다. 환영 같은 나뭇잎 무리 너머의 세상으로 가버린 듯하다.

그날 오후 우리는 바닷가에서 모래로 피라미드를 만든다. 계단을 하나하나 정성스럽게 다지고, 젖은 모래로 똬리를 튼 용의 몸뚱이도 빚고, 그 꼭대기에 네가 산 불상을 얹는다. 수도승과 있었던 일에 대해 묻고 싶지만, 네 눈을 보니 얘기하기 싫거나 아니면 대답해줄 수 없다는 걸 알겠다.

그러다 해가 져서 네가 막 잠자리에 들 무렵, 그 일이 일어난다. 갑자기 네가 주체할 수 없는 분노를 터뜨린다. 있는 대로 화를 내면서, 너한테 물을 뿌린 중을 멍청하다고 욕한다. 무슨 일이 있었는지 나는 도통 모르겠다. 그날 낮에 너와 그 수도승이 함께 짠 가느다란 신뢰의 거미줄이,

어떤 이유에선지 모르지만 사라져버렸다는 정도만 겨우 알겠다. 대신 그 자리에 깊이를 알 수 없는 반발심과 노기 어린 비난만이 남아 있다.

그런데 10개월쯤 지난 어느 날 저녁, 잘 준비를 하던 네가 대뜸 이렇게 말한다.

—맞다, 아빠, 난 아빠의 꿈이 마음에 들어!

나는 뭐라고 대꾸해야 좋을지 몰라 입만 뻐끔거리고, 한동안 침묵이 감돈다.

그러다 네가 묻는다.

—근데 아빠의 꿈이 뭐였더라?

—글쎄다…… 착하고 괜찮은 사람이 되는 것, 남을 도와주는 것.

나는 기습 질문에 허를 찔려 두루뭉술하게 대답한다.

—그럼 네 꿈은 뭐니, 가브리엘?

너는 한참을 고민하다 대답한다.

—부자가 되는 것! 돈도 많이 갖고 보물도 잔뜩 갖는 것. 하지만 사랑도 많이 갖고 싶어.

아빠는 이번에도 대답할 말을 찾지 못하고, 너는 누워서 천장을 물끄러미 보다가 말을 잇는다.

—왜냐면 나는 사실 수도승 같거든. 한 가지 다른 건 나는 보물을 모으지만 수도승은 당연히 안 그런다는 것. 그것만 빼면 나는 수도승이랑 똑같아. 그것도 불교 수도승.

넷.
혼자가 됐을 때 기억하기

바람과 태양의 손이 우리를 어루만지고 있어

오늘은 결국 보트를 꺼내 말려야 할 것 같구나. 갑자기 솟은 사명감에서 나온 의지의 표명은 아니고, 단순히 햇살이 좋아서 그래. 이곳 해변 마을에서는 해가 나면 다른 일은 모두 제쳐둬야 한다는 룰이 있어. 오래전 해치웠어야 하지만 여전히 하기 싫은 귀찮은 잡일들까지 포함해서.

10월인데도 불구하고 해가 쨍하고, 북쪽에서 불어오는 온화한 산들바람이 살갗을 쓰다듬는다. 구름이 다 어디로 갔는지 모르겠지만, 몰라도 상관없지. 여기만 아니면 돼. 오늘 아침 너와 빅토리아 누나와 엄마가 각자 학교와 직장으로 떠났을 때만 해도, 잿빛 하늘이 낮게 드리워 있었어. 어젯밤의 폭우로 젖어 있던 하늘이 천천히 몸을 말리는 것 같았지. 그런데 몇 시간에 걸쳐 하늘이 점점 위로 올라가더니, 구름무리는 꼭 붙들고 있던 땅을 그만 놓쳐버렸고, 들러붙을 더 낮은 하늘을 찾아 떠나야 했단다. 어쩌면 베르겐*으로 옮겨갔을지도 몰라. 내 알 바 아니지. 어찌됐건 여기는 태양이 언제는 안 그랬느냐는 듯 쨍하니 빛나고 있고, 한 시간 반쯤 있으면 네가 돌아올 테고, 나는 어서 보트를 꺼내 말려야겠구나. 우리가 곧 타야 하거든.

발데르는 내가 지하실로 내려가 웰링턴 부츠를 꺼내 신고 초록색 방수 파카를 걸치는 걸 보고, 무슨 일이 일어날지 대번에 알아챘다. 발데르는 코커스패니얼인 아빠, 보더콜리와 비글의 잡종인 엄마 사이에서 태어났는데, 이보다 더 좋은 혈통은 찾을 수 없을 거다. 너와 발데르는 몇 개월 차이를 두고 태어나 함께 자랐어. 발데르는 개라서 이제 할아버지가 됐지만 말이야. 밤하늘처럼 털이 새카만 발데르는 성질이 온순하고, 정과 충성심이 넘치는 개야. 우리가 들여다볼 수 없는 녀석의 비밀스러운 마음속에 네가 '가장 친한 친구'의 자리를 차지하고 있음을, 아빠는 조금도 의심하지 않는다. 발데르가 낙제점을 받은 분야가 하나 있다면 경비견 항목이야. 내가 차를 몰고 진입로에 들어오든 빅토리아가 자전거를 타고 달려오든, 녀석은 우리집이 피에 굶주린 테러리스트 무리에 포위됐다고 생각하는지 한결같이

* 노르웨이 남서부의 항구도시.

늘 두세 번씩 짖어대잖아. 반대로 좋은 점도 있어—우리가 옷을 안 입고 있을 때 손님이 찾아오면, 녀석이 어김없이 알려주니 망신당하기 전에 옷을 걸쳐 입을 수 있다는 것.

지하실을 나와서 아빠는 잠시 앞마당에 서 있다. 요즘 자주 그래. 마당의 무성한 잔디가 오랫동안 미뤄둔 또다른 잡일을 상기시켜서 그러는 건 아니고, 이 위치에서 눈에 들어오는 전경이 네가 아주 어렸을 적 있었던 일, 세월이 흐르면서 내게 가장 슬픈 기억으로 각인된 어떤 일이 일어난 곳이라서 그래. 네가 많아봐야 생후 6개월쯤 됐을 때의 일이야. 우리가 오슬로에서 막 이사온 뒤였고, 여름이 한창인 어스름 짙은 저녁이었어. 아빠는 너를 안고 이 마당에, 당시에는 닭장이었던 곳 바로 옆에 서 있었어. 우리는 막 정복한 왕국을 둘러보듯 함께 전경을 음미했지. 에메랄드그린색 초원이 해변까지 구불구불하게 펼쳐져 있었고, 바닷물은 구리색과 호박색, 새빨간 루비색으로 반짝거렸어. 섬은 금으로 가장자리를 두른 새카만 벨벳이었고, 수평선은 보물 상자, 하늘은 말로 형용할 수 없는 사파이어블루색의 광활한 우주였어.

어쩌면 기분에 취했는지도 모르지만, 어떤 확신 같은 게 들었어. 나는 내 손으로 너의 조그만 손을 감싸 들어 천천히 큰 원을 그리면서 그곳 경치를 가리키며 말했어.

—여기가 네 집이고, 이게 다 네 거야. 앞으로 네가 살아갈 곳이란다, 가브리엘.

그때는 그게 당연하게 느껴졌어. 네 큰형 카이 헨리크는 우리가 오슬로를 떠날 때 이미 독립해서 나간 뒤였어. 더 넓은 세상에 자기 자리를 찾으러 떠난 카이는, 그래도 큰아들이라고 훗날 건축 부지 한 곳을 물려받기로 되어 있단다. 네 둘째형 알렉산데르는 아주 굳건하게 10대 반항기의 궤도, 그러니까 부모님의 집이 있는 전원에서의 삶과는 정반대 방향으로 질주하고 있던 터라 이곳에 정착해 사는 건 말도 안 된다고 여겼고. 일곱 살 난 누나 빅토리아도 그 아이가 가진 능력들로 보나 기질로 보나, 결코 우물 안에 머물러 있지 않을 싹수가 벌써 선명하게 보였단다. 해변의 집과는 전혀 다른 환경이 제공해줄 것들을 필요로 할 것 같았어. 그럼 남은 건 너뿐이었지. 막둥이로 태어나 바람과 태양의 손에 자라면서 마음껏 풍경을 누리다가 어느 날 그 풍경의 주인이 될 너. 어쨌든 아빠는 그렇게 생각했어. 기분 좋은 생각이었지. 이 집 마당에서, 우리를 둘러싼 동화처럼 반짝거리는 풍경 속에서 맞은 둘만의 순간에 영속성을 더해줬으니까.

하지만 3년 후 그때와는 전혀 다른 신념을, 소위 '진단'이라는 새롭고 가슴 아픈 정보를 떠안은 채로 이곳에서의 네 삶을 다시 그려야 했단다. 어느 순간 너에게 형벌처럼 선고된 삶, 네가 거부할 수 없고 거부할 여지조차 없는 삶. 그때 이후로 몇 달에 한 번씩 너는 스스로를 안심시키고 싶은 욕구에서 나온 주문처럼 이렇게 물어보곤 했어.

—약속할 수 있어, 아빠? 내가 언제든 여기에 살아도 좋다고?

하지만 오늘은 얼룩 한 점 없는 하늘에 해가 눈부시게 빛나고 있다. 분명 오슬로에는 강풍이 불겠지만, 그런 것 따위 생각하지 않기로 했어. 왜냐면 꺼내 말릴 보트가 있으니까. 발데르와 나는 보트 창고로 이어진 언덕길을 나란히 걸어간다. 이 동네 양들과 여기 사는 우리만 사용하는 창고지. 꼭 날씨 때문이 아니라, 양들 때문이라도 언제 날잡아서—딱 적당한 때—보트 창고를 수리해야겠어. 여름이면 양들이 창고 북쪽에 드리운 그늘을 찾아 몰려들잖니. 그런데 그쪽 담을 바짝 따라 난 포장도로가 너무 좁아서, 거칠거칠한 양털을 목조 담벼락에 문지르며 지나갈 수밖에 없더라고. 그러면서 벽의 벗겨진 페인트를 쓸어가고 배설물을 묻혀놓지.

그러든가 말든가 속으로 중얼거리며 길모퉁이를 돌아 방파제로 올라선다. 우리 멋대로 방파제라고 부르는 그것 말이야. 제법 높아서, 심지어 만조 때도 거기에 몸을 길게 펴고 눕는 게 가능하지.

보트는—너는 '함선' 아니면 '선박'이라고 부르는 걸 좋아하지. 해적이 고작 보트나 타고 다니면 되겠니?—상태가 형편없구나. 보트 바깥의 물하고 안에 고인 물의 수위가 거의 같은 지경이야. 온 힘을 쥐어짜내 보트를 방파제에 바짝 댄 다음, 내가 가진 줄도 몰랐던 균형감각을 총동원해 보트 가로장을 딛고 선다. 그리고 한 바가지씩 일정한 양의 새 물을 바다에 보탠다.

꽤 소박한 4미터짜리 보트인데도 한 시간이나 걸린다.

마지막 몇 방울은 태양이 들이마시게 내버려두기로 한다. 세 번 만에 모터가 희망적인 소리를 내고 여섯 번 만에 시동이 걸리는 걸 보면서도, 행운을 믿기가 조심스럽다. 방파제 위에서 꼬리가 떨어져라 흔드는 발데르에게 "아직 안 돼, 발데르" 하고 경고하며 뭍으로 나와, 이따 너랑 같이 쓸 담요와 폼매트, 구명조끼를 꺼내온다. 그러고는 네가 '성'이나 '요새'라고 부르기 좋아하는 집으로 서둘러 돌아온다. 왕이나 왕자들이 평범한 집에 살지는 않으니까, 그치?

빅토리아가 텔레비전 앞 소파에서 반쯤 졸고 있다. 따라 나오기 싫단다. 남자친구를 기다리고 있다나. 어제랑 그제 우리집에 들렀던 애를 말하는 모양인데, 그럼 진지한 사이라는 소리겠지. 네 엄마는 퇴근시간 직후에 곧바로 회의가 잡혀버려서 저녁 늦게나 돌아오겠다.

냉장고에서 가져가려고 했던 바비큐용 고기를 바로 찾아내고, 운좋게 채소 뒤에 숨어 있던 화이트와인도 발견한다. 아이스박스에 아이스팩과 함께 그 음식들을 집어넣고 주스랑 초코바, 그리고 실은 내일 네가 학교 갈 때 챙겨주려고 남겨둔 바닐라 요거트도 넣는다. 발데르가 마실 물은 따로 챙길 필요 없어. 녀석은 웅덩이나 바위틈에 고인 물을 알아서 잘 찾아 마시거든. 비닐봉지 하나에 키친타월 한 롤, 포크와 나이프, 마리네이드 소스, 유리잔과 코르크스크루, 종이접시, 그리고 커피와 코코아를 각각 담은 보온병 두 개를 넣는다. 잠시 멍하니 서서 "숯하고 기름은 헛간에 있는데" 하고 중얼거리는데, 발데르가 누군가의 도착을 알린다. 부엌 창문 너머로 너를 태운 택시가 보인다.

네가 매일 안전하게 집과 학교를 오갈 수 있게 해주는 시의회 택시 통학 서비스를 나쁘게 말할 생각은 좁쌀 한 톨만큼도 없다. 분명 배려가 담긴 서비스이고, 이걸 당연한 대우로 여기면 결코 안 되니까. 시의회가 지출을 줄여야 된다는 둥, 의회 경비를 삭감해야 된다는 둥 우는소리를 해도 그 사정마저 다 이해한다. 그렇다 해도, 매일 아침과 오후 두 번씩 대형 택시가 집 앞에 도착할 때마다 심장이 바늘로 콕 찔리는 것 같다. 이러는 편이 싸게 먹힌다고 시의회 직원들이 해명했고, 아빠도 충분히 알아들었어. 그렇지만 이해는 하면서도 여전히 마음이 불편하구나. 휠체어에 구속된 듯 앉아 있는 갖가지 신체장애를 지닌 아이들, 주변 친구들이나 환경과 교감조차 하기 어려운 특수장애 아동들과 한데 묶여 승합차에 타는 너를 지켜보는 아빠의 심정이란. 남들이 뭐라고 욕하건—바라는 게 많다는 둥 제 새끼만 잘난 줄 안다는 둥—싫은 건 싫은 거지. 네가 그 차에 타면 어떤 생각이 들지 난 고민할 수밖에 없거든. 너는 그 문제에 대해 거의 말을 안 하지만, 너보다 지능이나 신체적 기능 발달이 훨씬 느린 애들하고 매일 함께 통학하는 게 너의 자아상 형성에 과연 아무 영향도 안 끼칠까? 혹시 그애들을 보는 것과 똑같은 시선으로 너 자신도 바라보게끔 부지불식간에 떠밀려가고 있는 건 아니니? 학교 아이들이 그 차를 뭐라고 부르는지 아니? '간질 택시'라고 부른단다, 글쎄. 그게 신경쓰이진 않니? 그것에 대해 이야기하는 게 힘들고 마음 아프니? 한번은 호출을 받아 학교에 갔는데, 네가 어떤 여자애 머리를 잡아당기고 걔 휠체어를 자빠뜨리려 했다더구나. "걔가 지저분하게 먹고 말도 제대로 못해서" 그랬다며. 혹시 걔 머리를 잡아당기면서 너 자신의 머리를 잡아당기는 기분은 들지 않던, 가브리엘?

하지만 아까도 말했듯이, 시의회가 제공하는 택시 서비스는 백번 감사해야 마땅해. 그게 없었으면 너를 학교에 보내면서 몇 배 더 고생했을 테니까. 게다가 오늘은 햇살도 따사롭고, 지금 이 순간 마침 환한 빛덩어리 같은 꼬마 종달새가 나를 향해 달려오고 있으니 다 잊도록 하자.

—안녕, 가브리엘. 아빠는 네가 무지 보고 싶었어!

너를 안아주려고 팔을 벌리지만, 너는 그런 환영을 받아줄 시간도, 마음의 여유도 없는 것 같다.

—알아, 알아, 그런 인사는 적당히 해. 오늘 모르텐이 뭐라고 했는지 알아?

모르텐이 누군지 모르는 나는 그냥 이렇게 대꾸한다.

—학교 친구 모르텐 말이니? 아니, 뭐라고 했는데?

—자기가 어쩌면, 아주 어쩌면, 진짜 순수한, 진짜 금덩어리를 나한테 줄 수 있을지 모른다고 했어. 대단하지?

네가 하도 흥분해서 재잘재잘 떠들어대는 통에 내 말을 전하기가 쉽지 않다.

—그래, 정말 대단하다. 근데 진짜 금덩어리는 워낙 비싸니까 어떻게 될지 좀 기다려보는 게 좋겠다. 그건 그렇고, 그거 알아? 오늘……

말할 기회를 엿보다가 겨우 아빠가 세운 계획을 이야기한다. 네가 '모르텐한테서 어쩌면, 진짜 금덩어리를 받을지도 모른다니 정말 대단하지?'를 토씨 하나 안 바꾸고 반복하다가 중간에 숨쉬려고 잠깐 멈춘 틈을 타, 뱃놀이 소풍과 바비큐와 주스 얘기를 간신히 전한다.

결국 우리는 금덩어리는 조금 기다려보기로 합의한다. 됐으니까, 이제 바다 보러 가자.

아마 이런 일에도 가장 효율적인 수송 노하우가 분명 있을 텐데, 아빠는 아직 알아내지 못했다.

너와 발데르는 방파제 끄트머리에서 어서 보트에 타겠다고 펄쩍펄쩍 뛰는데, 아빠가 하는 일에 방해가 되고 있다는 걸 둘 다 눈치채지 못한다—아빠가 담요랑 폼매트, 아이스박스, 비닐봉지, 숯을 보트에 실어야 한다는 것, 그것도 너의 다리 사이로 그 물건들을 통과시켜 배에 실으려면 뱃머리를 방파제에 충분히 가깝게 대고 있어야 한다는 것, 하지만 방파제의 콘크리트에 뱃머리가 닿으면 쓸릴 테니 너무 가깝게 대지는 않도록 조심해야 한다는 것, 다리를 최대한 찢어 방파제 가장자리에 한쪽, 뱃머리에 다른 한쪽을 걸친 채 너한테 구명조끼를 입혀야 한다는 것, 또 그놈의 모터가 오버초크*돼서 점화장치가 젖지 않게 조심해야 하는데, 만에 하나 그렇게 되면 모터가 멈출 것이고 게다가 선외 모터 기화장치마저 젖는 건 최악의 상황이니 보트에 발을 아주 조심스럽게 딛고 있어야 한다는 것, 이런 걸 너는 전혀 모르고 있어.

하지만 다행히 모든 게 잘 풀린다. 필요한 물품들을 전부 보트에 옮겨 실었고 개도 무사히 보트에 탔고, 모터는 상쾌한 소리를 내며 돌아가고 있다. 이제 네 담요를 보트 이물에 깔면 네가 올라타서 거기 안착하는 일만 남았어. 이물과 고물 쪽의 밧줄은 이미 다 풀어놨고, 나는 한 손으로 방파제를 꽉 붙들고 다른 손을 내밀어 네가 올라타는 것을 도와준다. 너는 한쪽 발을 보트에 딛고 다른 쪽 발은 아직 방파제에 둔 채로 갑자기 멈춘다. 속으로 뭔가 되뇌듯 멍하니 먼 곳을 응시하더니 곧 나를 돌아보며 지금 우리 상황을 완전히 무시한 채, 마치 우리가 육지에서 바다로 건너가는 정교한 곡예를 하는 게 아니라 거실에 편히 앉아 있는 것처

* 초크 밸브를 과도하게 사용해 연료가 분출되어 점화 플러그가 젖고, 그 때문에 연소가 일어나지 않는 상태.

럼, 아무렇지도 않게 말한다.

—아빠, 근데 내가 모르텐한테서 진짜 금덩어리를 얻을지도 모르는 게 왜 그리 대단한 일이야?

—됐고, 보트에 타기나 해! 나도 모르니까! 아빠가 시키는 대로 해!

아빠가 의도했던 말투나 실제 느끼는 기분보다 훨씬 매몰차고 강압적인 말투가 튀어나왔지만, 솔직히 이건 아니지 않니.

—그치만, 아빠, 도대체 왜……

—가브리엘!

이번에는 봐주지 않겠다는 투로 말이 나온다. 다행히 너도 말귀를 알아듣고, 다른 쪽 발을 마저 보트에 옮겨 딛고 네 자리로 가 앉는다. 나는 안도의 한숨을 내쉬며 방파제를 붙들고 있던 손을 놓고, 해류가 우리 배를 수심이 더 얕은 곳으로 밀어보내기 전에 서둘러 뱃고물 쪽에 있는 모터의 점화장치를 가동한다. 이만큼 했으니 한 대 피워도 되겠지 생각하며 담배에 불을 붙이려던 찰나, 뭔가가 퍼뜩 떠오른다.

그릴! 바비큐 구울 그릴을 안 챙겨왔네! 그릴이 없으면 숯이고 기름이고 고기고 다 소용없는데. 기억을 더듬어보니 그릴은 헛간에 있는 것 같다.

나는 다시 뒤돌아 방파제에 배를 묶는다. 나는 뭘 빼먹었는지 네게 말해주고, 다시 집에 가서 그릴을 가져와야 하니 여기 가만히 앉아 기다릴 수 있겠느냐고 묻는다.

—가는 김에 네 장난감도 갖다줄까? 네 보물 몇 개 집어 올까?

그냥 잘해주려고 묻는 게 아니라, 네 심부름을 해주는 게 이 귀찮은 되풀이 왕복에 더 그럴듯한 타당성을 부여해주기 때문이야. 너는 원하는 게 뭔지, 네가 생각하기에 그것들이 대충 어디에 있는지 꼼꼼히 설명하고, 자기는 어디 다른 데 안 가고 아빠가 다녀오는 동안 말썽도 안 부리겠다고 약속한다.

그릴을 두고 온 게 짜증이 나서 발을 쿵쿵 구르며 집으로 향하는데, 문득 아렌달에는 아마 폭우가 쏟아지고 있을 거라는 사실이 떠오른다. 그러자 기분이 다시 저 위의 하늘처럼 쨍하게 밝아온다. 그릴은 정확히 있어야 할 곳에 있고, 네 수정이랑 오팔, 자수정, 소라고둥, 실크 담요도 대충 네가 있을 거라고 말한 곳에 있다. 그런데 우리집 화장실이 네 보물창고가 된 건 몰랐구나.

이제 정말 바다로 나가자.

매 순간마다 진실을 깨우친다.

너와 단둘이 우리 보트를 타고 바다에 나가는 경험을 이보다 더 잘 묘사한 표현은 없을 거다. 똑바로 바라보지 않고 대충 흘려보내면 너무나 아까울 것 같은, 아름다운 순간이다. 아빠에게는 가장 감당하기 버거우면서 동시에 가장

보람찬 순간이란다.

나는 보트의 고물 쪽, 선외 모터 바로 옆에 걸터앉아 있어. 배의 이물에 앉은 너는 늘 그렇듯 나를 등지고 앉아, 마치 육지를 찾아 정찰하듯 저 너머에 있는 뭔가를 바라본다. 너를 충실히 지탱해주는 발바닥과 네 등이, 그리고 네 머리통이, 바람에 날리는 곱슬 금발과 눈을 찌르는 햇빛이 시야에 들어온다. 너는 미동도 하지 않는다. 보트가 움직이는 한, 너는 그렇게 두 손을 얌전히 무릎에 얹은 채 꼼짝도 않고서 내가 모르는 뭔가를 바라보며 앉아 있지. 그러다 큰 파도가 와서 내가 "파도야!" 하고 소리치면 무릎에 뒀던 두 손을 몽유병 환자처럼 들어올려 양쪽 고무 테두리를 붙잡는다. 하지만 파도를 어떻게 넘었는지 굳이 고개를 돌려 확인하진 않는다. 파도를 넘으면 다시 두 손을 모아 무릎 위 제자리에 올려놓는다. 아무래도 관심이 없는 것 같다. 심지어 발데르가 앞발을 가로장에 얹고 주둥이를 네 두 손 사이로 들이밀어도, 발데르를 쓰다듬는 너의 손길에는 무심함이 묻어 있다. 네가 웬만큼 안심한 상태인 거라고 속으로 나를 달랜다. 불안감이 들었다면 저런 정도의 평온을 유지할 수 없을 거라고. 하지만 가끔은 네가 이런 평정 뒤에 아무도 모를 두려움을 숨기고 있을지 모른다는 생각이 퍼뜩 든다. 그리고 그런 상념은 어찌할지 모를 이름 없는 공포로 내 머릿속을 채운다.

이렇게 등 돌리고 모든 걸 외면한 채 앉아 있을 때 넌 무는 생각을 하느냐고 한 번도 물은 적이 없었지. 너도 자진해서 이야기한 적 없고. 이 상호 간의 침묵은 나로서는 마지못해 응하는 합의사항이야. 왜냐면 때로는 네가 멀어져가는 것처럼 느껴지거든. 내게서 고작 2~3미터 떨어진 곳에 앉아 있을 뿐인데도 마치 오래전에 나를 떠난 것처럼, 내가 아닌 더 능력 있는 선장의 명령에 따르고 있는 것처럼, 내 하찮은 보트로는 닿을 수 없는 훨씬 큰 바다에 너의 선박을 타고 이미 도착해버린 것처럼 느껴져.

지금 어디에 있니, 가브리엘?

아빠는 네 몸을 속속들이 알아. 재킷과 바지와 조끼가 투명해서 네 피부와 근육조직이 다 드러난 것처럼 아주 잘 보이고, 그래서 이 순간 어떤 떨림이나 긴장도 네 몸에 흐르지 않는다는 걸 알아. 혈관에 피가 유유히 흐르고 심장은 규칙적으로 단조롭게 뛰고 있어. 초조함에 시달리지도 않고, 어떤 끈질긴 욕구를 느껴 아드레날린이 솟는 것 같지도 않구나. 혹시 마음이 아득해졌다가 돌아오기를 반복하고 있어서 그런 거니? 바다의 놀과 잔바람이 너를 도닥여주니? 이런 여유의 순간이 필요했고, 그래서 다 내려놓고 즐기고 있는 거니? 아빠가 가자고 하면 늘 좋다고 따라나서지만 네가 먼저 뱃놀이 가자고 제안한 적은 없잖아, 왜 그런 거니? 아빠는 고민한다. 이것이 네게 그렇게 필요한 거라면, 왜?

괜찮은 거니, 가브리엘?

거기에 앉아 있는 넌 너무나 아름답고 위엄 있어 보여서 어쩐지 닿을 수 없는 존재처럼 느껴진다. 가끔은 그걸 견딜 수 없어서 아빠는 맞바람과 모터 소리를 뚫고 잘 들리게, 잠깐이라도 네가 나를 돌아보게 큰 소리로 네 이름을 부른다. 그러면 너는 마치 다 알고 있다는 듯 의식적으로 돌아본다. 나는 손바닥에 키스를 얹어 네게 날려보내며 '사랑한다'고 입모양으로 말하고, 눈으로 네 얼굴을 쓰다듬는다. 너도 답신 비슷한 걸 보내지만, 네 키스는 바닷물에 뚝 떨어진다. 손키스가 제대로 전달됐는지 확인까지 할 참을성이 없거든. 그래놓고는 벌써 바다 저멀리에 있는, 아빠는 모를 너만의 무언가를 향해 등을 돌려버렸구나.

지금 너는 혼자니?

그럴 리 없겠지. 너는 우리를 둘러싼 풍경 속에서 온전히, 그리고 완전히 존재하니까. 나는 회한과 갈망에게는 내줄 자리가 없는 이곳, 비통함과 기쁨이 미미하고 모호한 것이 되어버리는 이곳에 어울리지 않는 잠깐의 우울을 털어버린다. 사방이 탁 트인 활짝 열린 바다가 너에게 얼마나 맞는 환경인지, 네가 물꼬도 없이 이 풍경에 얼마나 잘 동화되는지, 어째서 이 풍경이 자연스레 네 것이 되는지 새삼 알겠다. 그리고 이 맥락—바다로 나가는 보트에 탄 아빠와 아들과 개—이 어떻게 우리의 것이 되는지도 알겠다. 이 장면에는 시간을 초월한 어떤 것, 거의 원형적이라고 할 수 있는 어떤 것이 스며 있고, 그 덕분에 심원하게 조화로운 장면이 연출된다.

우리가 사는 섬 바깥쪽의 바위섬들은 길이가 그리 길지 않다. 너그러운 신은 그걸 상쇄하려는 듯 다른 데 공을 들인 것 같다. 우리 보트의 보잘것없는 4마력의 동력으로도 닿을 수 있는, 어떤 활동에도 적당하고 어떤 강풍과 어느 각도의 태양광에도 끄떡없는 수많은 만과 절벽, 아주 작은 섬과 지점들이 지척에 널려 있거든. 그렇지만 마침 이곳에는 주로 북풍이 불고 또 낮에는 해가 남쪽에서 비쳐서, 우리는 남서쪽으로 십오 분 거리에 있는 부드러운 능선의 아담한 섬을 습관적으로 찾게 됐지. 뒤쪽에는 바람을 피할 곳이 있고, 전면에는 남쪽 바다를 향해 굶주려 입을 벌린 듯 모래사장이 너르게 펼쳐져 있는 그 섬 말이야.

우리가 지금 가고 있는 곳이 그 섬이야. 어선 두 척 외에 다른 배는 한 대도 보이지 않는데, 그렇다면 섬에 우리 말고 다른 사람은 없겠구나. 보통은 이런 식이지. 이곳 섬들은 낙원 같으면서도—혹은 어쩌면 바로 그 이유 때문에—다행히 인적이 드물어. 적어도 시끌벅적 떠들거나 보트의 엔진출력을 요란스럽게 자랑하고 이유 모를 부산함으로 해안을 어지럽히는 부류의 사람들은 없지.

이런 날에는 미끈한 바위 언덕마저 모두에게 꿈같은 행선지이지만, 갑자기 바람이 방향을 바꿔 그저 재미나 볼 요량으로—아니면 기상학자들을 골려줄 심산으로—남쪽에서 돌격대를 출동시키는 날엔 있을 곳이 못 되지. 그럴 때면 파도가 입을 괴기스럽게 쩍 벌려 바위 언덕들을 베어물고 배를 바닷가로 내동댕이치는가 하면, 바람은 꼭 붙들려 있지 않은 것들뿐 아니라 고정돼 있는 것까지 전부 매몰차게 날려버리거든. 그런 다음 주력부대가 들이닥치는 거지. 처음엔 수평선 저편에 낮게 모습을 드러낸 시커먼 하늘벽이, 이게 실제로 일어나고 있는 일 맞느냐고 서로에게 확인할 새도 없이, 성경 속 일화에나 나올 법한 가공할 차원으로 우리를 집어삼킬 듯 덮쳐와 가장 강력한 탄약을 퍼붓는 거야.

쌤통이다! 아빠는 동화 같은 릴레산에서 비에 쫄딱 젖어 툴툴거릴 관광객과 주민들을 상상하며 내심 고소해한다. 이곳은 10월임에도 해가 따사롭게 내리쬐고, 바다는 미소를 띠며 잔잔히 철썩거리고, 또 바람은 얼마나 무관심한지 한 번 펄럭거리지도 않고 있으니까.

배는 계류시켰고 장비와 물품들도 물가로 다 옮겼다. 발데르는 무슨 냄새를 맡았는지 벌써 언덕으로 달려가버리는구나. 나는 분주하게 담요와 먹을거리를 나르고, 지난번 사용 후 바람과 해수 아니면 기물 파손범들이 망가뜨린 바비큐 화덕을 복구한다. 너는 저만치 서서 거의 완벽한 침묵 속에 지켜보기만 한다. 나는 입고 온 옷을 훌훌 벗어버린다. 이렇게 지중해 날씨처럼 따스할 때는 겨울밤의 냉기가 우리를 덮치기 전에 최대한 햇빛을 흡수해야 하지. 담요 위에 편하게 앉아 담배에 불을 붙이고 와인을 한잔 따른다. 네게 배고프냐고 묻는다. 아빠가 금방 음식을 준비할 테지만, 우선 당장은 잠깐 앉아서 햇살을 즐기고 싶다고. 주스 한잔 따라줄까?

매번 나는 거의 토씨 하나 바꾸지 않고 똑같이 물어본다. 빤한 질문들이지만, 네 마음을 짓누르던 것을 잠시나마 날려보내는 효과가 있거든. 주변을 둘러본 너는 다행히 불완전하거나 엇나간 것, 평소대로가 아니어서 바로잡아야 하는 것을 발견하지 못한다. 너는 늘 "응, 따라줘"나 "아니, 이따가 마실래" 둘 중 하나로 대답한다. 그것만 봐도, 그러니까 네가 마음 내키는 대로 대답하고 의향을 마음껏 표할 수 있을 만큼, 네 갈증 상태를 스스로 판단할 수 있을 만큼 홀가분하고 편하게 느끼는 것만 봐도 네가 마음의 준비가 됐음을 알겠다. 비로소 이 장소를 네 것으로 차지했음을, 이곳에 합격점을 주었다는 것을, 이곳의 한계점과 가능성을 충분히 받아들였다는 것을 알겠다. 이제야 너는 여기 존재하게 됐다는 걸 말이야. 아빠가 말만 꺼내면 다음주까지도 머물 기세다.

우리가 벌써 몇 번이나 여기 왔지? 한, 100번? 200번? 천 번? 그런데도 올 때마다 너는 장소를 차지하고 네 것으로 만드는, 이 진 빠지는 절차를 꼭 거친다. 아빠는 모든 것을 우리가 늘 하던 대로, 정해진 순서에 맞춰, 똑같은 준비물을 가지고 행하는 것 말고는 달리 도와줄 길이 없다. 이곳에 달라진 게 아무것도 없다는 걸 네게 보여주는 수밖에 없어. 어항 속 금붕어는 기억력이 너무 나빠서, 한 번 빙 돌아서 다시 출발점에 돌아올 때마다 새로운 경험을 시작한다고 해. 컴퓨터도 부러워할 연상기억력을 가진 너는 그와 정반대의 어려움을 겪지. 철저한 일대일 기반의 인지작용이 이루어지기 전까지는 몹시 주저하고 경계하면서 절대로 마음을 놓지 않는다는 얘기야.

집에 있을 때만 빼고. 집안에서는 다른 규칙이 적용되니까. 집에서만은 끊임없이 변하는 무질서 속에 살도록, 네가 아주 어렸을 때부터 우리가 알게 모르게 너를 훈련시켰단다—어쩌다 그렇게 됐냐면, 우리는 집안을 엉망으로 만들어버리는 재주를 타고났거든. 그 엉망인 상태를 참아줄 인내력은 그만큼 없는 주제에 말이야. 상담사들이나 전문가들이 뭐라고 하건 나는 집안의 예측 불가능성이 너에게 도움이 됐고, 네 무거운 어깨에서 부담을 어느 정도 덜어줬다고 생각해—물론 집의 구조와 가족이라는 기본적인 틀이 늘 안정적이고 변함없이 그 자리에 있어준 덕분이기도 하겠지. 우리가 좀더 애를 썼다면, 그러니까 치즈 슬라이서가 항상 같은 자리에 놓여 있고, 테이프가 항상 유리식기 찬장 밑 셋째 서랍에 들어 있고, 치약은 늘 욕실 세면대의 왼쪽이 아니라 오른쪽에 있도록 깨어 있는 모든 시간을 바쳐 신경썼더라면, 오히려 네가 집에서 더 불안해했을 거라는 생각이 들어. 학교에서 돌아오자마자 제일 먼저 집을 구석구석 살펴보며 모든 물건이 평소 상태대로 있는지, 어제 거실 바닥에 마룻장과 수평으로 깔려 있던 러그가 오늘은 직각 또는 사선으로 놓여 있진 않은지, 즉 집이 네가 온전히 집처럼 느낄 수 있는 곳인지 번번이 확인해야 했다면 얼마나 피곤했을까!

그래, 치즈 슬라이서를 못 찾으면 대신 칼로 치즈 써는 법을 네게 가르쳐주면 돼. 왜냐면 그래도 되거든, 가브리엘. 그런 걸 임시변통이라고 한단다. 지금 내가 하고 있는 게 바로 그거야. 믿거나 말거나, 고기에 오일을 바르는 브러시를 깜빡 놓고 왔지 뭐냐. 그럴 줄 누가 알았니? 브러시 대신 손가락으로 바르면 돼. 너도 해볼래?

너는 아주 꼼꼼하게 양념을 고기에 바른다. 처음엔 검지로 슥슥 바르더니, 이내 먹을 것 가지고 장난치는 걸 허락받아서 좋아 죽겠는지 주먹 전체를 이용해 신나게 바른다. 그릴에서 고기냄새를 머금은 연기가 피어오르자마자 발데르가 꼬리를 세차게 흔들며 달려오고, 우리는 별것 아닌 이런저런 것들에 대해 이야기를 나눈다. 고깃덩어리에서 나온 육즙이 혀를 녹이고, 햇살은 따스하고, 시간은 잘도 흘러간다. 네가 모르텐한테서 받을지도 모르는 진짜 금덩어리 얘기는 한 번도 나오지 않는다. 왜냐면 넌 왕자고 난 높으신 국왕폐하고, 우리는 더럽게 부자고, 지금 배가 터질 지경이거든. 물론 디저트로 초코바 하나씩이랑 커피와 따뜻한 코코아 한 잔씩 집어넣을 자리는 있지—아니, 뭐든 집어넣을 자리가 남아 있으니 걱정 마. 조금 있으면 우리는 진짜 보물찾기에 나설 거야. 왕이나 왕자는 원래 금은보화를 아무리 많이 가져도 모자란 법이잖아. 그래서 왕과 왕자인 거잖니. 호화궁궐인 우리집에서는 헨니 여왕과 빅토리아 공주가 기다리고, 텔레비전에서는 어린이 프로그램을 방영해줄 테고, 우리는 10월의 어느 화창한 화요일 저녁 보트 타고 집으로 돌아오는 아버지와 아들과 개 정도의 소박하고 평범한 존재란다.

다섯.
체념 배우기

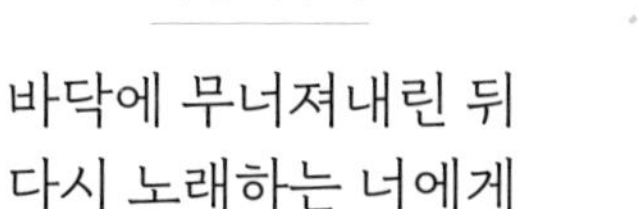

바닥에 무너져내린 뒤 다시 노래하는 너에게

체육관이 꽉 찼다. 학생들과 그 아이들의 부모, 형제자매들이 빈틈없이 꽉 들어찼고, 그래서인지 좀더 배짱 있는 고학년 아이들이 늑목을 기어오르는데도 교사들은 은밀한 신호인 양 서로 윙크만 주고받을 뿐 딱히 제재를 가하지 않는다. 규칙을 적용하는 데도 때때로 융통성을 발휘할 필요가 있으니까, 뭐. 학교 축제 기간이고 분위기도 한껏 들떠 있는 지금 같은 때라면 더더욱.

뭐든 연습하면 완벽해진다고 하지만, 이 아이들이 연습을 얼마나 많이 했을지는 신만이 아실 게다—학교에서, 친구네 집에서, 자기 집에서도 연습 또 연습뿐이었겠지. 하지만 반 친구들 앞에서 연습 삼아 춤추거나 침실 거울 앞에서 친구랑 둘이 춰보는 것, 아니면 자기 집 거실에서 엄마 아빠에게 노래를 들려주는 건 실제 공연하는 것과 천지 차이지. 전교생뿐 아니라 어디 사는지도 모를 생면부지의 어른들 앞에서 무대에 서는 건, 비록 그 무대가 학교 체육관이라 해도 차원이 다른 일이야—게다가 오늘 여기는 전혀 체육관처럼 안 보이기도 하고. 지금이 아니면 영영 다시 오지 않을 단 한 번뿐인 기회지. 가사를 토씨 하나 틀리지 않고 완벽하게 외우고, 스텝도 안 꼬이고, 의상도 가장 예쁘고 멋져 보이게 입고, 분장과 헤어스타일까지 모든 걸 완벽하게 소화할 단 한 번의 기회—반대로 잠깐 정신을 놓는 바람에 가사나 동작을 까먹거나 넘어지거나 더듬거려서, 톡톡히 망신당하고 웃음거리가 되어 체면도 잃고 다시는 사람들 눈도 똑바로 못 쳐다볼 만큼 수치심을 느끼게 되는 것도 단 한 번의 기회에 달렸어.

그래, 2학년생이 학교 축제에서 100명, 많게는 무려 150명의 관객을 두고 공연하는 건 결코 어린애 장난이라고 할 수 없지.

처음에 네 엄마와 나는 농담인 줄 알았어. 근데 네 담임 선생님이 너무 진지하게 나오는 거야.

—이건 가브리엘이 직접 선택한 거고, 충분히 잘해내리라 믿어요.

선생님은 단호하게, 오랫동안 교편을 잡아온 사람만이

가질 수 있는 확신을 가지고 이렇게 말씀하셨어.

네 담임선생님은 참 현명하고 사려 깊은 분이더구나. 담임선생님뿐 아니라 학교에서 너를 돌봐주시는 다른 분들, 교장선생님과 교감선생님, 특수아동 지도교사들, 그리고 사회복지 보조교사들까지 전부 다 그렇지. 너는 복받은 아이야—우리가 복받았다고 해야 할까. 매일 아침 너를 학교에 보내면서 그곳에 너를 잘 돌봐줄 분들이 계시다고, 너에게 충만하고 의미 있는 하루를 만들어주기 위해 최대한 인내심을 발휘하고, 예산도 최대한 사용해줄 분들이 계시다고 믿고 안심할 수 있으니까. 그리고 가끔가다, 사람 사는 일이 원래 그렇듯, 선생님들의 인내심이 바닥난다고 해도 그분들이 알아서 마음을 다스리고 너를 따로 불러내 왜 그렇게 된 건지 차근차근 설명해주실 테고, 그럼 너는 집에 돌아와 우리에게 무슨 일이 왜 일어났는지 전달해주리라는 것을 아니까. 어쩌면 너는 학교에 있는 어른들도 때론 참을성을 잃고 실수할 수 있다는 걸 배웠다고 엄마 아빠한테 얘기해주겠지. 또 늘 그렇듯, 예산이 바닥나면 선생님들이 임시변통으로 각자 주머니에서 비용을 갹출해, 자신들 손에 맡겨진 이 아이가 다른 마을을 이틀간 견학하면서 앞으로 마주할 더 많은 어려움들에 대해 배울 기회를 놓치지 않게 해주리라는 걸 우리는 알아.

너의 생활기록부에는 늘 '대단한 아이' '사랑스러운 아이', 아니면 '놀라운 아이'라는 말이 빠지지 않는다. 네가 가끔가다 선생님들을 물고 때리고 발로 차고, 그분들께 돌도 던지고, 또 갑자기 도망가버리곤 하는데도 말이야…… 선생님들이 아무리 노력해도 네 마음에 들게 '똑바로' 하지 못할 때 그러지. 혹은 그분들이 에둘러 쓰는 표현으로 말하자면 네가 '기분이 별로인 날'을 보낼 때.

크리스마스 방학이 시작되기 며칠 전, 너는 아주 뿌듯한 표정으로 집에 왔어. 진짜 은으로 만든 것처럼 보이는 어마어마하게 큰 컵을 안고서. 가을학기가 막 끝난 무렵이었는데, 그 학기에 너는 그동안 절대 배울 수 없을 거라고 너 자신과 엄마 아빠에게 장담해온 두 가지 기술을, 그것도 단 일주일 만에 터득했지. 뭐냐면, 하나는 읽기와 쓰기이고 다른 하나는 보조바퀴 없이 자전거 타기였어. 너희 반 친구들은 이미 오래전에 터득한 것들인데, 조금 뒤처졌던 네가 불과 일주일 만에 그들과 동급이 되어버렸지 뭐냐. 너무 갑작스럽게 일어난 일이라 그런지 너 스스로도 믿기 힘들어했지. 학교 운동장에 있던 아이들이 네가 자전거 타는 모습을 다 함께 목격하고, 또 너희 반 전체가 네가 책을 낭독하는 걸 들은 후에야 비로소 믿기 시작했잖니. 그 두 가지 승리를 축하해주기 위해 선생님들이 커다란 트로피를 제작해 안겨줬고, 지금 그 트로피는 네 방의 다른 자잘한 보물들 사이에 자랑스럽게 우뚝 서 있다.

네가 둘 중 뭘 더 뿌듯하게 여기는지 궁금하구나—새로 터득한 기술과 학교 어른들이 너를 승자로 인정해줬다는 눈에 보이는 증거물, 둘 중에 말이야. 아빠는 말이다, 가브리엘, 그분들 전부 메달을 하나씩 받을 자격이 있다고 생각해. 안타깝게도 실제로 메달을 받지는 못하겠지만. 왜냐면 그런 일은 좀처럼 일어나지 않거든. 주어진 몫보다 몇 배는 더 많이 일하면서 그저 할일을 한 것뿐이라고, 고마워할 거 없다고, 좋아서 하는 일이며 절대 포기하지 않을 거라고 말해주는 사람들—그들에게는 아무도 메달을 챙겨주지 않아. 그렇지만 어떻게 보면 우리가 느끼는 고마움은 어떤 트로피보다 눈부시게 빛날 테고, 그분들도 우리가 마음으로 보내는 트로피를 분명 받으셨을 거야. 물론 네가 너만의 방식으로 안겨드리는 트로피도 소중히 간직하고 계실 테고. 네가 그분들을 꼭 안아드릴 때, 뜻밖의 미소를 보여줄 때마다 그분들은 트로피를 하나씩 받는 셈이란다. 하지만 가장 큰 트로피는 다른 게 아니라, 네가 학교 가기 싫다는 말을 한 번도 안 하는 거겠지.

—알아요, 그렇지만…… 정말로 가브리엘 혼자 무대에서 노래 부르게 하실 작정이세요?

—혼자서도 잘할 거예요. 우리가 도와줄 테니까요. 집에서 가브리엘 데리고 연습만 충분히 시켜주시면 돼요.

이번에도 노련한 교사의 경험에서 나온 믿음직한 한마디에 학부모는 꼼짝 못한다.

물론 우리도 연습은 단단히 시킬 생각이다. 다가올 이……

'실험'에서 학부모의 몫을 해야 하니까. 이게 네가 진짜로 원하는 거라면 말이다. 이게 네가 원하는 거냐고, 정말로 무대에 혼자 올라 모두 앞에서 노래 부르고 싶으냐고 우리가 물었을 때 너는 주저 없이 그렇다고 대답했어. 너무 곧바로 대답하는 게 약간 수상쩍다는 느낌마저 들었지. 네가 다소 지나치게 마음이 짓눌린 것 같았고, 그런 질문을 받아서 놀란 것 같기도 했어. 보통 너는 누가 의사를 물어볼 새도 없이 일찌감치 참여 대상에서 제외되곤 했으니까. 그러니 당연히 연습해야지.

가사와 멜로디를 익히는 건 네게 식은 죽 먹기였어. 네게는 엄마 아빠도 가끔씩 깜짝 놀라게 하는 수준의 청각 기억이 있으니까. 엄마 아빠가 부엌에서 저녁을 준비하면서, 거실 저 구석에 앉아 다른 세계에 빠져 있는 너에게 들릴락말락 한 낮은 목소리로 어른들 얘기를 조곤조곤 나눴는데 말이다—일주일 혹은 2주일 후 네가 우리 대화 중 일부를 토씨 하나 안 바꾸고 고대로 반복한 적이 한두 번이 아니잖아. 주로 이런 질문으로 우리를 당황하게 만들었지. "그때 엄마한테 왜 이렇게 말했어?"

아빠랑 둘이 쇼핑 갔다가 돌아왔는데, 네가 앞마당 담벼락에 기대앉아 아이스크림을 먹으며 노래를 흥얼거린 날도 기억난다. 아빠가 무거운 쇼핑봉투 몇 개를 들고 낑낑거리며 계단을 올라가는데 네가 부르는 영어 노래가 들려왔어. 노래 가사를 제외하면 영어를 전혀 모르는 너인데. 게

다가 그 곡이 그날 집으로 돌아오는 차 안에서 처음으로 튼 CD에서 흘러나온 노래의 가사와 멜로디라는 걸 아빠는 퍼뜩 알아챘어. 네가 차 뒷좌석에서 멍하니 창밖만 내다보고 있길래, 완전히 다른 세상에 가 있는 줄 알았는데.

너는 '잠자리 들기 전에 양치질해라' '쇼핑몰 주차장에서 내릴 때는 차문을 꼭 닫아라' 같은, 아빠가 수천 번은 했을 법한 잔소리들은 딱 한 번만 써먹고 삭제해버리는 사소한 정보로 취급하지. 하지만 네가 들을까봐 조심조심 나누는 대화라든가 네가 거의 만난 적 없는 사람의 목소리, 압하스어*든 뭐든 외국어로 부르는 노래 가사 같은 건 또 귀신같이 머릿속에 저장하더구나. 나는 아직까지도 너의 '삭제할 것' '저장할 것' 분류 시스템을 파악하지 못했어. 어떤 정보를 무의식중에 저장하고, 어떤 정보를 의식적으로 기억 창고에 넣는지 도통 모르겠더라. 수백 번은 들었을, 그래서 단지 많이 들었다는 이유만으로 네 머릿속에 선명히 남아 있어야 할 노래나 후렴구, 가사는 알다가도 곧잘 잊어버리지. 예를 들면 학교에서 매년 국경일 행사를 대비해 다 같이 연습하는 국가라든가 아니면 지난 몇 년 동안 아빠가 밤마다 너에게 자장가 삼아 불러준 찬송가 같은 것.

사실 그런 시스템이 있는지 없는지조차 모르겠다. 아마 너의 정보 분류 기준은 나만이 아니라 너에게도 똑같이 알

* 흑해 연안 동쪽 조지아(그루지야)의 서부에 있는 압하스 자치공화국에서 사용하는 언어.

쏭달쏭할 것 같다. 게다가 이런 의문 자체가 너한테는 이상하고 쓸데없는 짓으로 느껴질 것 같구나—어쨌거나 너는 본디 그런 사람이니까.

그래, 예상대로 가사와 멜로디는 순식간에 익혔다. 애초에 네가 관심이 많아서 고른 곡이었으니까, 뭐.

발단이 〈캡틴 세이버투스〉* 비디오였는지 아니면 『보물섬』의 만화영화 버전이었는지 잘 기억나지 않는다. 뭐가 됐건 얼마 안 가 너는 세상 무엇보다 해적이, 정확히는 선량한 해적이 되고 싶어했어. 그런 게 존재하기나 하는지 모르겠다만. 여하튼 한동안 너무 간절히 해적이 되고 싶어해서, 해적이란 '아주 오랜 옛날'에나 존재했던 것이고 지금은 없다는 걸, 바꿔 말하면 네가 너무 늦게 태어났다는 걸 너에게 도통 이해시킬 수가 없었어. 네가 너무 흠뻑 취해 있어서 때때로 우리집과 네가 말하는 '성'을, 우리 보트와 너의 '해적선'을, 일곱 살 먹은 가브리엘과 '선장' 가브리엘을 분간이나 하는지 의심되는 순간도 있었단다. 우리는 웬만큼 장단을 맞춰주었는데 개중 몇 번은, 아빠가 이 자리를 빌려 고백하건대 별로 순수하지 않은 목적에서 그런 적도 있었어—예를 들면 네가 순순히 생선을 먹게 하려고 그랬다든가.

---

* 해적 세이버투스 선장을 주인공으로 한 노르웨이의 어린이 드라마 시리즈.

—흥! 내가 약해빠진 뭍사람인 줄 알아? 봐봐, 생선 잘 먹지?!

하지만 네가 생선을 좋아하느냐 싫어하느냐보다 훨씬 중요한 문제는, 뭐가 진짜고 뭐가 허구인지 구분하느냐였어. 엄마 아빠는 뭐가 '그러는 척하는 것'이고 뭐가 '진짜 그런 것'인지 확실히 구분하는 법을 가르쳐주고 싶었어. 왜냐면 너는 노략질 놀이를 하는 게 아니라 실제로 노략질을 나갔고, 그런 노략질이 이루어지는 세계는 실제와 전혀 다른 규칙이 적용되는 세계거든. 그 규칙들에 따른답시고 너는 평범한 현실에서는 굉장히 부적절하거나 숫제 위험한 행동을 저질렀고, 그럴 때면 너와 소통하기가 몹시 힘들었단다. 우리가 이 세계의 논리와 언어로 설명하면 너는 이걸 네 세계의 지배적 법률과 질서에 어긋나는 걸로 봐서, 간간이 아주 골치 아픈 상황이 일어났어. 결국 네가 화나고 좌절해서 울다 지쳐 포기하면서 상황이 종료되곤 했지. 우리는 또 우리대로 좌절하고 지쳤지만, 다른 접근법이 필요하다는 걸 곧 깨달았어. 너의 세계로 따라 들어가, 그곳의 언어와 논리를 사용해 너를 살살 달래서 다시 이 세계로 데려와야 한다는 걸. 하루는 네가 땅바닥에 앉아 거기 있는지 없는지도 모르는 보물(그러나 네가 '무의식적으로' 그쯤에 묻혀 있는 걸 알고 있었던 보물이었어. 왜냐면 묻은 사람이 다름 아닌 너였으니까!)을 찾으려고 흙을 파고 있었는데, 하필 그날 할머니 할아버지 댁에서 저녁식사를 하기로 돼 있어서 너를 집안에 데리고 들어가 깨끗한 옷으로 갈아입혀야 했어. 만일 우리가 여느 부모들처럼 울화를 터뜨리고 부모의 권위를 앞세워 너를 억지로 데려가려 했다면 몇 시간 동안 고성과 실랑이가 오갔을 거야. 아빠가 깔끔하게 새로 다린 셔츠가 더러워지는 걸 무릅쓰고 철퍼덕 주저앉아 너랑 같이 땅을 판 건 참 잘한 일이었지. 그러다 네 엄마가 나와서 해 떨어지기 전에 금화를 찾는다고 땅을 파헤치면 영원히 저주에 걸린다는 전설이 있다고 했을 땐, 아빠도 그 순간만은 너처럼 해적에 감정이입해 몹시 경악한 척했어. 그건 네가 잘 이해하는 언어였으니까.

—그럼 해 떨어질 때까지 기다려야겠네! 빨리 집에 들어가서 이 저주받은 흙을 씻어버리자!

—그래, 그러는 게 좋겠다.

우리는 재빨리 맞장구쳤어. 할머니 댁에서 몇 시간이고 이어지는 일요일 저녁식사를 하다보면, 네 머릿속이 다른 생각들로 꽉 차겠지 하는 심산으로.

이 전략이 항상 먹히지는 않았고 많은 상상력과 인내심을 요구했지만, 최소한 노력한 만큼의 가치는 있다고 느낄 정도로 자주 통했단다. 그러다 언제쯤 네가 서서히 분간할 능력이 생겼는지, 언제부터 뭐가 '그러는 척하는 것'이고 뭐가 '진짜 그런 것'인지 아는 걸 티내기 시작했는지, 아빠도 잘 모르겠다. 하지만 분명한 건 다음의 두 가지가 톡톡히 한몫을 했다는 거야. 한 번의 공연 관람과 한 번의 이벤트.

데려간다 데려간다 약속만 하다가 드디어 늦여름의 어느 날 엄마 아빠가 진짜로 크리스티안산에 있는 '동물원과 해적랜드'에 너를 데려간 것 기억나니? 거기서 너는 펠라와 퓌사, 핀키와 루벤, 순니바, 랑에만*을 다 만나봤고 심지어 탑 꼭대기에 서 있는 세이버투스 선장까지 잠깐 봤잖아. 우리는 사금 채취 체험도 했고 '무시무시한 가브리엘'의 보물창고에도 들어가봤는데, 그 방에서 특히 너는 꼭 자기 방에 들어온 양 편안해했지. 네 이름이 붙은 방이었으니까, 뭐. 그런 다음 우리는 '블랙 레이디'호를 타고 바다로 나갔고, 노략질용 장비를 파는 상점들을 돌며 돈을 펑펑 썼어. 우리 같은 어른들에게도 신나고 흥미진진한 시간이었지만, 동시에 마음 한구석이 불편했어. 그곳의 모든 것이 '해적' 테마에 철저히 부합하도록 조성되어 있는데다 너무 그럴듯하고 '진짜' 같아서 네가 그걸 두 눈으로 직접 보고 '그럼 그렇지' 확인도 했겠다, 다른 가능성은 더더욱 고려하지 않게 된 거야. 네가 확신에 찬 눈빛과 목소리로 의기양양하게 이렇게 외치기까지 그리 오래 걸리지 않았어.

—저기 봤지? 진짜 해적들 맞잖아! 크리스티안산 위에 산다는 것만 다르지!

(한동안 너는 크리스티안산 '위에' 산다고 말했는데, 아마

* 전부 〈캡틴 세이버투스〉의 등장인물.

무의식의 논리에 따라 '해적=보물=섬'이라는 도식을 머릿속에 담아두고 있었던 모양이야. 따라서 크리스티안산이라는 도시를 사람이 그 '위'에 사는 섬이라 여긴 거고.)

어떻게 보면 네 주장은 반박 불가한 면이 있었어. 사방 어디를 봐도 온통 진짜 해적처럼 보이는 사람들이 여기저기 진을 치고 어슬렁거리고 있었으니—최소한 딱 그것만을 보고 싶어하는 아이의 눈에는 진짜일 수밖에 없지. 어쨌든 네 주장을 일일이 반박해가며 기분을 망칠 필요는 없겠다 싶어서 그날은 일단 넘어갔어. 기왕 판자 위를 걷는다면, 아예 스페인 금화도 마지막 한푼까지 챙기고 기분좋게 저녁 공연 티켓도 사는 편이 낫겠다 싶었거든.

당연히 너는 방방 뛰며 좋아했어. 취침시간을 한참 지나서까지 깨어 있어도 되는데다, 마침내 너의 분신인 '7대양을 정복한 황제 세이버투스 선장'도 아주 가까이서 볼 수 있게 됐으니까. 심지어 너는 차림새까지 상황에 딱 들어맞았지—얼굴은 해골처럼 하얗게 칠하고, 모자와 콧수염은 물론 후크와 검, 권총까지 갖추고 갔으니.

처음 계단식 극장에 들어섰을 때 너는 약간 어리둥절해했어. 그동안 우리가 골백번 이건 공연일 뿐이다, 그냥 연극이다, 설명해줄 때마다 너는 당연히 그 정도는 안다고 대꾸했지만, 다른 건 둘째 치고 번호가 적힌 의자에 가만히 앉아 '그냥' 관람만 해야 된다는 뜻인 줄은 그제야 깨달은 거지. 그래도 다른 애들도 다 너와 비슷한 모습을 하고 있는 것에 내심 마음이 놓였을 거야. 다들 얼굴에는 허옇게 분칠을 하고, 빳빳한 가짜 콧수염 아래 입술은 피로 물들인 듯 새빨갛게 칠하고, 각자 챙겨온 무기로 한껏 무시무시한 분위기를 내고 있었잖아. 게다가 그 아이들도 너랑 똑같이 자기 번호가 적힌 자리에 얌전히 앉아 있었지.

하지만 안심한 것도 잠시, 곧 불꽃과 천둥과 귀청 떨어지는 음악이 극장 안에 울리기 시작했고, 그 빛과 소리가 너무 강해서 너는 압도당하는 것 같았어. 실제로 오감을 사로잡고 몸이 얼어붙게 만들 정도로 강렬했거든. 그러다 사랑과 배신, 악당과 영웅의 서사가 한바탕 휩쓸고 간 뒤, 마지막으로 통쾌한 승리를 쟁취한 부분에서는 다 같이 일어나 클로징 송을 불렀지.

너는 뭔가를 파악한 듯했어. 무대 왼쪽에 있는 성이 건물의 외관에 불과하다는 걸, 진짜가 아닌 무대장치라는 걸 알아챈 거야. 배우들이 죽고 죽이는 것도 진짜가 아니라 그런 척만 한다는 것도 눈치챘어. 투광조명과 마이크, 무대장치와 의상 교체를 두 눈으로 똑똑히 봤고 그것이 그냥 연극이라는 걸, '그러는 척하는 것'일 뿐이라는 걸 이해했어. 심지어 세이버투스 선장마저 진짜가 아니라는 걸 넌 알아버렸지—그럴 수밖에 없는 게, 그가 무대에서 웃는 얼굴로 허리 숙여 인사하며 관객들에게 다음에 또 오라고 초대하고 있었거든. 넌 혹시 선장의 보물도 가짜가 아닐까 싶었겠지.

너는 그런 의심을 입 밖에 내지는 않았고, 그날 이후 그 얘기를 한 적도 없어. 하지만 네가 이미 충분히 의심하고 있음을, 엄마 아빠가 하는 얘기가 맞는 말일 수 있고 어쩌면 진짜 해적은 이제 없을지도 모른다는 사실을 깨닫기 시작했음을 아빠는 알 수 있었어.

네가 품은 의심은, 몇 달 뒤 우리가 집에서 해적놀이 이벤트를 열고 너희 반 아이들 전체를 초대했을 때 확신으로 굳어졌어. 우리는 초대장을 보물지도처럼 만들려고, 종이 가장자리를 약간 그슬리고 촛농도 몇 방울 떨어뜨리는 등 세심하게 신경썼단다. 반 아이들은 한 명도 빠짐없이 해적처럼 무장하고 의상도 최대한 그럴듯하게 갖춰입고 놀러 왔어. 엄마 아빠도 덩달아 화려한 해적 의상을 손수 만들어 입었고. 정말이지 꿈같은 오후였지. 너희들 모두 집 주변을 신나게 뛰어다니며 보물 사냥을 하고 사탕과 과자, 동전이며 금화를—아쉽게도 초콜릿으로 만든 거였지만—잔뜩 손에 넣었고, 너를 포함해 모두가 행복해했잖아. 그렇지만 너는 이제 의심하는 정도를 넘어서 체념한 태도였어. 해적은 진짜로 될 수 있는 게 아니라, 그런 척하면서 노는 걸로 만족해야 하는 존재라는 걸 받아들인 것 같았어.

그후로는 한바탕 해적놀이를 해도 진심으로 하는 것 같지 않았어. 마치 더는 그렇게 열 올릴 필요가 없다는 듯. 우리도 너를 해적 역할—모든 역할놀이는 아닐지라도 최소한 해적놀이만은—에서 현실로 돌아오게 하는 데 힘이 훨씬 덜 들게 됐지. 순수함을 하나 잃었다고 볼 수 있지만, 반대로 성숙함을 하나 얻은 작은 승리이기도 했어. 이 세상에서 네 위치를 알아가는 길고 긴 여정에서 큰 걸음을 내디딘 셈이라고 할까.

더불어 엄마 아빠도 네가 더이상 '뭍사람'이라 불리는 걸 거부하지 않게 됐다는 사실을 받아들여야 했단다. 하긴 생선 잘 먹는 것보다 중요한 문제가 세상에는 하고많으니까.

—정말로 하고 싶은 게 확실해, 가브리엘? 네가 하고 싶은 대로 해도 돼. 마음 바꿔도 학교에서 아무도 뭐라 그러지 않을 거야. 너도 알지?

—응, 나도 알아. 근데 진짜로 하고 싶어서 그러니까, 그냥 하면 안 돼? 응, 응, 응? 아, 알겠다, 들려줄게……

그러더니 너는 노래를 부르기 시작해. 1절과 2절 전부. 객관적으로 봐도 흠잡을 데가 없구나. 하지만 솔직히 말하면, 그 부모에 그 자식이라는 증거도 살짝 보인다. 네 부모처럼 너도 음악 쪽으로는 나가면 안 될 것 같다.

그렇지만 지금 중요한 건 음악이 아니라는 것, 아빠도 알아. 세상 사람들 눈에 다른 애들이 비치는 것과 똑같이 비치고픈 너의 열망과 욕구가 지금 하는 얘기의 핵심이지. 무리에 속하고픈 욕구를 얘기하는 거야. 네가 평소에, 적어도 학교 밖에서는 거의 경험하지 못하는 것이 바로 무리에 속하는 거잖니. 그런 대접을 받는 일이 워낙 드물어서, 아주 가끔 네 또래 애들이 집에 찾아오기라도 하면 너는 완전히 얼이 빠져버리지. 작년 여름에 너희 반 마리트가 갑자기 집에 놀러온 것 기억나니? 마리트는 너를 와락 껴안아서 네가 무안함에 할말을 잃게 만들더니, 같이 나가서 놀지 않겠냐고 물었어. 너는 나한테 와서 얼마나 신나는지 얘기하느라 마리트한테 대답하는 것마저 깜빡했고.

—아빠, 믿어져? 우리 반 애가 나더러 같이 나가서 놀재! 지금 여름방학이라서 학교도 안 나가는데!

그래, 그러니 축제에 참여하고 싶어한 것도 무리가 아니지. 당연히 노래하고 싶고, 반 아이들과 전교생 앞에서 뽐내고 싶었겠지. 너도 그애들처럼 할 수 있다는 걸, 너도 그애들과 다르지 않다는 걸 당연히 보여주고 싶었겠지.

너는 궁금한 것도 많고 어려운 질문도 참 많이 던지는 아이야, 가브리엘. 그런데 네가 던지는 질문 중에는 뭐라 설명할 수 없이 어려운 것들이 있어. 아마 다른 사람이 그런 질문을 했다면, 아빠는 '설마 반어적 질문이겠지?'라고 어이없어하거나 아니면 참 멍청한 질문이라고 생각했을 거야. 다른 사람이 아닌 너라서 아빠는 그게 굉장히 진지한 의문이라는 걸 알고 또 그렇게 받아들이는 거야. 어떻게 해도 사라지지 않는 고통에서 나온 의문이라는 걸 알거든. 몇 번이고 똑같은 질문을 던져도 고통은 사라지지 않아. 왜냐면 답이 없는 질문들이니까. 예를 들면 이런 질문.

—왜 나는 다른 사람들처럼 될 수 없어?

—왜냐면, 가브리엘, 왜냐면…… 너는 다르니까.

별로 좋은 대답은 아니지. 아빠도 알아. 모두가 각자의 방식으로 남과 다르지만, 그럼에도 불구하고 너는 보통 사람들이랑 달라. 그리고 그게 너에게 상처가 된다는 걸 알아—다르다는 사실 자체보다 왜 다른지 이해가 안 가서 더 마음이 아프다는 걸. 남들과 다르다는 사실은, 어느 정도까지는 너도 받아들일 수 있어. 하지만 '왜 다른지'는 풀 수 없는 수수께끼이고, 너는 그 수수께끼를 안고 살아가야 해.

하지만 아무리 남들과 다르다 해도 너는 혼자가 아니야, 가브리엘. 세계 곳곳에 수백만 명의 사람들이 너와 같은 종류의 문제로 고민하며 살아가고 있어. 다만 방식이 다르고 전제조건이 다를 뿐이지. 너와 그 사람들을 동류로 묶는 건 너를 둘러싸고 벌어지는, 그리고 남들에겐 기가 찰 정도로 쉽고 자연스러워 보이는 사회적 게임의 룰을 이해하지 못하고 터득하지도 못한다는 점이야.

우리가 이런 말로 달래거나 위로해주려 할 때마다 네가 우리를 힐난하듯 거세게 반박하는 건 어찌 보면 당연하기도 해. 전 세계에서 너랑 똑같은 문제로 힘들어하는 사람이 어디 있냐고 따지는 네 말엔 일말의 타당성이 있거든. 세상 어디에도 완전히 똑같은 사람은 없고 그러니 완전히 똑같은 문제로 고민하는 사람도 없다고 네가 반박했잖아. 네가 그토록 확신을 가지고 그 말을 한 것을 아빠는 어떻게 받아들여야 할지 모르겠다. 단순히 어떤 사고 과정을 거쳐 그런 논리적 추론에 도달한 거니? 아니면 남과 다르게 살아온 경험에서 나온 상처나 무의식중의 통찰인 거니? 그것도 아니면 혹시 세상 유일한 존재로 살아가는 경험에서 힘을 얻고 마음의 안정감을 느끼는 거니? 어쩔 때 보면 너는 네가 '명확히 분류할 수 없는 아이'라는 사실에서 위안을 얻는 것 같더구나. 언제 그렇게 느끼느냐면, 한번은 네가 새 학기가 시작되고 며칠 지나지 않아 학교에서 돌아와서는 대단한 용기라도 얻은 것처럼 신나서 이렇게 말했지.

—있잖아, 엄마, 좋은 일 있어. 우리 반에 좀 남다른 여자애가 들어왔어! 아니, 나처럼 다른 건 아닌데, 하여튼 남들하고 다른 애야!

너희 반 아이들은 참 특별한 애들이더구나. 수업 첫날부터 억지 동정심이나 어른들한테서 전염된 의무감이 전혀 섞이지 않은 자연스러운 연민으로 너를 받아들인 걸 보면 말이야. 너한테 마음껏 장난 걸고 소리도 지르고, 너와 입씨름하고 장난으로 드잡이도 하고, 그러다 그애들이나 네가 선을 넘으면 실제로 치고받는 것도 주저하지 않지. 그런데 걔들은 네 한계가 어디까지인지, 네가 받아들이고 참아줄 수 있는 선이 어디인지, 잘 놀다가 갑자기 네가 '미운 가브리엘'처럼 굴면 어떻게 되는지, 그럴 때 자기들이 뭘 해야 하고 또 뭘 하지 말아야 하는지 누가 가르쳐주지 않았는데도 이미 알고 있는 것 같더라. 그렇게 된 건 다른 무엇보다 우리가 처음부터 학부모 모임이나 학급 행사에서 네가 어떤 아이인지 설명해주면서 급우들과 학부모들에게 열린 태도를 보였기 때문인지도 몰라. 그렇지만 대체로는 우리가 그냥 운이 좋아서 그런 거라고 봐야겠지. 때로는 너를 이해 못하고 때로는 너를 싫어할지 모르지만 그럼에도 불구하고, 혹은 바로 그 이유로, 너에게 잘 대해주는 아이들을 만난 것 말이야. 그게 행운이 아니면 뭐겠니.

그걸 이번 국경일만큼 확실하게 느낀 적도 없었다. 보통 아이들은 고대하지만 너는 싫어하는 명절들처럼, 이번 5월 17일 휴일도 너는 썩 반가워하지 않았지. 기대치가 워낙 엄청나고 장황해서 그게 충족될 리 만무한데다 어딜 가나 참기 힘들 정도로 소음이 심하고 사람은 바글거리고 오감이 마비될 정도로 자극이 강렬하니까. 너는 정신을 못 차리면서 아무것에도 집중 못하고, 몹시 혼란스러워하고, 그러다 결국엔 기가 팍 죽어버리지. 그런데도 우리는 매년 축제에 참가해. 그만큼 네가 소외감을 느끼지 않게 해주고 싶은 거야.

올해 너는 별 탈 없이, 그러나 딱히 즐기지는 않고 왜 그런 걸 하는지 이해도 못한 채 오전 행진에 참가했고, 학교에서 교회까지의 구간에서는 기수 노릇도 했어. 그런 다음 우리는 시내로 나가 장난감총을 사고 아이스크림이랑 소시지롤빵도 사먹었고. 이제 우리는 스피치 경연과 각종 게임과 경기가 펼쳐질 너희 학교로 간다. 너랑 너희 반 친구들은 신나게 총싸움하느라 벌써 총알을 거의 바닥냈구나.

너는 다른 애들도 다 한다는 이유로 운동장에서 펼쳐지는 경기에 참여하고 싶어한다. 경기는 반 대항전이고 우승자들을 위한 꽤 커다란 금메달도 준비되어 있다. 너는 저 금메달 중 하나를 반드시 따야겠다고, 마치 마음만 먹으면 1등할 수 있는 양 선언한다.

출발선으로 나간 너의 바로 뒤에 선 아빠는 배 속에 돌덩이가 들어앉은 느낌이지만 애써 무시하고, "제자리에, 준비"를 듣는 순간까지 먼저 출발하면 절대 안 된다고 설명한다—그다음에 들리는 '땅' 소리가 출발신호라고. 아드레날린과 흥분으로 펄쩍펄쩍 뛰고 싶을 텐데도 너는 차분하게 알아들었다고 대꾸한다.

—제자리에…… 준비……

'땅' 소리가 너무 갑작스럽게, 예상치 못하게 울리는 바람에 너는 잠시 정신을 못 차린다. 하지만 곧 내 손이 등을 떠미는 걸 느끼고, 동시에 사이드라인에서 터져나온 함성을 듣고서 다른 애들이 이미 출발한 걸 알아챈다. 크게 몇 걸음 뗀 너는 이내 눈을 부릅뜨고 생사가 달린 것처럼 냅다 달린다. 이기기 위해, 메달을 따기 위해, 다른 아이들에게 증명해 보이기 위해 죽을힘을 다해 달린다. 그런데 그것도 잠시…… 주위를 둘러본 너는 거기에 너 혼자 있는 것을, 육상트랙에 너만 덩그러니 남겨진 것을 알아챈다. 다른 애들은 벌써 저만치 앞에서 결승선을 통과해 있고, 그건 네가 졌다는 뜻임을 깨닫는다.

"안 돼!" 하고 귀청을 찢는 울부짖음이 터져나온다. 너는 회색 육상트랙 한가운데 철퍼덕 드러눕더니 몸을 한껏 웅크린 채 부들부들 떨며 흐느끼기 시작한다. 나는 재빨리 트랙으로 달려나가 네 옆에 쭈그려 앉지만 어쩌면 좋을지, 무슨 말을 해야 할지 몰라 그냥 너를 꼭 안아준다. 사방에 어색한 긴장감이 내려앉는다. 사람들은 서로를 쳐다보고 또 우리를 바라본다.

그런데 다음 순간 그 아이들, 너희 반 친구들이 한 명도 빠짐없이 우르르 몰려와 너를 둘러싼다. 아빠는 귀를 의심한다.

—정말 잘했어, 가브리엘!

—해냈어, 가브리엘!

—그렇게 잘 달리는 줄 몰랐는데, 가브리엘!

너는 고개를 들고 눈물 맺힌 눈으로 휘둥그레 반 친구들을 둘러본다. 곧 네 얼굴에 쑥스러운 미소가 번진다.

—가자, 가브리엘, 가서 메달 챙겨야지!

—어, 근데, 나 안 이겼는데……

—무슨 소리야, 이겼잖아, 가브리엘!

—진짜 대단했어, 가브리엘!

—빨리, 가서 메달 받아야지, 가브리엘!

너는 일어서서 소매로 눈물을 훔치고는, 순도 백 퍼센트의 자랑스러움과 기쁨을 발산하며 친구들이 이끄는 대로 함께 트로피를 받으러 간다. 회색 육상트랙에 덩그러니 남은 아빠는 눈물범벅이 돼서는, 고작 일고여덟 살 먹은 애들이 단지 네가 잘되길 바라는 마음으로 너를 위해 보여준 행동에 전에 없이 감동받아 멍하니 앉아 있다.

5월 17일에서 2주가 지났구나. 오월의 열나흘은 아이에게는 긴 시간이지. 그날 일어난 일을 까맣게 잊고 아무 일도 없었던 양 하루하루를 살아가게 될 만큼 긴 시간. 그런데 오늘은 너희 학교 문화의 밤 축제가 열리는 날이고, 아빠는 아직 그날 육상트랙에서 있었던 일을 잊지 못하고 있다. 그날 출발선에서 느꼈던 배 속의 돌덩이도 그대로이고, 오히려 덩어리가 더 커진 것 같구나.

중요한 날마다 으레 있는 일이지만, 오늘도 역시 아빠는 카메라를 집에 놓고 왔다. 너희 반 친구들의 부모님과 다른 반 아이들의 학부모까지 굳이 와서 행운을 빌어준다. 아빠처럼 그날 일을 못 잊은 게지. 네 차례가 되면 대신 사진을 찍어주겠다고 나서는 사람도 있다.

오늘 저녁 프로그램은 규모가 꽤 크다. 2학년생 30명이 혼자서, 또는 몇 명씩 소그룹으로 무대에 올라 노래와 춤, 낭송과 촌극을 선보일 예정이라고 한다. 솔직히 네 순서 말고 다른 것들은 기억이 잘 안 난다. 몸집이 좀 큰 학생들 몇 명이 지도교사들의 암묵적인 허락하에 늑목에 매달려 장난치는 게 보인다. 아까 너를 남겨두고 온 로커룸에서 혼자 우두커니 서 있을 네가 상상된다. 너 자신의 긴장보다는 주변의 다른 학생들에게서 감지되는 평소와 사뭇 다른 긴장감에, 조금 멍한 눈빛을 하고 서 있을 네 모습이. 체육관에 나와 있는 엄마와 아빠는 마음이 약간 불편하구나. 모두가 우리를 빤히 쳐다보는 듯한 기분이 들어. 기다리는 동안 다른 얘기를 해보려 하지만, 늘 그렇듯 전혀 다른 것을 논해야 할 순간조차 우리 대화의 초점은 너에게로 향한다. 결국 우리는 입을 다물어버린다. 빅토리아는 어느새 아는 얼굴을 발견하고는 함께 수다떨며 대기시간을 때운다.

조명이 어두워지고 선생님 한 분이 중앙으로 나와 환영인사를 한 다음, 오늘 저녁 자랑스럽게 선보일 무대를 간략히 소개한다. 곧이어 우리 지역 초등학교 연례 문화의 밤 2학년생 발표회가 시작된다.

아빠는 너무 긴장해서 누가 뭘 하는지도 모르게 무대들을 흘려보낸다. 내 마음은 니카라과에 가 있다. 거기엔 멋진 선물이 너를 기다리고 있단다. 아빠가 한 번도 얘기한 적 없는 선물이야. 몇 달 전, 모 원조사업 관련해서 니카라과에 출장 갔을 때 현지에서 만난 관계자가 지인을 소개해줬고, 그 사람이 다시 마나과* 외곽에서 전문 번식장을 운영하는 사람을 연결해줬어. 적지 않은 돈을 지불했단다. 이런 일에는 돈이 들게 마련이니까. 게다가 수의사와 농수산부 관계자, 수출 담당관들, 또다른 정부 담당부처들에도 비

---

* 니카라과의 수도.

용을 지불했고. 노르웨이 영사관 직원들은 물론이고 연줄이 닿은 다른 고위 공무원들도 최선을 다해줬지만, 결국엔 시간이 너무 부족했어. 알고 보니 노르웨이측 공관이 반입 허가를 내주는 데 최소 6개월이 걸린다더구나. 그래서 아빠는 빈손으로 집에 돌아와야 했어. 하지만 결과야 어쨌건—니카라과의 인가받은, 그리고 제대로 운영되는 번식장에서—그 녀석이 너를 기다리고 있어. 네 거야, 가브리엘. 다른 곳에 살고 있을 뿐이지. 봄의 새 잔디 같은 초록색 바탕에 무지개의 모든 색깔을 입은, 아메리카 깊숙한 곳에서만 볼 수 있는 가장 수다스러운 종이란다. 여기서 아메리카는 미국이 아니라 라틴아메리카와 남아메리카를 말하는 거야. 생각해보렴, 미끈한 자동차와 고층건물이 다 뭐냐. 자존심이 좀 있다 하는 해적이라면 그 어깨에 하나쯤 걸터앉아 있을 법한, 정글의 신비와 경이를 품고 있는 유창한 앵무새에 비하면. 그것도 진짜 앵무새……

—……학생이 직접 고른 곡이라고 하는데요, 이제 나와서 부를 겁니다. 박수로 맞아주세요. 가브리엘입니다.

체육관이 이렇게 조용했던 적이 있던가 싶다. 중앙으로 걸어나온 너는 마이크 앞에 서서 반주를 맡은 기타리스트와 한 번 눈을 맞추고는 정면을 응시한다. 겁먹거나 불안해하는 것 같지는 않고, 이 이례적인 상황의 전체적인 그림을 마치 복잡한 교통지도를 읽듯 파악하려는 것 같다. 반면에 우리 주위에는 거의 손으로 만질 수 있을 듯 팽팽한 긴장감이 감돈다. 200개, 잘하면 300개쯤 되는 눈이 너만을 주시하고 있다. 소리 없는 기도가 공기를 메운다.

제자리에…… 준비……

첫 음이 '땅' 신호처럼 갑자기 튀어나오지만, 이번에 너는 준비가 돼 있다. 너는 마음을 다잡고는—노래를 시작한다. 네가 노래를 한다! 주저하지 않고 더듬거리지도 않고 가사 한 구절, 아니, 한 단어도 안 잊어버리고 여유롭게 부른다. 외운 대로 술술, 힘차게, 흠잡을 데 없이 부른다.

나는 깊은 정글에서 온 앵무새.
오래전에 태어난 그곳.
나의 앵무새 엄마가 말했어요, 내가 아직 말을 못 했을 때.
기다려봐요, 말할 거예요. 난 믿어요.

너에게는 안 보이겠지만, 200개의 눈에 눈물이 맺힌다. 기쁨의 눈물, 안도의 눈물, 자랑스러움의 눈물이야. 노래를 2절까지 다 부르고 마지막 반주음마저 사그라진 뒤 네가 허리를 깊이 숙여 인사하는 순간, 고막을 찢을 듯한 박수갈채가 울려퍼진다.

엄마 아빠가 자리에서 일어서고, 곧 관중 전체가 기립해 다 같이 손이 떨어져라 박수치고 환호하고 브라보를 외치고 눈물을 훔친다. 너는 쑥스러운 듯 한쪽 입꼬리를 올리며 행복한 미소를 지어 보이고, 다시 한번 허리 숙여 인사한다. 해냈어. 너도 할 수 있다는 걸, 너도 그들과 다르지 않다는 걸 보여줬어.

하지만 아빠는 지금 일어서서 박수치는 사람들, 네가 무대에서 해낸 걸 뿌듯해하는 사람들을 차근차근 둘러본다. 이들은 열나흘 전 네가 육상트랙에서 무너져내린 걸 지켜본 바로 그 사람들이야. 네가 방금 선보인 무대가 그저 관객 앞에서 노래 부를 수 있다는 사실을 증명한 것 이상임을 아는 사람들이야. 그날 운동장에서 너는 발가벗겨진 듯이 모든 것을 드러낸 채, 웬만한 사람은 자기에게는 그런 면이 없는 척 부인할 정도로 적나라한 알맹이를 내보였잖아. 그런데 거기서 멈추지 않고 오늘 저녁에 너는, 우리 모두를 대신해 그걸 뛰어넘어 보였어.

여섯.
상실을 이해하기

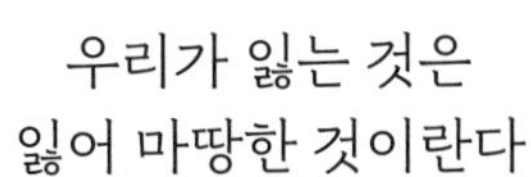

우리가 잃는 것은 잃어 마땅한 것이란다

불이 났던 날을 기억하니?

아빠는 곧바로 깨지 못했어. 그날따라 잠이 깊게 들었고, 그놈의 잠귀신은 저녁 내내 사냥하던 먹이를 꽉 잡고 놔주지 않았거든. 그렇지만 결국 잠보다 소음이 셌나봐. 꾸르륵거리는 갈매기와 처량하게 매애애 우는 양만이 새벽의 달콤한 잠을 방해할 권리를 얻는 이 동네에서 좀처럼 듣기 힘든, 끈덕지게 문을 두드리는 소리였어. 그 소리에 내 의식은 심해에서 간간이 쉬어가며 감압상승하듯 아주 천천히, 힘겹게 수면 위로 떠올랐어. 마침내 정신을 차린 순간, 소리가 분명해졌어. 누군가 밖에서 고함치며 문을 쾅쾅 두드리고 있었어.

제일 처음 떠오른 건 너였단다. 얘는 밖에서 뭘 하고 있는 거야? 무슨 일이 일어난 거지? 일어날 법한 일과 전혀 일어날 법하지 않은 일들의 시나리오가 떠올랐다가 이내 가라앉았어. 내 바로 옆에 잠들어 있던 네가 덩달아 부스스 깨어나고 있었거든. 아빠가 아침에 출근할 때 엄마를 안 깨우려고 손님방에서 잠든 참이었는데, 몇시인지 몰라도 밤중에 네가 내려와 이불 속을 파고든 모양이더구나.

고함소리와 문 두드리는 소리가 계속 들려왔어. 내 정신이 맑아질수록 소리도 더 커졌지.

—더 자렴, 아빠가 금방 내다보고 올게.

일단 너에게 이렇게 말했어.

그러고는 바지와 셔츠를 대충 주워입고 방에서 튀어나가 허겁지겁 위층으로 올라갔어. 위층 거실로 들어서는데 마침 가운 차림의 네 엄마가 아직 잠도 떼어내지 못한 어리둥절한 얼굴로 침실에서 나오더군. 부활절의 태양이 벌써 고개를 내밀었고, 창문으로 들어오는 눈부신 태양의 역광에 여자의 실루엣이 비쳐 보였어. 그 여자는 우리집 테라스 문을 주먹으로 탕탕 두드리고 있었어. 한쪽 팔에 조그만 강아지 한 마리를 끼고서.

아빠는 그 여자가 누군지 알아보지 못했는데, 우리집 뒤쪽으로 200여 미터 떨어진 집에 세 들어 사는 사람이라고 네 엄마가 알려줬어. 문을 열자 그녀는 눈물범벅이 된 일그러진 얼굴로, 흐느끼는 통에 무슨 소린지 도저히 못 알아들을 뭉개진 말을 쏟아냈어. 우리는 이웃 여자를 집안으로 들이려 했지만, 그녀는 강아지를 꼭 끌어안은 채 미동도 않고 똑같은 말만 자꾸 외쳤어. 간신히 알아들은 단어 하나가 '불'이었어. 그 순간 우리가 새벽안개라고 생각했던 동쪽 하늘의 뿌연 장막이 사실은 헛간 뒤 이웃집에서 피어오르는 연기라는 걸 깨달았지.

이웃집 여자가 어린 딸과 단둘이 사는 걸 알고 있었던 우리는 더럭 겁이 나면서 몹시 초조해졌어. 나는 그 여자의 어깨를 붙들고 정신 차리라고 몇 번 흔들었어. "따님이 아직 집안에 있나요?" 하지만 여자는 하염없이 눈물만 흘리면서 알아들을 수 없는 말만 계속 되풀이했어. 그래도 우리는 같은 질문을 반복했고, 그러다 여자의 대답에서 '집안에'와 '밖으로 나와야' 같은 조각을 겨우 알아들었을 땐 그 자리에서 얼어붙는 것 같더구나. 간신히 그녀를 우리집 거실로 데려와 소파에 앉혀놓고, 네 엄마는 당장 밖으로 달려나갔어. 아빠는 응급서비스에 전화하고, 이웃 여자를 진정시켜 어떻게든 확실한 사정을 알아내고, 소방서에 연락하는 역할을 맡았고.

인간의 뇌란 참 신기한 기관이지 뭐냐. 한쪽 귀는 전화통화하는 데 쓰고 다른 쪽 귀는 이웃집 여자에게 기울인 와중에 창문 너머로 네 엄마가 달려가는 모습을 보는데, 그 순간 마치 나도 같이 달리는 듯한 기분이 들었거든. 내가 먼저 그 집에 닿으려고 기를 쓰고 달리고 있는 것 같았어. 소방서와, 또 이웃집 여자와 생사를 가르는 중대한 대화를 동시다발적으로 나누는 와중에, 당최 어떻게 이런 생각들을 할 여유가 있었는지 지금도 모르겠다. '화상을 입은 아이에게 어떤 처치를 해줘야 하지? 연기를 들이마신 아이는?' '의사들이 처치할 수 있을까?' '날씨가 화창할 것 같은데. 보트 타고 나가볼까.' '연기 방향을 보아하니 남동풍이 약하게 불어오는 모양인데, 그럼 그 조그만 섬에 가는 건 별로 좋은 아이디어가 아니겠군.' '지금 불타는 집이 정말 우리 이웃집 맞아?' '따님을 살리지 못했다는 얘기를 어떻게 해야 하지?'

우리도 너를 잃을 뻔한 적이 한 번 있었단다. 정말로 잃는 줄 알았어. 네가 생후 6주나 7주, 아니 8주쯤 됐을 때였나. 정확히는 기억 안 난다. 늦은 저녁이었고, 네게 젖을 먹일 시간이었어. 늘 식욕이 왕성하고 먹어도 먹어도 모자란 것처럼 굴던 네가, 그날은 젖을 물지도 못할 정도로 힘없이 침대에 시름시름 누워 있었어. 생명이 꺼져가는 듯 네가 당장이라도 우리를 떠나갈 것 같았고, 펄펄 끓는 열은 좀처럼 가라앉지 않았어. 우리는 두려움에 사로잡혀, 어떻게든 네 정신이 들게 하려고 네 몸을 붙잡고 흔들고 고개를 옆으로 돌렸다가 들어올려보는 등 별짓을 다 했어. 그러다 네 엄마가 네 입에 젖을 밀어넣어 억지로 모유 몇 방울이나마 먹였고, 다행히 밤늦게 너는 눈을 떴단다. 여전히 체온은 무섭도록 높았지만, 결국에는 열이 떨어졌고 네 정신도 돌아왔어.

네 형 알렉산데르도 세상에 나오기도 전에 끔찍한 교통사고로 우리를 떠날 뻔한 적이 있었어. 네 엄마가 탄 좌석 쪽을 다른 차가 들이받아서 엄마 무릎에 영구적인 손상을 입힌 사고였지. 출산 예정일을 3주 남겨둔 배 속의 태아는 기적적으로 무사했고. 그후에도 우리는 알렉산데르를 몇 차례 더 잃을 뻔했어. 삶을 향한 알렉산데르의 열정과 생명력을 앗아가려는 보이지 않는 기세와 압력의 위협이 여러 번 있었지. 하지만 그때마다 우리는 알렉산데르를 무사히 되찾았단다.

때로 우리는 서로를 잃어버리곤 해. 갑자기 닥쳐온 역경에 휘말려, 혹은 일상의 안개와 습관의 장막에 가려, 아니면 새로운 얼굴들과 생소한 얼굴들 속에 묻혀 서로를 보지 못하는 거야. 그래도 우리는 어떻게든 길을 찾아 원래의 자리로 돌아왔단다.

저절로 흘러가버린 시간은 어쩔 수 없다 쳐도 그 이상 잃는 건 허용해선 안 돼, 가브리엘. 우리에겐 남은 시간이 그리 많지 않으니까.

밀폐된 공간에서는 한 점의 불꽃이 얼마나 어마어마한 파괴력을 발휘하는지 몰라! 가족 간의 싸움이나 개인적 비극 또는 학대가 그렇듯이 말이야. 네 엄마가 문을 열고 좁은 현관으로 들어갔을 땐 지독한 탄내와 엄청난 열기만 느껴졌다고 하더구나. 간신히 복도로 이어지는 문을 열었다는데, 아빠는 불길이 날름거리며 몇 발짝만 더 들어오면 죽여버리겠다고 경고하는 장면이 상상된다.

네 엄마가 현관 앞 계단에 서서 연기에 질식해 헐떡거리고 있을 때, 아빠가 소화기를 들고 도착했어. 그리고 이 집 딸은 아마도 무사한 것 같고, 집안에 다른 개 한 마리가 있는 것 같다고 전했어. 이웃집 여자가 하는 말은 여전히 알아듣기 힘들었던 터라 나도 확신할 수는 없었지만. 어쩌면 그 집 딸이 불난 집 안에서 죽어가고 있을 수도 있었어. 나는 셔츠를 당겨 코와 입을 막고 시커먼 집안으로 뛰어들었지만, 들어가자마자 눈앞이 캄캄해졌고 숨 한 번 들이쉬기조차 괴로웠어. 검댕 섞인 연기가 덮치면서 폐에서 산소를 훅 빨아들였고, 그 자리에 내 몸이 흡수하길 거부하는 유독가스를 불어넣었어. 내키지 않았지만 어쩔 수 없이 도로 나와야 했어. 잠시 후, 이번에는 네 엄마가 아니라 내가 현관 앞 계단에 무릎을 꿇고서 헐떡거렸지. 우리는 곧 창문으로 소화기 주둥이를 밀어넣고 분말이 바닥날 때까지 펌프질했지만, 가슴 졸이며 기다린 효과는 나타나지 않았어. 어떻게든 불길을 잡으려는 시도를 어린애 장난인 양 비웃듯 화마가 집을 삼켜버렸어. 게다가 그즈음에는 언덕 저 너머에서 달려오는 소방차 사이렌 소리가 들리기 시작했고. 진짜 소방관들에게 길을 터줄 때가 됐다는 신호였지.

그제야 나는 네가 맨발에 잠옷 차림으로 우리집 정원 호스를 손에 꽉 쥔 채 옆에서 서성이고 있다는 걸 깨달았어. 어떻게든 도우려고 정원 수도꼭지에서 호스를 뽑아가지고 거기까지 끌고 온 거야. 그 호스로 물을 어떻게 뿌릴지 대책도 없으면서, 오직 도와주겠다는 의욕만 있으면 되는 줄 알았던 건지. 아빠는 너에게 다가가, 방금 악마의 혀 같은 불길에서 구출해낸 기분으로 너를 꼭 껴안았어. 집안에 갇혀 있을 여자아이의 이미지를 머릿속에서 지울 수가 없었어. 그 시점에는 이것이 끔찍한 화재사건 뉴스로 끝날지, 아니면 화마로 이웃집이 사라졌다는 안타까운 이야기로 마무리될지, 혹은 불길에 잃은 개 한 마리의 일화도 곁들여질지, 아무도 모르고 있었지.

우리는 살면서 정말 많은 것들을 잃는단다, 가브리엘. 무수한 시간을 흘려보내고, 흘러간 시간을 비통해하지. 어쩌면 우리는 실제로 잃은 것보다 상실감을, 뭔가를 잃었다는 사실을 가장 비통해하는지도 모르겠다. 비통함은 누구보다 내가 잘 알지.

비통함이 어떤 건지 알고 싶니? 비통함이 뭔지 아빠가 설명해줄까?

예전만큼 자주는 아니지만, 아직도 순간순간 비통함이 덮쳐오곤 한단다. 주로 뭔가를 시작할 때라든가, 뭔가가 시작되는 첫해에 그래. 이제는 몇 주, 몇 달 간격으로 덮칠 뿐이지만 여전히 갑작스럽게, 예상치 못한 순간에 기습공격하듯 찾아오고 또 매번 모든 생각과 감정을 지워버릴 정도로 강하게 몰아쳐서 현실을 외면하고 눈물 흘리게 만들지.

아빠가 비통함이라는 걸 제대로 설명할 수 있을지 모르겠다, 가브리엘. 어쩌면 너도 다른 이름으로, 다른 방식의 아픈 감정으로 이미 익숙할지도 모르지. 아빠의 비통함은 어른이 느끼는, 풀기 어려운 감정이야. 네가 뭔가를 이해 못했을 때라든가, 네 표현대로 머릿속 생각들이 한꺼번에 무너져버려서 그중 하나의 타래도 끝까지 풀어내지 못할 때 느끼는 혼란스러움과는 달라. 그다음에 찾아오는 좌절감, 있는 대로 소리지르고 눈물 짜고 화가 나서 주먹을 휘두르게 하는 감정, 상처받은 표정과 간절한 눈빛으로 도대체 왜, 왜, 왜 그런 건지 설명해달라고 애원하게 하는 종류의 감정과도 다르고. 네가 수치심을 느끼고 넋이 나간 채 벽이나 가구에 기대 축 늘어지거나 바닥에 드러눕게 하는 자포자기의 감정도 아니야. 상황이 종료된 뒤 네가 민망함을 밀어내고 안식처를 찾아 잠시 시선을 두었던 아득한 공허에서 억지로 고개를 들어 무방비한 눈으로 여전히 너를 사랑하느냐고, 우리가 다시 영원한 친구가 될 수 있느냐고 물을 때의, 네가 애써 외면하려드는 민망함과도 거리가 멀단다.

비통함을 어떻게 묘사하면 좋을까?

비통함은 하늘과 우주만큼 크고, 언젠가 우리가 이야기

를 나눴지만 결국 둘 다 이해 못하고 넘어갔던 '무한대'만큼 크단다. 비통함은 네가 그럴 수밖에 없는 사람이기에, 모든 과학을 동원해 씨름하는 수수께끼만큼 크지. 불가해함만큼 크고, 너에게 신이 깜빡 잊고 심어주지 않은 자그마한 삶의 씨앗만큼, 너의 남다름만큼, 그리고 언제나 너를 따라다니고 내게 비통함을 안겨줄 어떤 것의 부재만큼 크기도 해.

이건 대답이 안 된다는 걸 나도 알아. 미안하구나.

비통함은 모든 것에 존재한단다, 가브리엘. 꽃에도 비에도 있고, 보물과 꿈에도 있어. 비통함은 뭔가를 잃는 것이고, 비통함은 갖지 못하는 거야. 비통함은 확실함이야. 비통함은 손가락 사이로 빠져나가버리는 삶이고 흘러가는 시간, 가질 수도 있었던, 그러나 결국 갖지 못한 삶이야. 비통함은 어찌할 바를 모르는 무력감이야. 비통함이라는 저택에는 모든 것이 들어갈 만큼 많은 방이 있단다. 비통함이라는 저택 안은 어둡고 구석지고 몹시 외롭지. 비통함은 바람을 움켜쥐는 것이고 주먹으로 물을 잡는 거야. 비통함은 조용하지. 비통함은 깍듯하단다. 언제인지 모르게 찾아왔다가 또 소리 없이 떠나버리기도 해. 하지만 결코 영원히 사라지지는 않아. 눈에 보이지 않는다고 완전히 사라지는 건 실물밖에 없단다. 비통함은 아예 상대하기가 불가능한 존재야, 가브리엘.

소방차가 도착한 뒤 곧 경찰도 도착했고, 이웃집 딸이 무사하다는 사실이 밝혀졌어—알고 보니 할머니 할아버지 댁에 놀러가서 자고 오기로 돼 있었다는데, 우리가 그 말을 못 알아들었지 뭐냐. 다른 개 한 마리는 그 집 엄마가 뛰쳐나와 우리집으로 달려왔을 때만 해도 집안에 갇혀 있었는데, 네 엄마와 내가 안으로 들어가려고 현관문을 열었을 때 알아서 빠져나간 모양이야. 크게 다친 데 없이 발견됐거든.

이 두 가지 좋은 소식 중 어느 하나에도 너는 관심이 없어 보였어. 오로지 제복 차림의 어른들과 각종 소방장비, 고압 물 분사기와 엄청 크고 새빨간 소방차에 정신이 팔려 있었지.

주민들과 아이들이 점점 몰려들었고, 큰 비극이나 사망자가 나올 정도로 위험하지는 않은 화재라는 게 확인된 순간 이번 일은 그냥 흥미로운 사건이 되어버렸어. 몇몇은 집에 가서 보온병에 따뜻한 음료를 챙겨오는가 하면, 카메라를 가지고 나온 사람들도 있었어. 우리는 한데 모여 화재 원인을 추측하거나 저 거실창은 당장이라도 압력에 폭발할 것 같지 않느냐는 둥, 새로 인테리어를 한 지 얼마 안 됐는데 이리 돼서 딱하다는 둥, 오늘 날씨가 굉장히 좋을 것 같지 않느냐는 둥 가벼운 잡담을 나눴어. 심지어 소방관과 경찰관들도 잠시 숨을 돌리는 동안 슬렁슬렁 다가와 몇 마디 나누다 갔고, 하여튼 이모저모 고려했을 때 꽤 기분좋은 오전이었어—마침 그 집 주인 가족이 다 산에 놀러가고 없어서, 우리 중 누구도 "세상에, 집이 저렇게 돼서 큰일이네요" 같은 마음에도 없는 말을 해가며 기분 망치지 않아도 돼서 더 좋았지.

점심때 다 돼서는 소방관이고 몰려든 구경꾼이고 지역 신문 기자들까지 더는 궁금할 게 없는 상태가 되어버렸어. 상황은 종료됐고 남은 건 집의 골조와 검댕투성이가 된 판자 외벽뿐이었지—불길이 목재로 된 벽을 남김없이 삼켜버렸다는구나. 이제 타고 남은 잔해에서 기를 쓰고 이익을 찾을 이는 화재보험사밖에 없었어. 우리는 집에 돌아와 먹을 것과 음료를 바리바리 싸서 바다로 나갔어.

그날 너는 우리한테 말도 별로 안 걸고, 주로 혼자 돌아다녔어. 네 엄마와 나는 티끌만치의 걱정도 없이 만족한 상태로 선탠을 했고. 어쩌면 이미 아침 일찍부터 큰 사건을 목격해서 그랬을 수도 있고, 아니면 여유시간이 생겼을 땐 군말 않고 누려야 한다는 걸 진즉 깨달아서 그랬을 수도 있고, 그것도 아니면 그날따라 아무 생각이 없어서 그랬는지도 몰라—하여튼 엄마 아빠도 그날은 너에게 별로 말을 걸지 않았어.

무슨 생각을 했니? 큰 소동이 있었고 소방차도 몇 대나 왔는데, 그런 심상찮은 사건이 강한 인상을 남기지 않았을 리 없잖아. 어떤 인상을 남겼니? 어떤 식으로 남겼니?

너는 물론 너만의 독특한 방식으로, 충분히 남과 공감하는 능력을 가지고 있어. 관습적인 방식도 아니고 남들이 기대하는 방향도 아니지만, 그런 능력이 충분한 건 분명해. 가끔은 너무 요령 없이 표출돼서 네 방식이 무례해 보일 때도 있어. 그리고 너는 잘 잊어버리지도 않아서, 네가 느낀 인상을 남들보다 오래 품고 있지. 너희 학교 특수아동 지도 교사 중 한 분이 남편과 사별한 지 1년 반쯤 됐을 때, 네가 그 선생님한테 이렇게 말한 것 기억나니?

—카린 선생님?

—왜 그러니, 가브리엘?

—선생님 남편이 돌아가신 지 꽤 오래됐으니까, 이제 선생님한테 새 남편을 찾아줄 때가 된 거 같아요.

네가 좋은 의도로 그랬다는 거, 알아. 카린 선생님도 너를 잘 아니까 다 이해하셨고. 하지만 좋은 의도로 말하고 행동해도 남한테 상처를 줄 수 있다는 걸 너는 이해 못해. 아마 백날 말해줘도 이해 못할 거야. 상처가 자연스레 낫도록 내버려둬야 하는데, 간질간질한 딱지를 참지 못하고 확 떼어버리는 것과 비슷하다고 하면 이해할까. 너를 모르는 사람들은 길에서 웬 꼬마애가 다가와 진심 어린 표정으로 다짜고짜 이렇게 물으면 적당히 넘기기가 쉽지 않단다.

—아저씨는 그렇게 뚱뚱한데, 먹는 걸 좀 줄여보지 그러세요?

너는 그저 그 사람들이 너무 안돼 보여서, 도와주고 위로해주고 싶어서 그러는 건데 말이야—그런 마음을 평소에도 자주 표현하니까 우리는 잘 알아. 너는 진심을 있는 그대로 말하고, 아빠는 너의 진심을 의심하지 않아. 하지만 아빠가 잘 모르겠는 건, 네가 어째서 그런 마음을 품는가야. 착하고 친절한 사람이 되려면 남을 돕고 배려해줘야 한다고, 너그럽고 따뜻하게 굴어야 한다고 배워서 그러는 거니? 아니면 남을 위하는 타고난 본성, 남을 도와주려는 이타적 욕구에서 나오는 행동이니? 아빠는 잘 모르겠고, 아마 영원히 모를 거다. 어쩌면 이런 질문들은 지나치게 학구적이고, 우리가 일상에서 겪는 특별한 상황들과는 무관할지도 모르겠구나.

어느 날 우리가 네 문제들에 대해 이야기하는데, 한동안 입을 다물고 있던 네가 불쑥 이렇게 말했지.

—흥, 적어도 나는 아빠의 문제가 뭔지는 알지!

—그래? 뭔데?

—사과랑 배랑 견과류 같은 걸 못 먹는 것. 그게 아빠의 문제야.

사실만 따지면, 맞는 말이지. 아빠는 알레르기가 있다는 것. 하지만 참 엉뚱한 비교이긴 했어.

그런데 삼십 분쯤 후 저녁식사를 하다가 갑자기 네가 그 얘기를 또 꺼냈어.

—있잖아, 아빠, 만약 내가 돼지저금통 다 채우면 아빠가 사과랑 배랑 견과류랑 먹어도 아무렇지 않게 해줄 약을 살 수 있어? 만약 그런 약이 있다면.

네가 돼지저금통의 배를 불리기 시작한 원래 목적은 까맣게 잊은 것 같더구나—세상에서 제일 큰 다이아몬드를 사겠다고 모으기 시작한 돈이잖아.

그러면 후회는 뭔지 아니? 그래, 물건들이 그냥 없어지거나 네가 잃어버렸을 때, 혹은 네가 망가뜨려서 그걸 버려야 할 때 느끼는 감정도 일종의 후회야. 하지만 너는 그런 후회를 맛볼 때마다 늘 네 뜻을 안 따라준 상황을 탓하지, 결코 네가 한 행동이나 하지 말았으면 좋았을 행동을 후회하지는 않더라. 네 주장에 따르면, 너는 순간의 후회스러운 부주의로 유리컵을 깬 적도 없고 동전을 잘 챙기지 않고 잠시 한눈팔았다가 잃어버린 적도 없어. 유리컵이 젖어 있어서 손에서 미끄러진 거고, 아니면 누가 문을 쾅 닫아서 깜짝 놀라는 바람에 컵이 떨어진 거다 이거지. 동전이 그렇게 작은데 집은 너무 커다래서 찾을 수 없고 말이야. 게다가 동전 찾는 것 말고도 할일이 많다며. 또 뭐라고 했더라? 어른들은 쉬운 일인 것처럼 말하지만, 어린아이가 물건을 둔 자리를 기억하기란 얼마나 어려운지 아느냐고 했지. 이런 식으로 너는 단 한 번도 충분히 책임져본 적이 없는, 비난하기 딱 좋은 외부의 세상을 향해 후회의 화살을 겨누더구나.

—다 네 잘못이야.

너는 세월과 바람을 이렇게 탓하지만, 정작 대꾸를 기대하지 않고 대꾸가 필요하지도 않은 것 같다.

유일한 예외는 너의 문제들과 관련됐을 때야. 네가 잘 이해하지 못하기에 혹시 네 책임인지도 모른다고 걱정하게 되는—어쨌든 네가 그런 상황에서 "내 잘못이야?"라고 물을 때, 목소리에 묻어나는 진지함을 보면 그런 것 같다—그 문제들. 아빠가 해줄 수 있는 건 "가브리엘, 너는 전혀 잘못이 없어"라고 자꾸자꾸 말해주는 것뿐이야. 네 곱슬곱슬한 금발이나 너의 울끈불끈한 이두박근이 네 잘못이 아니듯, 그런 문제들도 결코 네 잘못이 아니란다. 네가 그냥 그렇게 태어난 거야. 자연이 너를 그렇게 빚은 거야.

보통은 너를 달래는 데 그 말이면 충분해. 잘못이 너 말고 다른 이—그것이 자연의 섭리든 다른 누구든—에게 있다고 하면, 너는 군말 없이 걱정을 뒤로하고 평소의 너로 돌아가거든. 후회와 죄책감을 맛볼 기회를 저울질해봤는데, 그러기엔 부족하다는 걸 안 게지.

너의 그런 능력이 부럽구나. 개인적으로 아빠는 후회를 너무 많이 하는 것 같다.

하지만 다른 한편으로 너는 일반화하는 능력, 그러니까 어떤 상황에서 경험하고 학습한 것을 다른 상황에 대입시키는 능력이 많이 부족해. 더 정확히 말하면, 보통 사람들처럼 비슷하지만 동일하지는 않은 상황에서 얻은 경험을 재료 삼아 새로운 상황에 적응하는 게 네게는 무척이나 어려운 일이야. 보통 사람들은 인생을 연결돼 있으나 서로 별

개인 사건의 연속으로 봐서, 제 나름의 정교하게 고안한 반응과 신중하게 대입시킨 행동에 따라 각 상황에 대처해. 반면 너는 거의 모든 상황에 일종의 표준 행동지침을 가이드 삼아 접근하는 경향이 있어. 상황에 대한 본능적 이해 수준이 남들만큼 발달하지 못해서, 몇 개 안 되는 몹시 조잡한 패턴의 반응 중 하나를 골라 대응하는 거야. 어떤 상황이 닥치면 즉각 짜증을 내야 하는 상황인지 아니면 기대감이나 기쁨, 분노, 혹은 연민을 보여야 마땅한 상황인지 판단하는 것 같더라. 일단 판단을 내리면 거기에 맞는 표준화된 행동을 보이고 말이야. 짜증을 낼 이유를 발견하면, 자극요소가 작고 사소하건 크고 중대하건 간에 무조건 그 기분을, 더구나 매번 똑같은 방식으로 느끼는 거야. 연민을 요하는 상황이라고 판단하면, 대상이 가족 중 한 명이건 길가에서 마주친 불행해 보이는 낯선 사람이건 아주 과장되게 동정심을 드러내는 식이지.

달리 표현하면, 너는 '적당함'에 대한 감각이 없어. 상황에 따라 행동과 감정의 강도를 적절하게 조절하지 못한다는 얘기야. 비유하자면, 너와 대화하는 사람이 얼마나 떨어져 있는지 고려하지 않고 무조건 큰 소리로 말하는 식이지. 예를 들어 저녁식탁에서 아빠가 바로 코앞에 앉아 있는데, 마치 거실 저편에 있는 듯이 소리쳐 말하는 거야. 크게 말해야 할 경우와 작게 말해도 될 경우를 구분 못해서 그러는 게 아니라—보통은 어떤 이유에서냐면—거의 전적으로 너만의 구분 기준을 토대로 행동을 결정하기 때문이야. 주어진 상황에서 다른 사람의 무언의 전제, 동기, 욕망을 이해 못하거나 그것에 공감하지 못하기 때문에 그냥 싹 무시하고 너의 전제, 동기, 욕망만이 타당한 준거인 양 행동하는 거야. 그래서 너는 언성을 높이지—내가 반드시 들어야 할 말이라서가 아니라 너에게 중요한 할말이 있으니까. 그러니 남이 하려는 얘기는 그 또한 중대하건 아니건 상관없이, 네가 할 얘기에 자리를 내주거나 아니면 네 목소리에 가려져야 한다고 생각해버려. 아빠가 너에게 지금은 아빠 얘기를 똑똑히 들을 차례라고, 지금 내가 너에게 중요한 할말이 있다고 명백히 표현하면 그제야 너는 입을 다물고 아빠 얘기를 경청해. 하지만 그냥 내버려두면 너는 상황을 '읽지' 못해. 내 표정, 내 목소리와 치켜세운 눈썹에 묻어난 짜증, 그 밖에 보통의 사회적인 관계에서 흔히 나타나는 무수한 신호에서도 이제는 다른 사람이 말할 차례라는 것을 전혀 눈치채지 못하는 거야.

네가 마주하는 수많은 문제들 중 아마도 이게 가장 큰 장애일 거라 생각해. 어떤 상황에서 지금은 상대방을 배려해줘야 한다고 아빠가 귀띔해줘도, 다음 상황이 닥치면 그런 사회적 통찰은 이미 네 머릿속에서 깨끗이 지워져 있으니까. 방금 전에 배운 것도 바로 다음 상황이 되면 네가 보기에는 적용 가능한 타당성을 잃고 마니까. 완전히 똑같은 상황이 닥쳐야만 그전에 배운 걸 적용시키니까. 어떻게 보면 너는 사회활동의 원칙주의자라고 할 수 있겠구나. 각각의 사회적 상황마다 고유한 절대적 가치와 배타적 지위가 따르며, 한 상황에서 얻어낸 경험은 다음 상황에서 써먹을 수 없다고 너는 생각하니까. 우리 같은 평범한 사람은 인생을 서로 엮인 상황들의 꾸준한 연속으로 인식해서 변용 가능한 행동 패턴을 구축할 수 있는 반면, 너에게 인생은 별개인 상황들의 나열이므로 각 상황에 따라 하나씩 해결해가며 지난번과 다르게, 매번 처음 맞는 상황인 것처럼 접근해야 하는 것 같아. 얼마나 진이 빠지고 답답할지, 상황에 관여하지 않고 남들의 생각이나 기분 따위 무시하고픈 유혹이 얼마나 강할지, 상상도 안 간다.

얼마 전 집에서 엄마가 으깬 감자를 조리한 팬을 오븐 위에 쾅 내려놓는 바람에 오븐의 세라믹 상부가 다 깨진 일이 있었지. 조용히 상황을 지켜보던 너는 딱 한마디 했어.

—다음엔 분말 매시트포테이토를 사와, 아빠. 근데 엄마가 또 화낼 경우를 대비해서 두 개 사와.

늦은 오후, 햇볕도 충분히 쬐고 그릴에 구운 고기로 배 속까지 든든히 채웠겠다, 슬슬 집에 돌아가려던 참이었어. 그런데 우리가 어디쯤 있는지 둘러보겠다며 언덕바지에 올라간 네 엄마가 다급한 목소리로 나더러 이리 와보라는 거야. 올라가보니 멀리 우리집 뒤쪽에서 자우룩한 회색 연기가 피어올라 바람에 흔들리고 있었어. 우리는 눈을 의심했지.

하지만 의심할 여지가 없었어. 집에 돌아와보니 소방차와 경찰이 도로 와 있고 구경꾼들도 다시 모여들어 있었어. 지붕 밑 어딘가에 남아 있던 미처 발견하지 못한 작은 불씨가 깨진 창문으로 솔솔 들어온 바람에 되살아났고, 그것만으로 불길이 되살아나기에 충분했던 거지. 이번에는 불꽃이 장난치고 약올리듯 벽들을 핥으며 타올랐고, 불씨를 놓친 게 못내 민망했던 소방관들은 새카맣게 타 숯이 된 목재마저 바싹 태워버리는 불길에다 물줄기를 있는 힘껏 쏘아댔어.

우리가 잃는 것은 잃어 마땅한 것들이란다, 가브리엘—시간이 그것들을 붙잡고 있을 시기가 지났기에, 때가 됐기에, 모든 것이 끝난 뒤에도 지속되는 것은 없기에 잃는 거야. 집들도, 친구나 주변 사람들도, 심지어 오래된 나무들도 자기 수명보다 더 오래, 주어진 시간보다 더 머물지는 않아. 때로 아빠는 네가 벌써 그립다. 너의 시간이 그리워. 이미 흘러가버렸고 기억 속에만 존재하는 시간이, 앞으로 다가올 시간이, 기대로 채워질 시간이 그리워. 그리고 앞으로 너 자신이 많은 것을 잃었을 때, 또 길을 잃었을 때 느낄 상실들로 네가 채워갈 그 시간들이 그립다.

우리를 붙들 수 있는 건 오직 우리 자신뿐이란다, 아들아. 다른 모든 것은 결국 우리를 놓아버려.

일곱.
보물 발견하기

우리는 아무리 애써도 자기 자신을 찾진 못할 거야

지금 나는 조용히 앉아 내 손을 들여다보고 있어, 가브리엘. 손에 쓰여 있는 것을 하나도 안 놓치고 읽기 위해 자세히 살펴보고 있단다. 하지만 대부분은 알아볼 수가 없구나. 누군가 내가 알지 못하는 언어로 황급히 갈겨쓴 듯 이 구석에 선 한 개, 저 구석에 흉터 한 개, 반점 한 개와 움푹 팬 자국 한 개, 이런 식으로 띄엄띄엄 보일 뿐이야. 어떤 이들은 우리 손이 태어날 때부터 주어진, 이미 쓰여 있는 책이라고 주장한다. 우리가 생을 살아내기도 전에 구석구석의 주름에 연대순으로 우리 생을 기록한 두 권의 책이라고. 자신이 누군지 알기 위해, 앞으로 어떤 인간이 될 것인지 예상하기 위해 들춰보는 참고문헌이라고. 그러나 사실은 그렇지 않

아. 우리의 '핸드북'은 우리 스스로가 써나가는 것, 혹은 인생이 우리를 위해 매일매일 기록하는 것이란다. 아무것도 잊히지 말라고. 모든 충격과 모든 토닥임이 고스란히 담기고 기억되라고. 네 발바닥이 스스로 밟고 다닌 모든 백사장의 모래알갱이 하나하나와 보드라운 카펫, 그 발이 힘껏 차서 열어젖힌 모든 문의 감촉을 그대로 간직하고, 네 손이 스스로 움켜쥐었던 모든 꽃줄기와 모든 동전, 모든 막대기를 손바닥에 새기는 것처럼 말이야.

다른 사람의 손을 꼭 잡으면 좋은 게 바로 그래서야. 그럼 두 개의 이야기가 서로에게 말을 걸거든. 우리가 차를 타고 어디 갈 때 종종 그러잖아. 아빠는 앞좌석에 앉고 너는 뒷좌석에 탄 채 말없이 가다가, 둘 중 한 명이 손을 불쑥 내밀어 상대방의 손을 꼭 잡으면 평소 입 밖에 내지 않는 긍정적이고 대단하고 강렬한 뭔가가 전이되지. 인간의 몸이라는 자료실에서 우리가 살아낸 생에 대해 손보다 더 많은 정보를 처리하는 건 눈밖에 없는데, 그럼에도 눈에서는 손만큼 정보를 읽어낼 수 없어. 만약 우리가 죽어서 신을 만난다면, 신이 어디 한번 보자고 하는 건 아마 우리 손일 거야. 손을 들여다보고 신은 웃음 짓거나 슬퍼하겠지. 손에 쓰인 것은 문질러 지울 수 없거든. 우리가 일생 동안 남긴 일지이고, 우리는 그 일지를 바탕으로 평가받아 마땅해.

이렇게 가만히 앉아 들여다보고 있자니 내 손이 꼭 보물지도 같구나. 내가 모든 암호를 정확히 판독하고 순서에 맞게 읽었더라면, 지금쯤 내 인생 여정 전체를 읽어냈을 수도 있겠지. 하지만 그렇게까지는 할 수 없어. 그건 인생을 한 차례 더 고스란히 살아내는 일일 테니까. 우리는 아무리 애써도 자기 자신을 찾지 못한단다, 가브리엘. 그건 헛되고 보람 없는 탐색이야.

대신 누군가에게 발견될 수는 있고, 또 우리가 남을 발견할 수도 있어. 그게 바로 손의 진짜 기적이야—우리가 남으로부터 뭔가 받을 수 있게 해주고, 또 남에게 뭔가를 줄 수 있게 해주는 손. 손을 제외하면 나머지는 결국 시간 때우기용 읽을거리에 불과하다고 볼 수 있지.

지금 아빠는 네게 지지의 손을 내민다. 다른 한 손으로는 보트가 육지에서 너무 많이 떠내려가, 네가 방파제로 너무 멀리, 너무 힘들게 허우적대며 건너뛰는 불상사가 생기지 않도록 보트를 붙들어 매놓은 녹슨 사슬을 꽉 잡고 있다. 다음은 네 차례다. 내가 보트 밑바닥에서, 아니, 이 말도 안 되게 낮은 썰물 밑바닥에서부터 나무궤짝을 마치 제물 바치듯 머리 위로 번쩍 들어올려 방파제 가장자리에 조심조심 올리는 동안, 너는 밧줄을 힘껏 붙들고 있다. 그런 다음에야 나는 나머지 장비를 마저 옮긴다.

우리가 도착한 곳은 보물섬이야. 물론 다른 이름이 있지만, 우리는 그 이름을 사용하지 않지. 장소에는 많은 이름이 붙어. 집이라고 불리는 곳이 때로는 요새나 성, 궁전 등 시기와 용처에 따라 다른 이름으로 불리기도 하는 것처럼.

오늘 이곳은 '보물섬'이라 불린다. 왜냐면 오늘 우리는 여기에서 보물 사냥을 할 거거든. 그러니 우리가 여기를 산책하러 오거나 아니면 등대지기 욘 이바르 씨를 만나러 왔을 때와 똑같은 이름으로 부를 순 없잖아. 이름은 중요한 거야. 이름이란 게 없으면 우리는 지금 어디에 있는지, 또 여기서 뭘 하고 있는지 모를 거야. 이름이 없으면 지금 이야기하는 보물도 존재하지 않았을 테고, 아마 바위와 광물만 존재했겠지. 이름은 대상을 진실하고 가치 있는 것으로 만들어준단다. 가짜 보물은 아무 가치가 없고 당연히 수집할 가치도 없어. 그걸 너보다 잘 아는 사람은 없을 것 같다.

시간이 흐르면서 우리 사이엔 정해진 절차가 생겼어. 우리는 지금 우리가 뭘 찾는지, 그게 어디에서 발견될 확률이 높은지 알고 있지. 네가 기억하는지 모르겠는데, 예전에 우리가 초보 보물 사냥꾼이었던 시절에는 아무 땅에나 삽을 쿡 박아 파헤치고, 아무 바위나 부스러뜨리고, 또 얕은 바다면 아무데나 헤집어보곤 했잖아. 묻혀 있는 보물상자를 즉시 발견하지 못하고, 암석에서 다이아몬드와 금덩이가 저절로 떨어지지도 않고, 휘황찬란한 약탈품으로 가득한 범선이 해초 수풀에서 우리 눈앞에 유유히 나타나지도 않을 때마다 실망감을 감추기가 어려웠지. 너는 너무 부당하고 불공평하다고 투덜댔고, 아무래도 남들이 한발 먼저 와서 파낼 만한 보물은 다 파내간 게 분명하니 우리는 아프리카나 아메리카로 가는 게 낫겠다고 했어. 그러려면 몇 가지

어려움이 따를 거라고 내가 이의를 제기하자, 너는 나더러 멍청하고 생각이 모자라다고, 진짜 중요한 걸 이해 못한다며 화냈지.

수차례 결실 없는 탐험을 거듭한 끝에, 우리는 중요한 건 보물을 발견하는 것이라는 데 의견 일치를 봤어. 찾아낸 보물이 어쩌다가 마침 우리가 들춰보기로 한 곳에 있게 됐는지는, 부차적이며 얼마든지 무시해도 되는 문제라고. 그게 오래전 해적들이 남겨둔 것이건, 먼저 다녀간 금 캐는 사람들이 미처 발견하지 못한 것이건, 아니면 누군가 나중에 파내려고 거기 묻어둔 것이건 상관할 바 아니었어. 중요한 건 우리가 그걸 발견하는 거였지.

곧 우리는 보물을 하나둘 발견하기 시작했어. 주로 볼리비아나 아프가니스탄에서만 채굴되는 오팔과 청금석이 기적처럼 우리집 마당 한구석에서 튀어나왔고, 크리스털과 황동 주화들이 바닷가 바위들 사이에서 햇빛을 받아 반짝거리는 것도 눈에 띄었어. 덕분에 우리는 믿을 만한 보물지도를 만들 수 있게 됐지. 산길 끝자락, 십자 모양의 뼈 표시 밑을 파보면 자수정 한두 개쯤 발견할 수 있다는 정보를 충분히 신뢰하게 된 거야.

너는 또 너대로 여러 가지 실험을 해봤지만 그리 성공적이진 않았어. 꾀를 잘 쓴 게임과 꾀에 속아넘어가는 것을 구별하는 게 늘 쉽지는 않아서 그래. 그 사실은 어느 날 또 탐험에 나섰다가 진짜 양의 해골을 발견하면서 깨닫게 됐지. 해골에서 이빨을 빼낸 너는 그걸 물에 담아 침대 머리맡 테이블에 두고 잤다가, 다음날 아침 기대했던 일이 일어나지 않자 몹시 신경질을 냈잖아. 이빨이 동전으로 안 변했다고. 이빨 요정이 그런 꾀에 넘어갈 리 없다고, 사람 치아와 양의 이빨을 구별 못할 리가 없다고 내가 자세히 설명해준 뒤에야, 너는 쉽게 부자가 되는 법은 없음을 받아들였어.

오늘은 뭘 발견할지 짐작도 못하겠다. 어쩌면 아무것도 못 발견할지 몰라. 어쩌면 악당들과 강도들이 선수 쳐서 값진 보물을 다 캐내갔는지도 모르지. 우리끼리 그럴 가능성을 점쳐본다. 정말이지 천부당만부당한 억울한 일이지 뭐냐. 우리는 잠시 침묵으로 불편한 심기를 내비치면서 너의 묵직한 보물궤짝을 양쪽에서 함께 들고 울퉁불퉁한 섬을 가로지른다. 지금 탐험하러 가는 바위굴을 다른 보물 사냥꾼들이 아직 발견하지 못했기를 바라는 건 너무 큰 욕심이겠지. 지난 몇 차례 탐험했을 때는 놀라운 보물이 참 많이 숨어 있었는데 말이야. 그렇지만 혹시나 하는 마음에 그 얘기를 입 밖에 내지는 않는다—어느 바위 뒤에 악당들이 단검과 장총을 손에 쥐고 숨어서, 우리 얘기를 엿듣거나 우리를 지켜보고 있을지 모르니까. 우리는 진짜 목적지가 어딘지 절대 말하지 않으면서 보물 비슷한 것도 없기로 소문난 섬 반대편 동굴을 암시하는 단서만 일부러 큰 소리로 흘린다. 그러면서 극악무도한 협잡꾼들과 사악하기 그지없는 무법자들이 어디 숨어 있지 않나 사방을 부지런히 살핀다.

등대 밑 비탈길에서 잠시 쉬기로 한다—집에서 싸온 와플이랑 코코아를 이쯤에서 먹으면 꿀맛일 것을 아니까. 게다가 우리를 뒤쫓는 악당들도 저치들은 그냥 산책이나 나왔나보다 하고 짜증내며 돌아갈지도 모르니, 일석이조 아니겠니. 아득한 옛날부터 우리를 기다리고 있었을 보물은 몇 분쯤 더 기다리게 해도 괜찮을 거야. 그렇지만 너무 오래는 말고! 너는 흥분될 때 쓰는 '뱃속에서 나비가 펄럭인다'는 표현을 받아들이지는 않았지만—나비가 불쌍해져서 그 표현이 싫다고 했지—기대감에 들떠 온몸이 감전된 듯 들썩이고 있었어. 바로 옆에 있는 아빠가 그걸 못 알아챌 리 없지. 봐라, 내가 코코아를 반도 마시기 전에 어서 가자며 조르고 있잖아.

나는 바위에 앉아 뭉그적거린다. 담배 한 개비를 물고 불을 붙이지만, 하나를 다 피우기도 전에 너는 다시 숨을 색색거리며 불안하게 사방을 살핀다. 지난번에 갔을 때 바위굴이 너무 캄캄했다, 들어가기 너무 무서웠다, 혼자서는 도저히 못 들어가겠다며 동동거린다. 혹시나, 정말 혹시나 악당들이 집에 안 돌아가고 남아 있을지 모르고, 어쩌면 눈에 안 띄는 곳에 숨어 기다리면서 네가 보물 있는 곳을 불게 만들 아주 사악하고 음흉한 계획을 짜고 있을지 모른다고.

너는 놀 때만은 공포를 상상해내는 데 달인급이지. 일상에서는 공포라곤 모르는 너인데. 심지어 우리 동네 경찰도 '가브리엘표' 공포를 맛봤잖니. 네 엄마 차가 퇴근길에 고장났던 날, 통학 택시가 곧 집에 도착 예정이라는 걸 알고 있었던 네 엄마는 친절한 경찰관 덕분에 순찰차를 얻어타고 전속력으로 집으로 향했어. 그런데도 한발 늦어버렸지. 이미 귀가한 너를 맞아준 건 빈집이었어. 잠시 후 발데르가 낯선 차가 다가오는 소리에 짖기 시작했는데, 그걸 본 너는 단단히 마음먹고 서재로 내려가 묵직한 멕시코 마체테*를 칼집에서 뽑았어. 그걸 만지면 엄마 아빠한테 혼난다는 걸 알면서도. 위급상황이었거든. 집을 지켜야 했고, 너 자신도 얼굴 모르는 침입자들로부터 지켜야 했으니까. 엄마와 동행한 경찰관은 현관문이 열린 순간, 당장 내리칠 기세로 정글에서나 쓰는 검을 머리 위로 한껏 치켜든 용맹한 꼬맹이를 마주하고는 화들짝 놀라 뒷걸음질쳤지…… 그렇게 용감한 네가 상상 속의 위험, 보물이 묻혀 있는 바위굴에 잠복해 있을지 모르는 교활한 악당들은 도저히 지원군 없이 혼자 마주할 수 없나보다.

우리는 주로 상대를 모를 때 겁을 낸다. 가끔가다 아빠는 네가 유일하게 진짜로 무서워하는 건 너 자신이 아닐까 해. 네가 가장 모르는 대상이 바로 너니까. 혹시 그래서 네

---

* 중남미에서 쓰는, 날이 넓고 무거운 칼.

가 가끔가다, 네 문제들을 언급할 때면 언제나 아주 조심스럽게, 이렇게 묻는 거니?

—그것들 혹시 위험한 거야?

아니, 가브리엘. 네 문제들은 위험하지 않아. 최소한 암이나 심장마비 같은 죽음에 이르는 질병들처럼 위험한 건 아니야. 다쳤을 때처럼 육체적 고통을 초래하는 식으로 위험하지도 않고. 물론 남에게 위험을 끼치는 건 더더욱 아니고—너는 다른 사람들에게 '전염'시키지는 않거든.

네 문제들이 위험해지는 때라고는 오로지 그것들이 제대로 고려되지 못할 때뿐이야. 본인이 고의적으로 오해받고 무시당하고 업신여김을 받는다고 느끼는 사람, 그런데 왜 그러는지 이해 못하고 이해하기 위한 도움도 받지 못하는 사람은 시간이 흐르면서 공격성이 두드러지게 발달하고, 또 그로 인해 주변 사람들에게도 영향을 끼치게 된단다. 그렇지만 네가 남들보다 폭력성을 보일 성향이 더 크다는 신호는 아직 발견하지 못했어. 오히려 그 반대지. 네가 분을 주체 못해 소리지르고 주먹을 휘두르고 악을 쓸 때마다, 참지 못하고 눈물을 뚝뚝 흘리는 걸 볼 때마다, 아빠는 네가 벌주려는 대상이 우리가 아니라 너 자신이 아닐까 느낀 적이 많아. 하지만 왜 그런지는 모르겠다.

우리의 보물이 숨어 있는 바위굴은 제2차세계대전 때 독일군이 속을 파내고 안쪽 벽을 강화콘크리트로 덧바른 동굴이야. 입구는 선박 항로를 마주하고 있는데 독일군이 시내로 들어가는 길을 공격하기 위해, 나중에는 그 길을 보호하기 위해 그 위치를 사수해야 했다더구나. 그들이 건설작업을 독일식으로 어찌나 철저히 해놨던지, 실질적으로 파도가 절대 침범할 수 없고 내륙에서는 보이지도 않으며 지난 50년간 바람도 해수도 흔적조차 남기지 못한 튼튼한 구조물이 됐지 뭐냐. 오늘날 그 동굴은 우리만—적어도 우리만이었으면 좋겠고, 그렇다고 믿어—보물 사냥터로 이용하고 있지.

오늘 사냥에는 네가 앞장을 선다. 정확히 말하면, 내 뒤에 따라오면서 어디로 가서 어떻게 할지 분명한 지시를 내린다. 노련한 탐험대장이라면 전위부대를 앞세우는 게 전략상 얼마나 중요한지 잘 아니까. 바위굴의 입구는 거대한 암석 돌출부 아래 숨어 있다. 아직 들어가지도 않았는데 벌써 캄캄하다. 하지만 우리는 준비를 다 해왔지. 나는 라이터 불빛에 의지해, 먼젓번 왔을 때 바닥 여기저기에 늘어놓은 양초들을 찾아내 불을 붙인다. 곧 바위굴은 적당히 환해지고, 숨어 있는 악당이 없다는 게 확인된다. 나는 네가 기다리고 있는 밖으로 나간다. 너는 궤짝이 방금 사냥한 사자라도 되는 양 거기에 당당하게 한 발을 얹고서 아빠의 보고를 받는다. 그런 다음 우리는 같이 들어간다. 이번에는 네가 선두에 서서.

동굴 깊숙한 곳에, 떨어져나온 돌 하나가 벽에 비스듬히 기대 있다. 너는 흔들리는 불빛에 의지해 그걸 치운다. 불꽃이 으스스한 유령 같은 그림자를 벽에 그리지만 너는 신경쓰지 않는다. 그리고 돌에 가려져 있던 구멍에 손을 넣더니 이내 팔 전체를 쑥 집어넣는다. 전갈이나 뱀에 물릴까봐 걱정하는 데 1초도 쓰지 않는다. 잠깐, '쓰는' 얘기가 나왔으니 말인데……

—그래, 알아, 가브리엘. 주로 돈을 쓴다고 하지. 하지만 시간도 쓴다고 표현해도 괜찮아. 아빠 말 믿어.

……다음 순간 너는 경탄과 기쁨으로 불꽃보다 환히 밝아진 얼굴로, 구멍에서 진주와 골드체인, 주화, 색색의 원석을 한 주먹 꺼낸다.

—이것 좀 봐, 아빠! 굉장하지?

그러더니 뒤늦게 생각난 듯 한마디 덧붙인다.

—이것들 다 진품일까?

진품 보물이란 뭘까?

너에게 반문하는 것도 답을 알아내기 위한 좋은 방법이겠지.

—진품이라는 게 무슨 뜻인데?

그럼 너는 바보 같은 질문 좀 하지 말라고 하겠지.

—진품이 무슨 뜻인지 모르는 사람이 어딨어! 모조가 아닌 것, 진짜인 걸 말하는 거잖아. 예를 들면 다이아몬드 같은.

그러면 나는 이렇게 우길 수도 있지.

—그래, 근데 솔방울이랑 홍합도 진짜잖아. 그럼 그것들도 진품이야?

그럼 너는 즉시 반박하겠지.

—그치만 그것들은 진귀하지가 않잖아!

—그럴지도 모르지. 근데 세상에 솔방울이 딱 하나만 있다면?

이 질문에 대해서는 잠시 고민해본 뒤 또다른 질문으로 반박할 거야.

—그럼 귀중한 게 돼?

—응, 많은 사람이 솔방울을 갖고 싶어하는데 세상에 솔방울이 딱 하나밖에 없다면, 그 솔방울은 굉장히 귀한 게 돼.

이번에 너는 한참을 고민하다가 이런 말로 내 코를 납작하게 해줄 거야.

—아냐, 진품 보물은 실제로 존재하는데 세상에 하나뿐인 솔방울이라는 건 존재하지 않으니까, 그 솔방울은 진품이라고 할 수 없어!

진품 보물이란 뭘까?

보아하니 네 나름대로 머릿속에 여러 기준이 있는 모양인데, 네가 진품이라고 하는 것들은 대개 '사람이 만들지 않은 것' '자연에서 생겨나고 자연이 만들어낸 것'이라는 요건을 공통적으로 갖고 있더구나. 금속 중에 강철과 황동은 안 쳐주는 것 같고. 주요 금속의 경우에도—네게서 진품 인증을 받으려면—캐럿 인증 도장이 찍혀 있어야 하고, 아니면 한눈에 봐도 오래돼서 아주 드물고 또 그렇기에 값진 것이어야 해. 가치를 가늠하는 문제에 대해서는 꿋꿋하게 금을 기준으로 삼더라—원칙적으로 금으로 교환 불가한 보물은, 보물이라고 불릴 가치가 없다는 게 너의 입장이야. 도금한 덩어리는 일단 겉보기에 괜찮으면 기회를 주지만, 녹청이나 녹이 슬 기미가 조금이라도 보이면 당장 탈락이야.

진귀한 원석은 무엇보다 일단 진귀해야 해. 그렇지만 이 지점부터 헷갈리기 시작하는데, 딱 봐도 알 수 있는 것들—다이아몬드라든가 루비, 에메랄드, 터키석, 사파이어 같은—을 제외하고 실제로는 진귀하지 않으면서 진귀해 보이는 것들이 있단 말이야. 마노라든가 오팔, 호박, 자수정, 호안석, 장미휘석, 흑요석, 옥…… 이런 것들이 전부 진귀하고 그렇기에 진품이며 값어치 있고 희귀하다고 누가 확신을 가지고 말할 수 있을까? 이 경우에 한해서는 너에게도 신뢰할 만한 참고자료가 없는 것 같구나. 크리스털은 특히나 따지기 까다로운 원석인데, 도통 진위를 가리기가 쉽지 않아. 무색의 수정은 분명 진귀하고 아르헨티나에서 나는 분홍색 석영도 마찬가지인데, 한편 소금부터 눈 결정까지 모든 물질의 기본적인 구성요소 또한 '크리스털'이라고 학교에서 배웠거든. 그래서 더 혼란스러울 거야. 그거랑 보물이랑 전혀 상관없으니까. 그런가 하면 수정구슬이나 입이 닿는 가장자리를 물 묻은 손가락으로 쓰다듬었을 때 소리가 청아하게 울리는 크리스털잔은 진품이라고 쳐주지. 비록 자연에서 발견되는 물질은 아니더라도. 최소한 값어치 있는 물건들이야. 도자기도 마찬가지고. 충분히 얇게 빚어낸 자기라면. 화석과 산호초도 값어치 있는데, 생겨난 지 수백만 년 됐고 그래서 어마어마한 가치를 지니기 때문이야.

천이나 러그에 한해서 너는 벨벳과 실크, 그것도 '진짜' 실크만 인정하지. 단, 평범한 직물이라도 금사나 은사가 섞여 있으면 예외로 쳐줘. 페르시안 융단이 어째서 수집할 가치가 있는지 너는 도통 이해를 못 해—그냥 양모로 짠 거고, 양모는 비록 자연에서 생성된 거라 해도 솔방울만큼 흔해서 값진 것이 될 수 없다는 게 너의 지론이야.

너는 가죽으로 만든 물건에 관심이 거의 없지만, 양가죽과 염소가죽을 포함해 수피獸皮나 모피는 보물로 쳐주지. 네가 가진 것 중 최고급은 사슴가죽인데, 지금은 호랑이가죽을 몹시 탐내고 있다는 걸 아빠도 알아. 네가 내세우는 논리는 다소 엉성한데, 모피는 촉감이 몹시 부드럽고 왕이나 황제들이 짐승가죽을 꼭 두르고 다니기 때문에 진귀한 보물이 틀림없다고 주장해서 그래. 게다가 이 기준—오로지 사치스러움—은 최근에야 추가한 사항이기도 하고. 심지어 우리집 차를 마침내 폐차시켰을 때도 너는 그 기준을 들이대면서, 새 차로 리무진을 사야 한다고 주장했잖아.

—리무진이 너무 비싸면 그냥 평범한 차로 사든가. 대신 긴 차여야 해.

너는 황당하게도 이렇게 우겼지.

네가 아직 골동품에 흥미를 안 보이는 게 천만다행이지 뭐냐. 자연이 아닌 사람이 황동을 재료로 손수 만들었고 진짜 보석도 안 박혀 있는데도 불구하고 불상과 빈티지 환약통, 이집트산 스카라베*, 소형 터키식 군도 같은 건 벌써 보물 대접을 하고 있지만. 진주는 말할 필요도 없고 조개껍데기, 소라껍데기도 보물로 쳐주는데, 단 껍데기 안쪽 면에 진주층이 생성돼 있거나 아주 먼 바다에서 왔거나 크기가 아주 커야 하는 것 같더라.

그런 경우를 제외하곤 크기는 절대조건이 아닌 모양이더구나. 저번에 콩스베르그에 은광을 구경하러 다녀온 후 네가 그 점을 분명히 했더랬지. 그때 아빠가 다른 기념품들과 함께 아주 예쁜 자수정 한 알을 사준 것 기억나니? 너는 뛸듯이 좋아했고, 더 큰 걸 바라는 기색을 전혀 보이지 않았어. 암, 그렇고말고. 그날 캠프장에서 저녁 먹으면서 이렇게 말한 것만 빼고.

—있잖아, 아빠?

—응?

—만약에 말이야—진짜진짜 만약에—콩스베르그에서

* 이집트에서 다산이나 풍작을 기원하는 풍뎅이 모양의 부적 또는 장신구.

이보다 훨씬 큰 자수정을 사줬다고 해도, 나는 별로 다르게 생각하지 않았을 거야. 나는 그냥 기쁘게 받았을 거야.

—당연하지.

나는 망설임 없이 대답한다.

—당연히 진품이지. 진품이 아니면 누가 그걸 비밀 동굴 깊숙이 숨겨놓는 수고를 하겠니?

이 논리가 상당히 마음에 들었는지, 너는 당장 수긍한다. 새로 발견한 보물들을 햇빛 비치는 동굴 밖으로 조심조심 가지고 나가 어디 상한 데는 없는지, 모양은 온전한지 검사하더니 흡족한 듯 고개를 끄덕인다. 우리 오늘은 운이 꽤 좋았지.

그러고서 너는 궤짝을 연다. 그 안에 오늘 찾은 보물들을 하나씩 따로 잘 넣고 실크천으로 정성껏 덮는다. 나는 우리가 운좋게 이 비밀 동굴을 발견했으니, 다른 보물들을 꺼내서 여기에 잘 숨겨놓는 게 좋겠다고 제안한다. 그 아이디어가 마음에 든 너는 애지중지하는 원석과 진주, 팔찌와 주화를 몇 개 골라낸다. 다음 순간 약간 망설이더니 마노석은 도로 상자에 넣고 좀더 수수한 크리스털을 꺼낸다.

—혹시 못되고 음흉한 해적들이 와서 내 마노석을 훔쳐가면 안 되잖아?

묻을 보물을 골라낸 우리는 그것들을 동굴 안으로 옮기고, 네가 저만치 안쪽의 움푹 팬 공간에 깊숙이 집어넣는다. 우리는 촛불을 다 끈 다음 보물궤짝을 한쪽씩 잡아 번쩍 들고, 우리를 집에 도로 데려다줄 보트가 기다리고 있는 곳으로 간다.

보물섬이 우리 등뒤의 저녁안개 속으로 서서히 자취를 감춰간다. 너는 늘 앉는 뱃머리의 지정석에 앉아 아직 남들이 밟지 않은 해변을 찾아 사방을 둘러본다. 그러다 갑자기 나를 향해 몸을 돌리더니, 시끄러운 모터 소리를 뚫고 똑똑히 들리도록 크게 외친다.

—있잖아, 아빠?

—응?

나도 덩달아 소리친다.

—기다려봐야만 알 수 있다는 건 나도 알지만, 아빠 생각엔 어때? 우리, 다음번에도 동굴에 가면 보물을 발견할 수 있을 것 같아?

여덟.
기운 빠지는 날 살아내기

너를 너로 만들어주는 사람들을 기억하렴

겨울이 시작되려는 모양이다. 춥고 어둡고 축축한 날씨다. 날도 우중충하니 엄마 아빠가 제안 하나 할게.

네가 그렇게 조르던 파티 있잖아, 가브리엘. 그 파티 하자! 친척들 전부 초대하고, 디저트까지 포함해서 네가 좋아하는 음식으로 다 준비하고, 파티장처럼 집을 꾸미자! 어른이고 아이고 다 해서 23명쯤 초대하고, 모두가 한자리에 앉을 수 있게 거실에 테이블을 길게 하나로 연결해놓자. 벽난로에 불을 지피고, 꽃도 사서 장식해놓고, 반들반들 윤이 나는 촛대마다 초를 켜놓고, 마당에는 횃불도 밝혀놓자. 우리집에서 최고로 좋은 도자기접시와 은식기, 크리스털잔을 꺼내고, 옷도 제일 좋은 걸로 차려입자. 연회를 여는 거야!

너는 좋아서 펄쩍펄쩍 뛴다. 파티를 연다는 건, 원칙적으로는, 너도 청소기를 돌리고 빨래하고 네 방 정리하는 걸 도와야 한다는 뜻인데도 말이야. 너는 파티를 열고 집에 사람들이, 특히 가족 친지들이 바글바글 들어차는 걸 참 좋아하지. 너를 너로 만들어주는 사람들, 너라는 사람의 틀을 빚어주고—네가 사랑받는 걸 당연히 여기든 말든—무조건적으로 너를 사랑해주는 사람들에게 둘러싸여 있으면 안전하고 행복한 기분이 드니까. 아마 너한테 그들은 엄마 아빠의 연장선 격인 사람들이겠지.

먼저 제일 멀리 사는 친척들에게 초대장을 보내야겠다. 제네바에 사는 잉에보르그 숙모, 로스앤젤레스에 사는 리브 숙모, 오슬로에 사는 친할머니 친할아버지, 그리고 북해 쪽에 사는 트뤼그베 숙부에게 얼른 초대장을 보내야지. 이분들은 장거리를 이동해야 하고 여행경비도 만만찮겠지만, 상관없어. 네 돼지저금통의 배가 빵빵하니, 네가 비행기표를 끊어주면 되겠구나. 잘하면 전용기를 전세 내줄 수도 있겠다. 그럼 다 같이 앉아 편안하게 기내식 먹고 영화 보면서 올 수 있겠네. 다른 친척들도 다 초대장을 받을 테니 염려 마—외할아버지 외할머니, 큰형 카이 헨리크와 크리스티나 헨리크 부부, 알렉산데르와 아네트, 베시 숙모랑 그 집 아이들, 또 데보라까지—멀지 않은 데 사는 친척들이니까, 직접 운전해서 오거나 버스를 타면 되겠구나. 발데르랑 티나랑 발타자르도 챙겨야지. 물론 개랑 고양이, 수탉은 글을 읽을 수 없으니 걔네들한테까지 초대장을 보낼 필요는 없어. 이미 무지개다리를 건넌 토끼들이랑 기니피그한테도. 그리고 이 집에 사는 우리들도 당연히 초대장은 필요 없고—잠깐, 안 될 건 뭐람? 우리 것도 만들자. 엄마랑 빅토리아, 아빠랑 가브리엘도 한 장씩. 그렇게 하면 모두 똑같이 한 장씩 받을 거 아냐.

음식은 어떻게 할까? 뭘 대접하면 좋을까? 뭘 하든 간에 생선은 관두는 걸로 하자! 치킨수프 어때? 아니다, 저번에 학교에서 치킨수프를 만들려다가 대실패한 것 너도 기억할 거야. 수프에 치킨 건더기가 하나도 없었잖아. 닭들이 다 날아가버렸다고 했던가. 네가 좋아하는 스파게티로 해야겠다. 고기랑 토마토소스랑 바질이며 오레가노, 월계수잎까지 있는 대로 다 넣어서. 근데 우리는 월계수잎은 안 먹지. 그리고 당연히 샐러드도 있어야겠지. 단, 참치는 넣지 말고. 디저트로는 판나코타*를 대접하자꾸나. 딸기잼을 곁들여서! 케이크랑 슈크림빵도. 그리고 애피타이저는—아니다, 애피타이저는 생략하자. 그것부터 먹기 시작하면 배가 너무 불러서 디저트 들어갈 자리가 없을 테니까.

네가 파티를 손꼽아 기다리는 게 눈에 보인다. 마음을 숨

* 생크림과 설탕을 끓이다가 바닐라로 향을 낸 후 젤라틴을 넣고 차갑게 식힌 이탈리아식 푸딩.

길 줄 모르고 마냥 좋아하는 너를 보니 엄마 아빠도 좋아하지 않을 수 없구나. 하지만 네가 모르는 게 있어. 네가 우겨서 열게 된 이 파티, 우리가 열겠다고 약속했고 분명 열어줄 이 파티가 사실 엄마 아빠 입장에서는 별로 반가운 이벤트가 아니라는 걸 너는 짐작도 못하고 있어. 왜냐하면 가브리엘, 가끔 엄마 아빠는 말도 못하게 진이 빠져버리거든. 계속 버텨나갈 수 있을까 절망해서 주저앉고 싶을 때가 있다고.

사탕발림 없이, 있는 그대로 말할게. 아니면 거짓말하는 게 될 테니까. 우리끼리는 거짓말 안 하기로 약속했잖아. 엄마 아빠도 때로는 힘겹단다. 가끔은 더는 못 하겠다는 기분마저 들어. 너무 지치고 다 포기하고 싶어서. 우리가 깨어 있는 시간의—그리고 종종 잠들어 있는 시간마저—거의 전부를, 너 자신도 복잡하고 파악하기 힘들다고 느끼고, 또 우리는 우리대로 부응하기는커녕 이해조차 해줄 기운이 없는 너의 각종 요구와 기대를 들어주려 애쓰는 데 소진하기 때문이야. 너는 끝없이 요구하고 우기지만 우리는 더 이상 줄 게 안 남았을 때도 있어—네가 삐치고 울적해할 때 기분을 돋워줄 기운이 없고, 네가 심심해서 놀아달라고 조를 때 같이 놀아주고 놀러가줄 힘이 없고, 네가 길을 잃고 헤맬 때 네 머릿속 미궁을 빠져나오도록 동행해줄 인내심이 없고, 네가 출구를 못 찾아 오도 가도 못하다가 눈앞이 캄캄해져 악을 쓰고 주먹을 휘두르고 발길질하고 물고

밀치고 깨부수고 할 때, 아침에 일어나서부터 하루종일 우리가 아무리 달래고 해줄 수 있는 건 다 해줘도 울고불고 발악하다가 밤이 깊어서야 가눌 수 없는 분노로 제풀에 지쳐 잠들 때, 너를 도와줄 잉여 에너지가 없어.

가끔씩 엄마 아빠는 말도 못하게 지친단다, 가브리엘. 너무 심하게 좌절해서 잠이 안 오기도 해. 그래서 우리는 각자의 좌절감을 다른 사람에게 풀기도 해. 괜히 시비를 걸거나 비난하고, 입을 꼭 다물거나 차갑게 등을 돌리고, 진심이 아닌데도 괜스레 뱉어야 할 것 같은 흉하고 못된 말들을 쏟아낸다. 못된 말을 누군가에게 퍼붓고 싶은데 누구한테 그래야 할지 몰라, 그냥 가까운 사람에게 쏟아붓는다. 그러다 밤이 되면 이런 기분을 그대로 안고, 적어도 아까 싸운 상대와 함께 잠자리에 드는 건 차마 못 하겠는데, 너는 몇 시간을 잤건 동이 트자마자 꼬박꼬박 일어나니까 우리 둘 중 한 명은 아침에 너를 챙겨줘야 한다는 걸 알고 있고, 그럼 그 사소한 의무조차 날카로운 논쟁거리로 변해버려. 결국 둘 중 한 명이 나머지 한 명에게, 그가 이미 느끼는 죄책감으론 부족한지, 또하나의 죄책감을 안겨주는 방식으로 그 의무를 짊어진다.

그런데 너는 또 너대로 잠을 충분히 못 잔 탓에 눈을 뜬 순간부터 기분이 저조해서는 툴툴거리더니, 아빠가 꺼내놓은 바지를 안 입겠다고 공연히 심술부려 시간을 낭비하고, 멀쩡히 차려놓은 아침식사가 마음에 안 든다며, 워낙에 아침형 인간이 아닌지라 방금 너에게 비꼬는 한마디를 쏘아붙인 누나 빅토리아에게 식빵 한 덩이를 집어던지고, 그러자 잼이 식탁이며 벽이며 사방에 튀고, 아빠는 더이상 참을 수가 없어져서 이젠 억누를 수 없고 억누르고 싶지도 않은 분을 터뜨린다. 나는 부당하고 상처 주는 말로 너희 둘다 혼쭐을 내고, 빅토리아는 이런 비정상적인 집안에서 미친 가족들과 더이상 살 수 없다며 악을 쓰더니 눈물범벅이 돼서는 점심 도시락도 안 챙기고 뛰쳐나가고, 너는 너대로 다들 왜 그렇게 화를 내는지 모르겠다며 소리를 지른다. 고함소리에 깨어난 네 엄마는 오늘 회사에 안 가는 날인데도 부엌으로 나와서는 나를 향해 경멸 섞인 어조로 자기도 못 참겠고 참을 생각도 없다고 경고하면서 내가 애들보다 더 애처럼 굴고 있다고 화내더니, 너한테 가서 시작부터 틀어진 서글픈 하루를 어떻게든 회복시키려 달래준다. 지독한 양심의 가책을 느낀 나는 어쩔 줄 모르고 어떻게 내 마음을 가라앉혀야 할지도 몰라, 서재로 들어가 방문을 꼭 닫고서 숨도 안 쉬고 미동도 없이 가만히 앉아 있다.

이윽고 통학 택시가 도착하고 그 소리를 듣는 순간, 이런 소동이 있었는데 차마 너를 달래주지도 않고 학교에 보낼 수는 없어서, 마음이 너무 아프고 몸 전체가 고통으로 아려온다. 하지만 현관 앞 복도에서 너는 나를 쳐다보지도 않으려 하고, 코를 훌쩍이며 엄마에게 아빠는 너무 멍청하고 다른 사람이 우리 아빠였음 좋겠다고 한다. 네 엄마는 그런 말하면 못쓴다고, 그건 그냥 심술나서 하는 소리인 거 안다고 어른답게 달래면서 너를 배웅하고, 너는 죄책감으로 목소리가 기어들어가는 아빠의 "미안하다, 잘 다녀와라" 인사도 듣는 둥 마는 둥 한다.

이런 날이면 너만 그런 게 아니라 우리도 진이 빠진단다. 기운만 빠지는 게 아니라, 이 집을 우리집으로 만들어주는 모든 것이 빠져나가버려. 사랑과 신뢰, 선의, 즐거움 같은 것들. 이런 나날은 우리의 일상을 위협해. 이런 날이 연달아 계속되면, 도망치거나 다른 데로 가버리고 싶고 다른 삶을 살고 싶은 욕구와 간절함이 목까지 차올라. 다른 삶이란 없다는 걸 잘 알면서도. 다른 삶이 뭐겠니? 이혼과 결손가정? 모든 것을 포기하는 것? 너와 빅토리아를 배신하고? 우리 자신에게, 또 서로에게 등을 돌리고? 이런 생각이 들 때마다 우리는 살며시 한발 물러나 그 시나리오를 끝까지 상상하기를 거부하지만, 가끔은 유혹을 못 이기고 어쨌거나 그런 상상에 빠진단다. 서로의 표정에서 피로와 혐오, 타고 남은 재밖에 안 보일 때, 우리집 바깥의 세상은 반짝반짝한 생기와 장난기 넘치는 미소로 가득하겠지, 이런 시궁창 말고 멋진 삶으로 가득차 있겠지 상상할 때 주로 그래. 그럴 때는 며칠간 다른 곳에 가 있는 게 제일 좋더구나. 네 엄마는 친한 친구네 집이나 다른 도시에서 열리는 굳이 참석할 필요 없는 세미나에 가고, 나는 아무것도 묻지 않고 말없이 반겨주는 오랜 친구의 집이라든가 오슬로의 조용한 호텔로 가곤 하지. 그래야 다시 돌아올 수 있거든. 너와 빅토리아에게로, 또 한쪽이 도망갈 수 있도록 요새가 함락되지 않게 지키고 있었던, 그러면서 제 나름대로 혼자만의 시간을 보낸 다른 한쪽에게로 돌아올 수 있어. 네 엄마와 나는 이 문제를 충분히 의논했고, 적당히 떨어져 지내지 않고서는 함께 버티지 못했으리라는 결론을 내렸어.

하지만 너는 이런 걸 전혀 몰라. 빅토리아에 대해서도, 네 누나가 얼마나 힘들게 버텨왔는지도 너는 전혀 몰라. 왕자님이 태어나는 바람에 사랑을 독차지하던 공주님 지위에서 밀려난 것도 억울한데, 네가 엄마 아빠의 주의와 관심을 온통 요구하고 차지하기 때문에 누나는 방치되고 소외되기 일쑤였다는 걸. 자신의 착하고 사랑스러운 동생이 보통의 착하고 사랑스러운 동생들과 다르다는 걸 얼마나 이해하기 힘들었는지, 그 동생이 남과 다른 이유가 뭔지 두려운데 엄마 아빠도 왜 다른지를 완전히 이해 못해서 누구도 누나에게 제대로 설명해주지 않아 얼마나 힘들었는지를. 네가 누나를 학교 친구들과 남자친구들 앞에서 망신 주고 민망하게 해서 얼마나 창피해했는지를. 그런데도 누가 너를 깔보는 기미를 조금이라도 비치거나 비하하는 말을 한마디라도 뱉으면, 네 누나가 얼마나 악다구니하며 그 상대와 싸웠는지를. 남자친구가 생길 때마다 집에 데려와 테스트해서 그애가 통과하지 못하면, 그러니까 너를 잘 상대하지 못하거나 잘못된 방식으로, 즉 건방지고 미성숙하게 대하면 곧바로 네 표정에서 네가 그애를 싫어하는 걸 알아채고는, 존중해줄 가치가 없는 애라고 판단했다는 걸, 그리고 두 번 생각할 것 없이 남자친구로서 실격 처리했다는 걸 너는 몰라.

그저 빅토리아 누나가 너를 무한히 사랑한다는 것, 바깥에서는 누나가 전적으로 네 편이라는 것, 그리고 행복이란 소파에서 누나랑 나란히 앉아 빈둥거리는 것과 어쩌면, 아주 운좋으면 누나가 자기 침대에 너를 재워줄 거라는 정도만 알지. 네게는 너를 맹렬히, 무조건적으로 사랑해주는 엄마와 누나가 있어, 가브리엘. 그런 존재를 선물받은 건, 바로 조물주가 그들을 창조한 그날 부주의하게도 사랑을 아낌없이 쏟아부었기 때문이야. 그리고 하필 나 같은 사람을 아빠로 뒀기 때문이기도 하고.

친척들이 다 모였다!

먼저, 다리가 조금 후들거리는 것 같긴 하지만 육신의 허약함 따위는 왕족 같은 도도함으로 무시하면서 외할아버지와 외할머니—소냐 할머니와 하랄 할아버지—가 등장한다. 우리 가족 사이에서는 판에 박은 농담거리인데(알아, 농담을 어떻게 판에 박을 수 있느냐고 너는 만날 묻지만, 지금은 그냥 넘어가자), 두 분이 노르웨이의 국왕과 왕비*와 이

* 하랄 5세와 소냐 하랄센.

름이 같은 건 그분들이 어찌할 수 있는 게 아니잖니. 바로 뒤이어 잔뜩 신이 난 꼬마들 말린과 미셸, 제프리가 현관문을 박차며 우르르 들어오고, 그 뒤로 상당한 인내심을 발휘하며 네 사촌형들과 그들의 아내, 여자친구들 그리고 어린 사촌동생들이 따라 들어온다. 베시와 데보라가 케이크가 놓인 판을 각각 들고 제일 마지막으로 들어온다. 네가 전용기로 모시기로 한 장거리 손님들은 삼십 분쯤 더 있어야 도착할 것 같다.

너는 우리가 가르쳐준 대로 문 앞에서 공손히 인사하고 손님을 맞이해야 하지만, 그런 것에 할애할 시간이 없는 모양이다. 한껏 꾸민 연회 테이블 자랑해야지, 그동안 모은 보물들 늘어놓고 보여줘야지, 판나코타를 담아놓은 냉장고 속 디저트 그릇도 꺼내서 보여줘야지, 게다가 죽은 기니피그 얘기까지 주절주절 떠드느라 정신이 없다. 손님들이 외투를 벗기도 전에 너는 벌써 테이블로 달려가고, 마지막 도착한 손님이 집안에 들어오기도 전에 네 마음은 벌써 케이크에 가 있다.

너의 시간은 우리 시간보다 빨리 흐르는 것 같아, 가브리엘. 남들보다 빨리 일들을 해치우고, 남들보다 더 자주 다른 할일들로 그 시간을 채워야 하지. 어느 정도는 네가 아직 어린애라 어른들처럼 기다리는 인내심이 부족해서이기도 하지만, 대체로는 네가 경험하는 시간이 그 안에서 벌어지는 사건들의 시간과 어째선지 싱크가 어긋나 있어서 그래. 너는 보통 아이들 혹은 어른들과는 다른 리듬과 강도로 사람이나 사물, 사건에 집중해. 네가 흥이 나서 춤출 때, 네가 생일선물을 뜯어볼 때, 아니면 네가 놀거나 먹거나 옷을 입을 때 아빠는 너를 지켜보면서 그걸 느끼곤 해. 잘 보면 네가 주의를 기울이는 시간이 얼마나 급하게 흘러가는지, 혹은 느릿느릿 영원처럼 무한대로 늘어지는지 감지가 돼—우리가 춤추거나 먹거나 아침에 옷 입을 때 경험하는 시간과는 거의 항상 싱크가 맞지 않는 걸 알 수 있지.

하지만 누가 네게서 너의 시간을 뺏을 수 있겠니? 그게 잘못됐다고 누가 말할 수 있겠니? 시간을 어떻게 사용하는지는 법이 아닌 오직 습관의 지배를 받아. 다만 우리가 우리의 습관들을 너무 쉽게 '보편타당한 것'으로 삼는 바람에 시간은 사람마다 흐르는 속도가 다르다는 걸, 너는 너만의 시간감각에 따라 우리와는 다른 템포로 주의를 배분한다는 걸 잊는 거지. 우리가 반시간은 숙고해야 할 상황을 너는 한 번만 흘끔 봐도 파악이 된다는 걸, 우리가 오 분 만에 해치울 일이 네게는 한 시간을 들여도 모자라다는 걸 자꾸만 잊는 거야. 이건 자주 있는 일인데, 네가 걱정하거나 고대하는 어떤 일이 일어나기까지 얼마나 더 기다려야 하느냐고 물을 때, 사실 네가 진짜 알고 싶어하는 건 그 일이 오늘 일어날 건지 아니면 하룻밤 또는 며칠 밤을 자야 하는지야. 십오 분이니 다섯 시간이니, 닷새니 2주일이니 하는 표현들은 네게 아무 의미 없는 추상적 개념일 뿐. 반면에 '학교에서 집에 돌아오면'이라든가 '날이 저물면' '여름방학 끝나고' 같은 표현은 금방 알아듣지. 어느 쪽이건 터무니없이 이르거나 아니면 말도 안 되게 늦거나, 둘 중 하나라는 게 너의 일관된 의견이지만.

집안을 가득 채운 손님들을 보고 다시 너를 보면서, 이 모임이 여러 면에서 상호 양립이 불가한 두 개의 시간대를 따라 진행되고 있음을 벌써 알겠다. 오늘 저녁이 어떤 모양새로 끝날지, 또 한번 걱정이 안 될 수가 없구나—오늘 새벽 네가 동트기 전에 이미 실크와 벨벳, 모피로 머리부터 발끝까지 치장하고 당장 파티에 참석할 차림으로 일어났을 때부터 들었던 걱정이지.

다 큰 애들—잠깐, 다들 20대이고 자식들까지 딸렸는데 어른이라고 부르는 걸 자꾸 깜빡하는구나—은 담배 한 대 피우러 부랴부랴 서재로 물러나버린다. 할 얘기가 잔뜩 있는 너는 네가 그렇게 우러러보고 너를 인정해주길 바라는 큰형들을 쫓아간다. 형들과 나눌 얘기가 얼마나 많은지. 하지만 형들은 직장과 친구들, 자금사정 등등 너한테 들려주면 곤란해서 자기들끼리만 나누고 싶은 이야깃거리가 산더미다. 그걸 아는 나는 그애들이 마구 조르는 네 요구에 지쳐 짜증내기 전에 미리 너를 불러들인다.

거실은 여기저기 켜놓은 촛불의 빛이 반짝이는 은식기에 은은하게 반사돼 분위기가 무척 아늑하다. 냄비에서 토마토와 허브, 올리브오일의 향이 풍겨오고, 외할머니와 네 사촌 크리스틴 이사벨은 데보라네 갓난아기를 무릎에 안고 어르며 잔잔히 담소를 나눈다. 아기가 너무나 사랑스러워서 너는 한번 안아보겠다고 한다. 두 사람은 당연히 안아봐도 되지만 조심하라고 당부한다. 하지만 네가 너무 낯설고 몸집이 크고 무서워서인지, 네 품에 안긴 모니카가 갑자기 울음을 터뜨린다. 너는 아기가 도대체 왜 그러는지 모르겠고, 자기는 잘해주기만 했는데 얘가 멍청한 아기라서 그런다고 투덜거린다.

—안 돼, 가브리엘, 그런 말 하면 못써. 진심도 아니잖아.

소파에 같이 앉은 여자들의 완곡한 꾸짖음이 너를 더 화나게 한다. 당연히 진심이지, 아니면 그런 말을 아예 안 했을 테니까! 이렇게 말하면서 어조와 목소리가 점점 올라가고, 미간의 분노 섞인 주름이 문장 끝 느낌표를 찍는다. 때마침 네 엄마가 부엌에서 나와 상황을 진정시키고, 가서 외할아버지와 얘기하며 노는 게 어떠냐고 살며시 제안한다.

외할아버지는 바로 얼마 전 노르웨이 북부의 어느 연락선에서 일하기 시작한 네 사촌형 윌리암과 마주앉아, 해상안전훈련이니 날씨 전망 등에 대해 이야기를 나누고 있다. 너는 아기처럼 예쁨받고 싶어서 할아버지의 푸근한 몸에 기대고, 그러자 할아버지는 바위 같은 주먹을 네 머리에 묵직하게 얹는다. 그 손으로 머리를 쓰다듬기 시작하자 너는 기분이 포근하고 나른해진 듯하다. 하지만 할아버지는 계속 윌리암만 보면서 네가 모르는 이야기를 주고받고, 왠지 부루퉁해진 너는 더 예쁨받고 싶은 듯 무릎에 기어올라 어린애처럼 할아버지 목에 네 코를 들이댄다. 할아버지는 묵묵히 네가 당신의 태산 같은 몸에 기어오르게 내버려두지만, 이내 힘에 부쳐한다. 그래서 너를 번쩍 들어 내려놓고, 너는 곧 이 신호를 알아챈다. 간신히 충동을 누르고, 큰소리로 항의하거나 창피한 상황을 만들지 않는다. 어린애도 아닌데 왜 그러냐고 할 테니까. 너는 외할아버지가 붙잡고 있던 팔을 보란듯이 빼내고는 돌아서는데, 서두르다가 그만 바닥에 누워 있던 발데르의 꼬리를 밟고 만다. 발데르가 바닥 색깔이랑 똑같이 너무 까매서 미처 못 본 모양이다. 발데르의 비명이 너무 커서 줄곧 핸드폰만 붙들고 있던 빅토리아도 고개를 들고 쳐다보고, 꼬맹이 말린도 겁을 먹는다. 너는 말린을 안아주려고 달려가는데, 말린이 러그에 잔뜩 늘어놓고서 더러는 깔고 앉고 가지고 놀던 게 다름 아닌 네 보물들이라는 걸 알아챈다. 그 순간, 참으로 다행스럽게도, 현관 초인종이 울린다.

네가 보낸 전용기가 착륙해 마지막 한 무리의 손님들이 도착했구나. 친할아버지가 집에 들어서자마자 너는 옛날이야기를 들려주며 재워주겠다는 약속을 받아낸다. 작년 여름 할아버지네 별장에 놀러갔을 때 들은 이야기의 속편을 듣고 싶어서 안달이 났거든. 친할머니는 작은 선물을 준비해오셨고, 리브 숙모랑 잉에보르그 숙모도 하나씩 들고 오셨구나. 너는 그분들을 굉장히 오랜만에 뵙는 건 사실이지만 그분들이 가져온 선물들은 아예 처음 보는 것들이다. 따라서 네가 요즘 학교에서 어떻게 지내는지 들려주거나 "맞아요, 나도 이제 다 컸어요"라고 말해주는 것보다 선물 뜯는 게 더 중요하다는 걸 어른들이 왜 모르냐고 따진다. 그 말에 다들 웃음만 짓고 다른 가족들에게 인사하러 거실로 들어간다. 곧 지난번 만났을 때 얼마나 즐거웠는지, 얼마나 오래됐는지 모르겠다, 정말로 그렇게 오래됐느냐, 시간 참 빠르다 같은 인사말이 들려온다.

부엌에서는 준비가 끝났다. 나는 빅토리아에게 잠깐만 핸드폰 좀 내려놓고 서재에 가서 사촌오빠들에게 식사 준비가 다 됐다고 알리라고 이른다. 빅토리아는 내 부탁을 못 들은 척하려다가, 매달 핸드폰 요금 정도의 용돈을 부쳐주시는 친할머니가 지켜보는 걸 알아채고 벌떡 일어나 복도를 달려간다. 잠시 후 넌덜머리가 난다는 표정으로 돌아온 빅토리아는 고개를 저으며 눈알을 굴리지만, 나더러 어서 와보라고 신호하는 걸 보면 상황을 잘 이해하고 있는 것 같다. 그 표정이 뭘 의미하는지 아는 나는 잠자코 네 누나를 따라간다. 복도에 멈춰 서서 빅토리아가 가리키는 쪽을 보니, 네가 화장실 바닥에 주저앉아 네 엄마 화장품 파우치의 내용물을 죄다 바닥에 쏟아놓고 립스틱이며 마스카라며 빨간색, 검정색, 흰색 크림을 얼굴에 처발라놨구나. 머리는 헤어젤을 반 통이나 써서 피라미드 모양으로 세워놨고, 화가 치밀어오르면서 "안 돼!"라는 호통이 혀끝까지 나온 걸 간신히 삼키고, 나는 엄마가 마음 아프고 속상해할 거라고 온화한 톤으로 꾸짖은 뒤 네 얼굴을 씻기기 시작한다. 망할 화장품이 거의 다 워터프루프 제품이라, 실컷 씻기고 나서 우리 둘 다 테이블로 가 앉았는데 여전히 네 얼굴은 끔찍한 피부병에 걸린 사람처럼 울긋불긋하다. 하는 수 없지. 이 집에서 이 정도 소동이면 양호한 수준이니까, 뭐.

테이블에 둘러앉은 손님들은 우리집의 평소 사정을 잘 알지 못하지만 그래도 다 같이 모르는 척해준다. 얼마 안 가 다들 미소를 지으며 맞아 맞아, 우리도 한때 어린애였지, 처음부터 어른인 사람이 어디 있어, 지금도 생생히 기억나는데, 하는 말로 운을 떼며 각자 어렸을 적 이야기를 풀어놓는다—그러자 기다렸다는 듯 외할머니가 네 엄마 헨니가 옛날에 단짝친구랑 얼마나 황당한 말썽을 저질렀는지 아니, 하며 옛날이야기를 늘어놓고 친할머니도 다 이해한다는 표정으로 고개를 끄덕이더니 나를 가리키면서 쟤도 얌전한 애는 절대 아니었어, 하고 또 한참 지난 얘기를 끄집어낸다. 곧 테이블 전체가 회상과 고백으로 시끌벅적해진다. 이렇게 어쩔 줄 몰라 허둥댈 수밖에 없는 순간에는 과거로, 특히나 당시에는 큰일이라도 난 줄 알고 철렁했지만 고맙게도 결말이 좋았던 과거의 일화로 대피하는 것이 마음의 평안을 찾는 좋은 방법이란다—왜냐하면 먼 과거에 일어난 일들은, 지금 현재에는 우리를 해칠 수 없고 또 그때만큼 중하지도 않거든. 또 때로는 어렸을 때 일어난 나쁜 사건들을 회상하는 것도 도움이 되거든. 여럿이 모인 자리에서 훌륭한 이야깃감이 될 뿐 아니라 모든 일은 예외 없이 다 지나가게 마련임을 새삼 일깨워주니까.

이렇게 단체로 고삐 풀린 고백을 쏟아놓고 빅토리아와 알렉산데르, 카이 헨리크마저 분위기에 휩쓸려 네 엄마 아빠는 처음 듣고, 별로 알고 싶지도 않은 온갖 말썽과 비행을 털어놓는 와중에 나는 문득 너를 쳐다본다. 네 얼굴과 스파게티 접시가 데칼코마니 그림처럼 보이도록 고개를 푹 숙이고 앉아 있는 너는, 언뜻 음식을 먹어치우는 데 온 신경을 쏟고 있는 듯 보인다. 하지만 너의 온몸은 네가 오가는 말을 한마디도 안 놓치고 있으며, 어떻게 받아들일지 갈피를 못 잡고 있음을 역력히 드러낸다. 엄마와 아빠, 친할아버지, 그리고 다른 친척들에 대해 난생처음 듣는 이야기들, 다들 미소짓고 웃어넘기는 이 이야기들이 네가 아는 현실을 흐트러뜨리고 있거든. 너무 많은 경계선들이 한꺼번에 침범당하고 있어—옳음과 그름 사이의 간극, 네가 해도 된다고 알고 있는 것들과 창피해해야 하고 사과해야 마땅하다고 알고 있는 것들의 차이, 알 건 다 아는 어른들과 아직 모르는 게 많은 아이들 사이의 골, 꾸짖음과 헛웃음의 구분, 재밌어서 웃는 것과 어이없어서 웃는 것 사이의 흐릿하고 종종 알아보기 힘든 경계선. 지금 너에게는 이중에 어떤 것도 말이 안 되는 것처럼 느껴질 거야. 모든 게 그동안 네가 배운 것, 그동안 봐온 평소의 모양새와 갑자기 다르게 보이니까.

혹시 상황을 이해해보려 애쓰다가 오늘밤 모임에는 정해진 규칙이 없거나 혹 있어도 통하지 않는다는 걸 알아챈 거니? 그래서 갑자기 고개를 번쩍 들어 네가 아는 온갖 거슬리는 단어들을 째지는 목소리로 줄줄 쏟아내고, 그러다 이내 낱말도 아니고 음조도 없는 괴성을 지르면서 눈을 까뒤집고 접시에 있던 스파게티를 네 머리와 얼굴, 옷에 뒤집어쓴 거니? 이 파티의 주인공은 너여야 하는데 아무도 너랑 대화해주지 않고 네 얘기를 하지 않아서 그런 거니? 아니면 역시 사람과 목소리가 너무 많고 시끄러워서 그런 거니? 영문도 모르게 기분이 상했고 그래서 머릿속이 혼란해져서 그런 거니? 그래서 오른손께에 있던 유리잔을 움켜쥐고 이어서 누가 말리기도 전에 냅다 왼쪽에 있는 유리잔도 쥐더니, 네 손이 왜 이러는지 모르겠다는 듯 당황한 표정으로 두 잔의 물을 파스타 접시에 쏟아부은 거니?

—가브리엘!

네 엄마가 네 손을 찰싹 때리고는 팔을 붙들고 다른 데로 끌고 가지만, 수습하기엔 너무 늦은 것 같다. 이미 일어난 일이고, 성이 날 대로 나고 충격까지 먹은 너는 달아나버린다. 엄마의 엄지 관절을 콱 물고 발길질까지 해서 엄마가 네 팔을 놓친 사이 빠져나가버렸지. 복도 쪽에서 비명과 욕설이 들리더니 현관문이 쾅 닫히는 소리가 뒤따른다.

갑자기 정적이 내려앉는다. 테이블에 둘러앉은 이 많은 친척들을 둘러보니, 다들 조금 겸연쩍어하면서 당황과 분개를 감추려고 노력하는 게 느껴진다. 그 순간 나는 이제 당황하고 분개하는 게 어떤 기분인지도 아득하게 잊었음을 깨닫는다. 내가 느끼는 감정은 비통함뿐이다. 속이 울렁거리고, 눈을 감고 다 포기하고 싶게 하는 종류의 비통함.

서서히 테이블 분위기가 되살아난다. 친할머니와 외할머니는 그릇을 차곡차곡 포개 부엌으로 가져가, 조금 전의 식사시간을 깨끗이 지워버리려는 기세로 그릇들을 헹구고 식기세척기에 넣는다. 이번엔 모두들 돕겠다고 나선다. 뭐라도 해야 할 것 같은 기분이 드는지, 집안일이라도 해서 오늘 저녁을 어떻게든 정상으로 되돌려놓을 심산인가 보다. 세 살배기 말린이 가브리엘 삼촌은 왜 저렇게 화났냐고 묻자 다들 쉬쉬하며 다른 데 가서 놀라고 한다. 다 큰 애들은, 엄밀히 말하면 어른이지만, 아마 이 상황이 너무 황당해서 크게 웃고 싶을 텐데도 여기서는 웃지 않는다. 담배 한 대 피워야겠다고 둘러대고는 서둘러 서재로 들어가버린다. 빅토리아는 충실한 친구 핸드폰에게로 돌아가고, 외할아버지와 친할아버지는 소파에 앉아 이런저런 대화를 나눈다.

결국 네 엄마와 아빠 둘만 테이블에 남는다. 서로의 얼굴을 바라보면서 이것이 우리가 앞으로도 살아내야 할 현실임을 되새김한다. 우리 말고는 아무도 이해할 수 없고 도와줄 수도 없는 현실임을. 그 확신이 너무 강하고 피할 수 없어서 우리는 일어서서 서로를 절박하게, 오랫동안 붙들어 안는다. 그러다가 포옹을 풀고 엄마는 부엌의 할머니들에게로, 나는 너를 찾아 밤이 깔린 바깥으로 나간다.

겨울이 다가오고 있다. 이렇게 밖이 쌀쌀하고 캄캄한데 너는 어디로 갔는지 안 보인다. 너를 곧바로 쫓아가지 않은 건, 이런 일이 있은 뒤에는 네가 혼자 있을 시간이 필요하다는 걸 알아서야. 산산이 부서진 사고의 사슬이 천천히 회복되도록 충분히 여유를 줘야, 앞으로 사고하는 데 필요한 질서를 재정립할 수 있잖아. 하지만 아빠는 이미 손발이 얼음덩어리가 됐고, 네가 뛰쳐나갔을 때 코트도 안 걸친데다 맨발이었던 게 기억난다.

어디를 찾아봐야 할까? 어떻게 너를 찾아내야 할까?

나는 자갈길을 따라 걷기 시작한다. 네 이름을 소리내 부를 필요도 없다—운좋게 바람에 묻히지 않은 내 목소리를 듣는다 해도 너는 대꾸하지 않을 테니까. 지금 네가 있는 곳에서는 잘못한 건 우리들이고, 이 모든 게 다 우리 때문에 벌어진 일이고, 너에게 미안해해야 하는 것도 우리 쪽이지. 내 부름에 응답하는 건 잘못의 인정, 또 한번의 굴욕이 되는 거고. 그래서 어디에 숨었건 너는 보물처럼 발견되고 싶을 거야.

캄캄한 밤길 여기저기에 무의미한 눈길을 던지며 걷는

동안 한줌의 생각도 명료하게 정리되지 않는다. 너를 찾는 데 집중하려 애쓰지만, 동시에 조금 전 있었던 일을 머릿속에서 끊임없이 반복재생하면서, 또 한편으론 너를 발견했을 때 어떤 문장을 써서 달랠지 연습한다. 머릿속 악마가 흉악한 생각의 씨앗을 뿌려 내가 최악의 상황을 상상하도록, 그러니까 네가 너무 좌절해서 모든 것을 놓아버리고 바다로 뛰어든 시나리오를 상상하도록 부추긴다. 잠깐 동안 나는 두려움에 얼어붙지만, 다음 순간 뜨뜻하고 강렬한 분노가 뱃속에 피어오른다. 발꿈치에 힘을 줘 못된 생각들을 하나도 남김없이 짓이긴다. 자갈길을 잘각잘각 밟으면서 그것이 악마들의 해골이 부서지는 소리라고 상상하고, 감히 내 아이를 해하려는 자들은 몸뚱이의 모든 뼈를 마지막 하나까지 부숴버리겠다 다짐하며 걷는다.

그러다 어느 순간, 갑자기 차분해진 마음으로 무의미한 이 전투지를 떠나 집으로 걸음을 돌린다. 손님들과 파티와 시끌벅적한 웃음이 창문들을 밝히고 있지만, 빛이 만들어낸 거짓이다. 거대한 공허가 이 집을 차지하고 있으니까. 저 많은 사람들과 저 많은 물건들, 저 많은 꿈들보다 더 큰 공간을 차지하는 어떤 부재가 우리집에 있으니까.

축축한 겨울잔디를 밟으며 정원으로 들어간 나는 문득 걸음을 멈추고, 관절염 걸린 마녀의 손가락 같은 가지를 동쪽으로 뻗치고 있는 나무를 본다. 까만 배경에 까만 형체를 간신히 알아본 순간, 너를 발견한다. 토끼우리 안의 땅바닥에 무릎을 꿇고 몸을 반으로 접을 듯 한껏 웅크린 윤곽이 보인다.

너도 나를 알아챘다. 그걸 아빠는 본능적으로 안다. 나는 토끼우리로 다가가, 눈에 보이지는 않지만 상체를 숙여 갖다댄 이마에 닿는 차가운 감촉으로 네가 어디쯤 있는지 감지한 뒤 철망 바깥쪽에 책상다리를 하고 앉는다. 너는 울지 않고 그냥 미동도 없이 앉아 있다. 조그만 토끼 네 마리의 그림자가 네 주변에서 바쁘게 왔다갔다한다.

—아들아.

내가 나지막이 부른다.

—응.

네가 대답한다.

나는 일어서서 토끼장 문을 열고 몸을 구겨 들어가 네 앞에 앉는다. 어둠 속에서 네 얼굴은 인디언이었다가 해적이었다가 광대였다가 또 마법사로 변하지만, 기도로 가득한 커다랗고 예쁜 눈만은 가브리엘 너다.

—아빠.

네가 부른다.

—응.

내가 대답한다.

우리는 서로를 꼭 끌어안는다. 우리를, 그리고 서로를 도와줄 유일한 존재를 꼭 붙든다. 토끼들은 땅바닥에 배를 대고 엎드리고, 바람도 숨을 멈춘다.

—어차피 바보 같은 파티였어.

네가 중얼거린다.

—맞아.

내가 대꾸한다.

그러더니 너는, 마치 지구에게 지우기엔 너무 무거운 짐이라서 자못 미안한 듯, 무거운 시선을 아주 조심스레 땅에 떨어뜨리고는 이렇게 속삭인다.

—할아버지가 그래도 나 잠들기 전에 옛날이야기 해주실까?

아홉.
내 몫의 수수께끼 풀기

세상 모든 것이 언어야

최초의 이주민들이 이곳에 정착하기로 했을 때, 혹시 이곳의 풍광이 우리에게 때때로 그러듯 그들에게도 말을 걸었던 걸까 상상해본다. 굳이 여기에 정착할 필요가 없었거든. 더 북쪽으로, 아니면 내륙으로, 그도 아니면 남쪽으로 계속 이동해도 됐을 테고 바다로 나갔으면 아메리카 대륙을 만났을지도 모르지. 하지만 그러지 않았어. 이동을 멈춘 그들은 주위를 둘러보고 귀를 열었어. 보이고 들리는 것들이 그들에게 '이제 다 왔다'고 말했고.

바위투성이 둔덕과 풀과 파도가 그들에게 무슨 얘기를 했는지, 어떤 언어로 말했는지 나는 몰라. 어쩌면 그들이 들은 건 아주 아름다운 노랫소리였는지도 모르지. 아니면 한 번도 접해보지 못한 침묵이었을 수도 있고. 어차피 사방이 위험투성이이니 여기 머무는 것밖에 다른 도리가 없다는, 창조주로부터 온 메시지였는지도 모르겠다. 그것도 아니면 이곳의 빛이 그들 마음속의 그림자를 몰아내고, 그 자리에 환한 행복과 자유의 약속을 심어줬을 수도 있겠다.

어쩌면 그 모든 일이 한꺼번에 일어났을지도 모르는데, 분명한 건 바람도 한몫했으리라는 거야. 끈기 있게 밭과 해양을 일구고, 씨를 뿌리고 미끼를 던지고, 옥수수를 베고 연어를 낚으면서 천 년은 살아야만 풀 수 있을 수수께끼를 바람이 싣고 와 속삭였을 거야. 그런데 그 수수께끼는 너무나 거대해서 그들이 경작하고 모종하고 추수한 결과물과 모든 논밭과 바다, 그들의 모든 현재와 그들이 만날 모든 미래를 다 아우르고, 그러다가 그 수수께끼 자체가 해답이 되었고, 그들이 후손에게 남긴 답까지 되어버렸어.

너의 풍경이야, 가브리엘. 이곳에서 너는 네 몫의 수수께끼를 만날 테고 너만의 답들을 찾겠지. 보통 우리가 제시하는 답들은 너에게 불충분하니까.

세상 모든 것이 언어야. 언어는 모든 것에 이름을 주고, 그러니 우리는 언어 덕분에 뭔가를 획득할 수 있는 셈이지. 획득하는 건 소유하는 것과 달라. 완전히 자기 것으로 만드는 것에 가까운데, 세상 모든 것을 소유할 순 없다 해도 언어의 도움을 받아 획득할 수 있어. 이건 네가 스스로 이해한 것들 중 하나지. 네 세계가 커질수록 더 많은 것에 이름 붙일 수 있다는 사실이, 마치 도화지에 선을 더 긋고 붓으로 색깔을 더 칠할수록 흰 여백은 점점 덜 남게 되는 것만큼 자명하다는 걸 스스로 이해했잖아.

이것만은 네가 잘 알지. 언어가 얼마나 어렵건, 언어가 뚜렷한 근거나 명백한 논리 없는 규칙들에 얼마나 좌우되건 상관없이 이것만은 잘 이해하고 있어. 우리, 이 문제를 가지고 이미 얘기 나눠봤잖아. 너는 이 얘기를 할 때마다 웃곤 해. 언어로 떠올릴 수 있는 온갖 우스운 장난 때문에. 예를 들면 유리잔을 '말'이라고, 혹은 '스웨터'라고 부르지 못할 그럴듯한 이유가 전혀 없다는 게 너는 그렇게 웃긴가 봐. 하지만 신나게 웃음을 터뜨리면서도 이해할 건 다 이해하고 있어. 우리집 개가 발데르라는 이름을 가지고 있지만 '루프센'이나 '틴카'라고 불려도 다를 게 없음을 아는 걸 보면 말이야. 게다가 똑같이 발데르라고 불리는 개들이 사방천지에 널렸고 하물며 발데르라는 이름을 가진 사람도 더러 있으니, 이름은 그냥 우리끼리 정하는 것에 불과할 뿐, 어떤 대상이 이름에 따라 유리잔이 되거나 말이 되거나 발데르가 되는 건 아니라는 것까지 너는 이해하고 있어. 그렇지만 네가 오렌지주스 대신 말 한 잔 달라고 할 때 네 엄마 표정을 보는 건 언제나 재미있다, 그치?

그렇다 해도 어떤 것을 이해하는 것과—예를 들면 언어를 이루는 단어들은 임의적 성질을 띤다는 것을, 또한 마치 다른 언어에 속한 단어인 양 전혀 다른 뜻을 가질 수도 있다는 것을 이해하는 것과—그런 건 어쩔 수 없는 일이니 넘어가야 한다는 걸 군소리 없이 받아들이는 것, 더 나은 설명이나 이론적 해석을 요구하지 않는 것은 전혀 달라. 그런 비약을 하려면 네가 생각하는 독립성의 개념을 침범해야만 하는데, 그건 네가 평소에 취하기를 꺼리는 형태의 침범이지. 어떻게 보면 평등한 관계에서 복종의 관계로 이동하는 것과 비슷해.

—원래 그렇다는 건 나도 알아.

너도 말은 이렇게 해.

—그렇지만 어째서 항상 그래야만 하는지 모르겠어. 왜 내가 원하는 식대로 생각하면 안 되는 거야?

그 질문 하나로 우리는 또다시 "알겠어, 근데 왜 그런 건데?"만을 반복해 입력하는, 출구 없는 무한루프 같은 대화로 빨려들고 만다.

그런 네가 언어의 특수성에는 별다른 소란을 떨지 않고 마치 풀이 바람에, 파도가 바닷가에 그러듯 순종해. 혹시 세상 모든 것에 대해 질문을 던지기 위해서는 언어가 필요하다는 걸 본능적으로 알아서 그런 거니? 아니면 혹시 아무도 모르는 균형점, 우리에게는 너무 모호하게 느껴지지만 네게는 꽤 흡족한, 보이지 않는 논리를 발견한 거니? 이를테면 세상과 그 세상에 생기를 부여하기 위해 우리가 모든 것에 이름을 붙일 때 사용하는 단어들 간의 집합점이라든가. 그게 아니면—아빠가 평소에 가끔씩 의심하는 건데—그냥 네 안의 사냥꾼과 수집가가 일찌감치 가장 호화찬란한 보물궤짝이 숨어 있는 곳은 바로 언어라는 것을 우연히 알아낸 거니?

뭐든 전혀 중요치 않아. 바람은 풀이 왜 절하듯 허리를 굽히느냐고 묻지 않고 묵묵히 가던 방향으로 가지. 언어도 왜 자신이 세상을 이해 가능하게 하는지 묻지 않는단다. 그저 너에게 이해할 거리를 더 안겨줄 뿐.

이곳의 풍경은 언어만큼 광활해. 사방으로 하늘이 영원히 계속될 것처럼 뻗어 있고, 바다는 포말을 일으키며 자신이 알려지지 않은 다른 이름들로 불리는 곳곳의 해안들에 부딪혀 부서지고, 섬과 암초들은 지구 깊숙이, 그리고 역사가 시작되기 한참 전부터 존재했던 시간 깊숙이 뿌리를 내려 버티고 있고, 바람이 불고, 그리고 아직은 조그맣고 생존을 위해 필요한 것도 별로 없어서 그저 쑥쑥 자라기만 하는, 그저 다른 이름들과 같지 않은 하나의 이름에 불과한 헤아릴 수 없이 많은 것들이 여기 있어.

이곳의 풍경은 숲이나 산속의 다른 풍경들보다 더 까다로워. 내키는 대로 쓸 수 있는 공간이 많아서, 자유로이 배회할 여유가 워낙 많아서, 만약 이곳이 뭐라고 불리는지 알지 못하고 또 우리가 어디에 속하는지 정확히 알지 못했다면 아마 진즉에 길을 잃고 말았을 거야. 이곳의 풍경과 함께 지내려면 감내해야 할 가차없는 날씨도 한두 가지가 아니야. 붙들고 매달릴 이름들—안개에 묻힌 어느 곳의 이름, 태풍에 휩싸인 또다른 곳의 이름, 눈부신 태양과 시린 달빛과 너무나 새카매서 손으로 만질 수 있을 것 같은 밤에 가려진 곳곳의 하고많은 이름들—이 없었다면 우리는 속절없이 길을 잃고 말았을, 대단한 자연의 작품이야.

여행자들에게는 가혹한 풍경이지. 머물러 살지 않는다면 그냥 지나쳐버려야 하는 풍경이야. 왜냐면 이곳에 살려면 언덕 하나하나를, 파도 하나하나를, 또 바람 한 점 한 점을 경외심과 인내심을 가지고 배우면서 친해져야 하거든. 어떤 상대든 끈질기게 허물어뜨리고, 어떤 공격에도 살아남고야 마는 단단한 풍광이란다. 한없이 열려 있고 노출돼 있어서 결코 누구도 흔들 수 없고 뚫고 들어갈 수 없어. 매시간, 매일 변하는 다름의 풍경이지만 동시에 언제나, 때로는 울적해지리만치 한결같은 풍경이기도 해.

종종 너를 떠올리게 하는 풍경이란다, 가브리엘. 너를 닮은 풍경인가봐.

말만으로 충분하다면 얼마나 좋을까!

하지만 충분치 않지. 단어들도 집이 필요하거든. 배경이 되는 정황이, 그 안에서 질서를 세울 맥락이 필요해. 풀이나 사람과 똑같이, 단어들도 자기만의 머물 곳이 있어야 해. 그게 없으면 떠도는 존재가 되고, 그럼 의미를 잃게 되어, 결국 우리는 말을 알아들을 수 없게 된단다.

이것도 네가 이미 잘 아는 거야. 단어들이 속할 곳이 필요하다는 건, 아빠가 너에게 가르쳐서 이해시킬 수는 없는 문제야. 그런데 너는 어떤 일들은 애초에 불가능하거나 무조건 옳다는 것, 혹은 공기나 피처럼 필수적이라는 것, 조수의 변화처럼 인간이 바꿀 수 없다는 것을 누가 가르쳐주지 않아도 알고 있어. 모든 단어에는 자기만의 고정된 자리가 반드시 있어야 함을 알지만, 너무 잘 이해한 나머지 때로 그것이 너를 옭아매는 족쇄가 되곤 해—네가 '진리'로 여기거나, 혹은 남들은 모르는 어떤 질서나 체계, 맥락을 망가뜨릴까봐 감히 어기지 못하고 자발적으로 노예가 되어 '자연법칙'으로 격상시킨 지식이라고 할까. 맥락에 대한 너의 의존은 가끔씩 무서울 정도야.

하루는 우리 모두 저녁식탁에 둘러앉아 있는데 빅토리아가 뭘 좀 해도 되느냐고 물었어. 정확히 뭐였는지는 기억 안 나는데, 엄마 아빠는 확실하고 단호하게 안 된다고 대답했어. 그러자 빅토리아는 과장된 제스처를 해 보이며 이렇게 말했지.

—맘마 미아!

그 순간 너는 즉각적이고 강렬한 혼란에 사로잡혀 고래고래 악을 쓰며 울기 시작했어. 그러다 급기야 소파에 드러누워 무력감을 감추려는 듯 쿠션으로 얼굴을 가렸지. 우리는 영문을 몰랐고, 네가 들어간 미궁으로 따라들어가 너를 데리고 나올 방법이 없었어. 그런 반응을 초래한 원인이 뭔지 도통 알 수가 없었거든. 한참 후 너를 겨우 진정시킨 다음에야 빅토리아가 한 말 때문이라는 게 드러났지. '맘마 미아'라는 표현을 잘못 쓴 게 문제였다고. 너는 같은 제목의 아바 노래를 알고 있었고, 그런 네게 '맘마 미아'라는 표현은 그 맥락 안에서만 써야 하는 말이었던 거야. '맘마 미아'로 짜증을 표현한 빅토리아는 네가 생각하는 고정된 맥락을 주관하는 법칙을 어긴 셈이었고, 그런 식의 위반은 너로서는 용납할 수 없는 방식으로 너의 언어에 대한 이해를 침해한 것이나 마찬가지였어. 너에게 단어의 맥락은 그 의미만큼이나 성스럽고 신성한 것이니까.

너는 단어를 참 많이도 알고 있지, 가브리엘. 각 단어의 의미를 정확히 알고, 아주 미묘한 뉘앙스까지 포함해 단어들 간의 차이를 파악하고 있고, 그 단어들을 꼼꼼하고 성실하고 신중하게 쓸 뿐 아니라 결코 혼동하는 일도 없어. 너에게 동의어란 의미가 같아서 혼용할 수 있는 단어들이 아니야. 서로 비슷할 뿐 각기 다른 의미를 지닌 독립된 단어들이지. 너에게는 어떤 단어도 다른 단어와 똑같은 의미를 가질 수 없어. 각각의 맥락에서 모든 것은 단 하나의 단어로만 표현될 수 있기 때문이지. 그렇지 않다면 언어는 네가 뒤죽박죽 혼돈이라 부르는 것밖에 안 되며, 도저히 쓸 수 없는 게 될 테니까. 네게 각각의 단어는 다른 단어와 혼동

될 수 없고 혼동해서도 안 되는, 바로 그 이유로 고유의 가치를 갖지.

너는 말을 특화된 도구로 사용해. 그래서 말을 할 때 정확도를 높이는 방법을 숙련하지. 몇 겹의 추론이 담긴 복잡한 한 문장을 말하기 시작했다가도 문장의 거의 끝에 가서 갑자기 말을 멈추고 고개를 저으며 "아니야, 아니야, 아니야, 내가 하려는 말은 이게 아니야" 하고 잠시 고민하더니, 중간의 한 단어를 조금 더 정확하고 문맥에 적절한 다른 단어로 대체해 처음부터 다시 말하잖아. 마치 작가가 타자기로 원고 한 쪽을 완성했는데, 중간에 오자 하나를 발견하고는 그 작고 사소한 오류 하나가 원고 전체의 이미지를 해치는 걸 차마 볼 수 없어서, 종이를 타자기에서 홱 뽑아내 던져버리고 처음부터 새로 쓰기 시작하는 것 같아. 만약 네가 사막에 부는 바람이었다면, 불면서 휘말아올린 모래알 하나가 너무 멀리 날아갔거나 아니면 충분히 멀리 날아가지 않았다며 뒤로 돌아가 다시 불었을 거야.

너처럼 단어들을 완전히 정복하고 각 단어의 의미와 맥락상의 활용까지 철저히 파악해 구사하는 건 여러 면에서 축복이란다, 가브리엘. 이 아빠에게 헤아릴 수 없는 기쁨을 안겨준 축복이기도 해. 오랫동안 언어로 먹고살아왔고 언어를 웬만큼 안다고 자부했던 내가 그동안 읽은 책보다 오히려 너의 언어적 성장 과정을 지켜보면서 말의 정확한 쓰임, 뉘앙스의 가치와 필요성에 대해 더 많이 배웠거든. 너는 근사치의 답에 결코 만족하지 않고, 또 그저 그렇게 대충 표현한 문장, 말하고자 하는 바를 문자로 적확하게, 최상의 수준으로, 충실하게 발화하지 못한 문장은 참아주지 않으니까.

하지만 안타깝게도 단어들이 네가 처음 그것을 접한 맥락에 항상 부합하진 않는 것처럼, 언어도 항상 문자에 충실한 건 아니란다. 언어가 항상 '글자 그대로'일 수가 없는 게, 그러면 우리는 새로운 단어를 만들어 추가하거나 옛말의 의미를 수정해 언어를 향상시키고 변화시키고 풍성하게 만들 수 없기 때문이야. 게다가 언어는 도구일 뿐 아니라 장난감이기도 해. 이런 사실에 언젠가는 순응할 수 있겠니? '딱 맞는 맥락 안에서, 대상에 딱 맞는 이름을 부여하는 것' 외에도 언어에 다른 쓰임이 있다는 걸, 언어를 이용해 표현 대상과 맥락을 가지고 놀거나 농담하고 실없는 장난을 칠 수도 있다는 걸 노력해서 받아들일 수 있겠니? 어떤 말을 원래와 반대되는 의미를 띠도록 얼마든지 비틀어 표현할 수 있다는 걸 언젠가는 받아들이겠니? 맥락에서 단어를 들어내 다른 맥락에 심을 수 있으며, 그렇게 해서 새롭고 예상치 못한 재미난 의미가 부여되기도 한다는 걸 이해하겠니? 물감과 연필로 그림을 그리듯 단어로 그림을 그리는 것도 가능하다는 걸, 색깔들을 섞어 훌륭한 그림을 완성하듯 기존의 단어들을 섞어 새로운 말을 만들어냈을 때 최고의 작품이 탄생하는 경우가 많다는 걸 알아주겠니? 얼마든지 실험해도 괜찮다는 걸, 마음에 안 드는 그림을 내다버리듯 원하는 대로 표현하지 못한 언어 심상도 얼마든지 내다버려도 된다는 걸 언젠가는 받아들일 수 있겠니?

너는 종종 학교에서 들은 농담을 집에 와서 해주면서 우리가 와락 웃음을 터뜨리기를 기대하지만, 정작 너 자신은 웃지 않더구나. 아니면 웃음기 없이 웃지. 왜냐하면 너는 농담은 남들의 웃음거리를 제공하기 위해 있는 거라고 생각하니까. 너는 말장난에도 웃지 않아. 가끔 너 자신도 별 뜻 없이, 의도하지 않고서 말장난을 하긴 하지만 말이야. 예를 들면 전에 빅토리아 누나가 너한테 바이킹 로또* 사러 갈 건데 같이 가겠느냐고 물었을 때처럼. 너는 뜸을 들이더니, 먼저 이렇게 물었지.

—로또 당첨되면 바이킹 시대에 쓰던 주화를 따는 거야?

어때, 말 가지고 장난하고 농담하는 법을 배울 수 있겠니? 가만 보면 풍경도 늘 우리를 가지고 놀잖아. 구름은 사람 얼굴이 됐다가 무시무시한 짐승도 됐다가 하지만, 그렇다고 구름이 아닌 건 아니잖아. 바다는 해질녘에는 반짝이는 금이 되지만, 그 순간 바다가 아닌 건 아니잖아. 우리집 정원의 나뭇가지는 마녀의 비틀린 손가락처럼 뻗어 있고, 또 저번엔 우리 섬 가장 바깥쪽에 있는 암초에 독수리가 내

---

* 노르웨이, 덴마크, 스웨덴, 아이슬란드, 핀란드, 라트비아, 리투아니아, 에스토니아 8개국의 연합 복권.

려와 앉았지만, 그것들이 여전히 마른 나뭇가지이며 뾰족한 암초라는 건 너도 알잖아. 말은 가지고 놀아도 위험하지 않단다, 가브리엘. 때때로 우리가 새롭고 이상한 뜻을 갖다 붙인다고 해서 원래의 보편적 의미를 잃는 건 아니야. 그러니까 가끔씩 오렌지주스 대신 말이나 스웨터를 마시고 싶다고 해도 괜찮아—그렇게 말해도 유리잔은 여전히 유리잔이거든.

이곳의 풍경은 우리에게 말을 걸지만, 손금처럼 우리가 읽을 수도 있단다. 어디를 보든 누군가 남긴 글처럼 기억이 새겨져 있거든. 땅바닥의 돌 하나를 뒤집으면 풍경의 일기 속 짤막한 구절 하나를 읽을 수 있고, 또 뒤집어서 드러난 면이 얼마나 창백한지를 보고 그 돌이 얼마나 오래 거기 놓여 있었는지도 알 수 있어. 반들반들해진 암초 표면에 물든 거뭇한 밀물선을 눈으로 훑을 때마다 몇 장章 치의 글을 통째로 읽어 삼키는 것과 같고. 바람은 순간순간 바닷물과 풀에 날씨를 기록하고, 태양은 날짜 세기를 멈추지 않아. 이렇게 풍경은 그 고운 손으로 상세한 일지를 꾸준히 써나가는데, 덕분에 우리는 과거에 어땠는지를 읽어내고서 앞으로 닥칠 일에 대비할 수 있고, 우리가 지금 어디 있는지 알아내서 여기에 머물 이유가 있는지 결정할 수 있는 거야. 때로 아빠는 풍경이 글로 새긴 경고가 아닐까 상상한단다.

그렇게 말을 재잘재잘 잘하는 아이가 읽고 쓰는 건 왜 그렇게 오랫동안 주저했니? 글자는 일단 굉장히 규칙적이고, 다른 '소리'들과 달리 각각 배정된 소리가 있으며, 또 일어날 법한 모든 맥락에서—모든 단어마다—고정된, 절대 변하지 않는 자리가 있는데 말이야. 오랫동안 너는 모든 글자와 그 글자에 따르는 음을 이미 알고 있었고, 하나의 음을 다른 음과 연달아 내면 단어가 되고 문장이 된다는 것도 알고 있었어. 그렇게 쉽다는 걸 믿을 수 없어서 그런 거니? 읽기와 쓰기라는 기술에 네가 이해하지 못할 면이 분명 숨어 있을 거라 의심해서 그런 거니? 그래서 그렇게 오랫동안 읽고 쓰기를 못 한다고 우겼던 거니? 가끔씩 네가 읽고 쓰지 못한다는 사실을 깜빡하고, 표지판이나 신문 헤드라인, 광고지를 소리내서 읽었잖아. 너의 학습에 대한 탐욕과 끝 모를 호기심, 그리고 책에 답이 있음을 알면서도 줄기차게 던지는 하고많은 질문들을 봤을 때 그런 꺼림은 진정 미스터리였단다. 네가 안겨준 또하나의 미스터리였지.

그런데 가만 보니 이해하지 못한 건 나뿐이더구나. 너는 항상 너의 페이스에 맞춰 네 나름의 타당성을 세워야 하고, 그 타당성의 반박 불가한 근거들을 정립해야 하는 건 물론, 네가 그것을 충분히 신뢰해야만 다른 새로운 걸 수용할 수 있다는 걸 아빠가 잊어버린 게지. 그러다 어느 날 너의 별난 생선 편식이 결정적 역할을 하면서 문제가 해결됐지. 하루는 저녁식탁에서 네가 아주 신이 나서는, 전형적이고 논박의 여지 없는 '가브리엘식 논리'를 펼쳤던 것 기억나는지 모르겠다.

—엄마, 이제야 알겠어. 이제야 읽기를 배워야 하는 이유를 알았어. 내가 여자친구랑 레스토랑에 갔는데 웨이터가 가져온 메뉴를 못 읽으면 손가락으로 가리켜야 하잖아. 그런데 내가 엉뚱한 걸 짚어서 생선수프를 갖다주면 어떡해!

그렇게 하루 새에 마음의 장벽을 극복하더니 그날부터 눈에 띄는 모든 글자를 읽기 시작했잖아. 노르웨이어든 영어든 스페인어든 혹은 알아볼 수도 없게 갈겨써놓은 글자든 닥치는 대로. 그리고 쓰기의 재미에도 푹 빠졌지—편지와 메모, 이메일, 문자메시지까지 가리지 않고. 글이 행동을 대신할 수 있다는 것도 알게 됐고. 하루는 네가 학교에서 돌아와서는 "다녀왔습니다"라는 인사도, 다른 어떤 말도 하지 않고 내 손에 쪽지 한 장을 쥐여주더니 그대로 네 방으로 올라갔어. 쪽지에는 "나–가–너무–화–나서–나–머리에서–김이 나"라고 적혀 있었어. 잠시 후 너는 다시 내려왔는데 순전히 내가 쪽지를 읽고 이해했는지 확인하기 위해서였고, 그걸 확인하자 곧 표정이 밝아지더구나. 너는 이야기도 곧잘 지어내서 썼는데, 가끔은 네가 추상적인 기독교 우화보다 한결 더 친근하게 여기는 인도 신화를 배경으로 한 이야기를 썼어. 그중 한 편을 아빠는 아직도 간직하고 있단다. 이보다 더 간명한 이야기를 어디에서도 볼 수 없을 것 같아서 소중히 보관해뒀어.

가네시는 인도의 신이다.

시바가 가네시의 머리를 베어버렸다.

가네시의 엄마는 비통함에 정신이 나갈 지경이었다.

하인들은 처음 발견한 짐승의 대가리를 잘라내기 위해 온 세상을 돌아다녀야 했다.

처음 마주친 짐승은 코끼리였다.

그들은 코끼리의 머리를 베어 그 머리를 가네시의 몸에 얹었다.

모든 일에는 시작과 끝이 있어. 모든 건 종국에 가서는 본래와 다른 것이 되고 만단다. 우리가 대화할 때 쓰는 단어들조차 한 사람의 머릿속에서 나와 다른 사람의 머릿속에 들어갈 때는, 온전하고 완벽하게 원래의 상태대로 남아 있지 않아. 꽃이 '예쁘다'고 말하거나 네 엄마가 '친절하다'고 말할 때 우리가 같은 의미로 알아들을 거라고 결코 확신할 수 없어, 가브리엘. 나는 꽃의 생김새가 아름답다는 뜻으로, 그리고 네 엄마가 마음이 넓다는 뜻으로 한 말인데, 너는 속으로 꽃잎의 색깔을 떠올리거나 네 엄마가 그날 늦게 자도 된다고 허락해준 걸 고마워하고 있을 수도 있지. 우리가 때때로 서로를 오해하는 것도 그래서야. 이해를 못해서가 아니라 서로 다르게 이해해서라고.

이 점을 너는 받아들이기 힘들어하지. 이해를 하면서 동시에 이해 못할 수도 있다는 걸 너는 영 받아들이지 못해.

너한테는 상식을 거스르는 일이거든. 남이 한 말을 네가 잘못 이해했다는 걸 깨달을 때마다 몹시 좌절하고, 네가 한 말을 남이 잘못 알아들었을 때도 참기 힘들어해. 그러다 슬슬 화를 내고 기분이 상하면서 급기야 다 포기해버리지. 우리가 몇 번의 시도 끝에 네가 의도한 바를 정확히 이해한 뒤에야 진정해. 예를 들면 네가 마음만 급해서 쓰고 싶은 한 단어—거의 같은 뜻의 비슷한 단어 말고, 딱 맞는 그 단어—를 찾지 못해 너 자신에게, 그리고 너를 실망시킨 언어에 너무 화가 날 때처럼 말이야. 그럴 때마다 아빠는 오해가 그렇게 위험한 건 아니라고, 반대로 아주 재미난 상황을 만들 수도 있다고, 덕분에 새로운 것을 배울 수 있고 오해하지 않았으면 하지 못했을 참신한 생각들을 할 수 있게 해준다고 너에게 설명해주고픈 마음이 굴뚝같아.

하지만 너에게 오해란 위험한 것으로 각인되어 있어. 오해는 무질서를 만들고, 네가 공들여 정확한 발화 순서로 치밀하게 엮어놓은 사고의 사슬을 깨뜨리거든. 비가 내릴 때 네 주위의 풍경은 오직 비뿐이고 맑은 날에는 오직 따뜻한 햇빛뿐인 것처럼, 너는 하나의 생각을 하면 온전히 그리고 철저히 그 생각에만 빠져들고 그 하나의 생각에 사로잡혀 다른 생각의 조각과 섞기를, 생각을 엉클어 오해를 부르기를 완강히 거부해. 그러다가 그만, 네 표현 그대로 옮기자면, 너의 생각들이 와르르 무너져버리고 당황과 분노가 일면서 별로 반갑지 않은 상황이 뒤따르지. 왜냐하면 그렇게 되면 네가 무엇보다 의지하는 것, 즉 논리가 위협받거든.

모두가 논리에 의지해. 어떤 일이 다른 일보다 앞서 일어나야 한다는 믿음, 이 일이 있어야 다음에 저 일이 뒤따른다는 믿음, 모든 일이 어떤 일을 뒤따라 일어난다는 믿음에 기대 사고하는 거야. 논리가 없으면 우리는 아주 사소한 일도 수행하지 못할 거야. 티셔츠를 입고 그 위에 스웨터를 입는다든가, 코르크를 딴 뒤에 와인을 따른다든가 하는 사소한 일을 말하는 거야. 또 논리가 없으면, 내가 저 사람을 때리면 저 사람이 아픔을 느끼겠지 하는 아주 단순한 것도 이해하지 못할 거야. 그런데 너의 논리와 다른 사람들의 논리 사이에는 아주 크고 결정적인 차이가 있어. 그 차이가 종종 너를 문제 있는 아이로 만들어버리고, 또 남들을 너에 비해 유리한 입장에 세워준단다. 어렵지만 굉장히 중요한 차이점이야.

엄마나 아빠 그리고 사람들 대부분에게 논리는 일상에서 질서를 만들고 유지하기 위해, 어떤 일을 틀린 순서로 하지 않기 위해, 모든 것이 서로 어떻게 연결돼 있는지 이해하기 위해 사용하는 사고의 방식이야. 하지만 네게는 사뭇 다르지. 너에게 논리는 그저 하나의 사고방식이 아니라 모든 것에 내재된 어떤 특성이니까. 다른 사람들이 그렇게 보지 않더라도 아랑곳없이 너는 그렇게 믿어. 너는 논리적 구조를 모든 것의 필수요소로 간주하지만, 그것을 네가 필요하면 사용해도 좋을 도구로 생각해서가 아니라 만물의 본질에 불가피하게 내재된 일부로 인지해서 그러는 게지. 네가 논리를 그토록 무한히, 강박적으로 신뢰하는 이유가 바로 그거야—네가 세상을 이해하는 방식과 꼭 맞아떨어져서. 논리의 붕괴, 논리법칙의 침해를 그토록 끔찍하고 용납 불가한 것으로 여기는 것 또한 그래서고—네가 보기에 세상을 지탱하고 또 세상을 이해 가능한 것으로 만들어주는 바로 그 질서를 무너뜨리는 것과 같거든. 덴마크의 어느 현명한 과학자가 자신의 학생에게, 너를 알았더라면 너에게도 했을 법한 말을 한 적이 있어. "너는 사고하는 게 아니라 그저 논리적인 거다."

그런데 한 가지 예외가 있더구나. 다른 모든 일에서는 그렇게 논리적인 네가, 너 자신의 행동과 그 행동이 모르는 사람이건 친구들이건 가족이건 하여튼 남들에게서 이끌어내는 반응 사이에 존재하는 인과관계만은 보지 않으려 하거나 아니면 못 보는 것 같더라고. 남을 화나거나 슬프게 할 행동을 해놓고도 너는—평소에 네 행동을 결정하는 성향들을 싹 무시하고—비논리적으로 상처받고 일관되게 비난의 화살을 남에게 돌리더구나. 그리고 일단 비난 덮어씌우기 문제가, 그것도 언제나 네게 유리한 방향으로 일단락되면 그다음엔 네가 왜 상처받았는지 정당화하기 시작하는데, 그럴 때는 또 평소의 논리적 치밀함을 적용하기 시작하지. 얼마 전 네가 학교에서 "기분이 별로"였다는 이유로 반 아이들을 발로 차고 때리고 물어뜯어서, 결국 선생님이 너를 꽉 붙잡고 있어야 했던 날처럼.

—나를 왜 붙잡는데? 다른 애들이 나를 화나게 했다는 걸 몰라? 그걸 이해했으면 나를 붙잡는 게 아니라 다른 애들을 붙잡았을 텐데. 그랬으면 내가 화가 안 났을 거 아니야.

아빠는 너의 논리적 사고에 감탄할 때가 많단다. 때로 너무 지치고 기운이 없거나 다른 일로 정신없는 와중에 제대로 된 대답을 내놓으려면 시간이 좀 걸리는 질문을 네가 던지면, 아빠는 간략하고 짧은 버전의 대답을 던져 너의 사고회로를 자극하기도 해. 그래놓고 하던 일로 돌아가면 너는 초점이 흐려진 눈으로 그 자리에 멍하니 서 있곤 하지. 네가 너무나 조용히, 마치 없는 사람처럼 가만히 서 있어서 나는 너의 존재도 너의 질문도 완전히 잊어버리고, 그래서 네가 불쑥 대화를 이어가면 아빠는 한 방 먹은 기분이 들어 (그래, '한 방 먹었다'는 표현 얼마든지 써도 돼, 한 방도 없고 먹은 것도 없더라도).

—아, 이제 알겠어. 그러니까 만약……

이렇게 시작해서 너는 아주 신중하고 끈기 있게, 결국 아빠의 간결하고 겉으론 이상하게 들리는 대답이 어쨌거나 옳았다는 결론을 도출하기까지 거대하고 복잡한 논리적 추론의 토대를, 연결고리 하나하나에 정성을 쏟아가며 엮어가는 거야.

하지만 때로는 원인과 결과의 논리적 사슬이 모든 것을 설명해줄 수 있고, 또 그래야만 한다는 너의 무조건적인 믿음이 무섭게 느껴지기도 해. 왜냐하면 그 믿음 때문에 네가 종종 남에게 속기 쉬운 먹잇감이 되니까. 일단 네가 요구하는 논리적 일관성을 충족시키는 설명을 갖다대기만 하면, 명백한 거짓이나 조잡한 사기로도 너무나 쉽게 너를 유인할 수 있어. 너는 도출되는 답보다 설명에 내재된 논리에 더 치중하는 것처럼 보이니까 그런 일이 생기는 거야. 아빠도 때때로 너의 'A와 B가 같고 B와 C가 같으면 A는 필연적으로 C와도 같을 것'이라는 맹목적인 믿음을 이용해 너를 속인 적이 있음을 고백한다. 순수 논리의 세계가 아닌 우리의 평범한 일상에서는 그것이 항상 참이 아닌데도 불구하고, 아빠는 네가 어떤 결정이나 사실 혹은 관점을 받아들이게 할 다른 방법을 찾지 못할 때 너의 믿음을 악용했어.

아빠는 너를 대단하게 생각하지만 동시에 측은하게 생각한단다, 가브리엘. 너는 언어와 논리에 그토록 뛰어나고 놀라운 재능이 있고, 그게 없었더라면 완전히 길을 잃고 말았을 거야. 그런데 바로 그 재능이 네가 겪는 혼란과 답답함의 가장 큰 원인이기도 하잖아. 그것 때문에 너는 행복해지고 또 그것 때문에 불행해지기도 하는데, 하나만 취하고 다른 하나는 피할 수 없으니 이 얼마나 아이러니한지.

침대에 가만히 누워 복도에 또각또각 울리는 네 누나의 하이힐 소리와 너에게 아빠한테 커피 한잔 갖다드리라고 시키는 네 엄마의 목소리를 듣는다. 곧이어 네가 내 침실까지 몇 개 안 되는 계단을 꼭꼭 밟고 내려오는 소리가 현관문 닫히는 소리와 엇박자로 들려온다. 엄마와 빅토리아가 직장과 학교로 출발했으니 이제 아빠가 일어날 차례다.

각자 일어나서 출근하고 등교하는, 평일에 늘 있는 일이지만 오늘은 좀 다르다. 침대맡 테이블에 커피잔을 내려놓기도 전에 네 표정에서 벌써 티가 난다.

—잘 잤니, 가브리엘.

—응, 응, 아빠도 잘 잤지.

너는 그렇게 좋아하는 아침 인사를 최대한 빨리 해치우려는 듯, 성의 없이 대꾸한다. 평소처럼 이불 속으로 파고들지도 않는다. 그게 매일 아침 네가 하는 일이라는 생각이 아예 떠오르지도 않는 모양이다. 대신 너는 남미 사람 같은 과장된 몸짓으로 종종거리면서 우리집 정원에 웬 양이 들어왔다고 알린다. 아빠가 어떻게 해야 하지 않아? 최소한 밖에 나가서 살펴봐야 하지 않을까?

—마당에서 똥싸고 있단 말이야!

오늘이 4월 1일이라는 걸 아는 나는 이불 속에 그대로 누워 있다. 너도 오늘이 무슨 날인지 알지만, 네 행동을 보아하니 오늘은 '농담해도' 괜찮은 날이라는 걸 자기만 기억하는 줄 아는 모양이다.

조금 꾸물거리다 몸을 일으킨 나는 화나고 귀찮은 척 연기한다. 잔디밭에 양들이 똥을 싸놓는 건 최악이니까. 정원을 대충 돌며 조사를 마친 내가 '양들 다 어디 갔어' 하고 묻는 표정으로 돌아보자, 너는 참았던 웃음을 터뜨리며 외친다.

—오늘 만우절이잖아!

네 얼굴 전체가 즐거움으로 환해지지만, 굳이 내 표정을 살피고 또 살짝 긴장한 채 서 있는 걸 보면 네가 가장 바라는 게 이 별난 장난의 기술을 네가 톡톡히 마스터했음을 인정받는 것임을 알겠다. 나는 깜짝 놀란 시늉을 하며 '어이쿠, 이 녀석 장난에 넘어갔네' 하는 웃음 섞인 짜증을 내비친다. 딱 네가 바란 반응이지. 이제 오늘 아침도 평소처럼 옷 입기와 아침밥 먹기, 가방 싸기를 순서대로 진행할 수 있겠구나.

단, 오늘이 무슨 날인지 아빠가 눈치챘다는 걸 너도 아니까 다음 순서인 '보복'을 기대하고 있겠지. 네가 재킷과 구두를 가지러 내려가려고 계단 꼭대기에 서 있는 순간을 노려 살짝 겁먹은 목소리로 외친다.

—조심해, 가브리엘! 계단에 방울뱀 있어!

너는 방금 들은 정보를 해석할 시간이 필요한 듯, 내게 등을 돌린 채 잠시 가만히 서 있다. 그러더니 나를 돌아보면서 다 알지만 봐준다는, 심지어 약간 타이르는 말투로 이렇게 말한다.

—그치만 아빠, 노르웨이에 방울뱀이 없다는 건 아빠도 알잖아? 혹시 살무사를 말하는 거야?

—맞다, 미안하구나. 당연히 살무사를 말한 거지. 아무튼

조심해, 바로 네 발 옆에 있잖아!

언어적 불명확성을 해결하자마자 너는 잔뜩 겁먹은 표정으로 "살려줘!" 하고 소리치고는, 계단에 있다는 파충류를 경계하는 눈초리로 흘끔흘끔 돌아보면서 내게 후다닥 달려온다. 내가 "만우절 농담이지롱!" 하고 외쳐 주문을 깬 뒤에야 너는 마음이 놓인 척한다. 이제 네가 이 장난에서 속는 역할까지 전부 마스터했음을 보여줬으니 다 됐다.

그건 그렇고, 이 장난에서도 단어를 절대적 지식의 전달자로 여기는 너의 흔들림 없는 신념이 얼마나 확고한지가 아빠한테는 가장 명료하게 느껴지는구나. 만우절 장난을 치는 와중에도, 우리 둘 다 속고 속이는 혼신의 연기를 하고 있는데도 너는 장난을 멈추고 잘못된 부분을 바로잡는 걸 봐라. 방울뱀과 살무사는 구별해서 말해줘야 한다고 지적하고 넘어갔잖아. 아빠가 두루뭉술한 단어로 농담하는 것조차 그냥 지나치지 않는 걸 봐.

언어의 고유한 특성에 대한 이런 무조건적인 믿음은, 때로 너를 남보다 월등하고 능란한 사람으로 만들어주지만 어떤 때는 한계와 핸디캡으로 작용하기도 해. 지난번에 네가 자전거 타러 나갈 때, 네가 제대로 알고 있나 확인하려고 아빠가 자전거 탈 때는 어느 쪽 선로로 가야 하느냐고 물었을 때처럼 말이야.

—오른쪽.

너는 뭘 당연한 걸 묻느냐는 투로 대답했지.

—그래, 근데 오른쪽이 어느 쪽인데?

아빠는 이렇게 캐물으면서 종이에 길을 그리고 한쪽에 우리집을, 다른 쪽에 이웃집을 그렸어. 너는 손가락으로 네가 이웃집 쪽으로 자전거 타고 갈 때의 오른쪽을 가리켰지. 그래서 아빠는 네가 자전거 핸들을 돌려 우리집으로 돌아올 때는 어느 쪽이 오른쪽이냐고 물었어.

—여기.

너는 틀릴 리가 없다는 투로 대답하면서 똑같은 쪽을 가리켰어.

그런데 대답해놓고 보니 뭔가 말이 안 되는 걸 느꼈나봐. 그때까지 우리는 그림에서 우리집이 그려진 쪽에 앉아서 그림을 내려다보고 있었거든. 그래서 우리 둘 다 이웃집이 그려진 쪽으로 옮겨가서 그림을 내려다보니, 네가 자전거 타고 집에 돌아올 때는 오른쪽이 글쎄, 반대쪽이 되는 거야.

너는 세상이 무너진 표정을 지었어. 우리는 서로 마주보고 서서 각자 오른팔을 들어올리고 자리를 바꿔서 또 오른팔을 들어올리는 실험을 했어. 이번에도 뭔가 어긋난 것 같았어—오른쪽이 바뀌었던 거야. 너는 점점 화를 내면서 안절부절못했어.

—왜 모든 게 항상 똑같으면 안 돼? 왜 학교에서는 오른쪽이 이쪽이라고 가르쳐줬어? 실제로는 그렇지 않잖아?

너는 좀체 이해를 못 했고, 그래서 당황하고 기분이 상한 것 같았어. 소파로 달려가 드러눕더니, 우는 모습을 아빠에게 어떻게든 안 보이려고 쿠션에 얼굴을 묻어버렸지. 이후로 우리는 그 문제를 가지고 여러 번 대화했지만, 여전히 너는 '오른쪽'이 네가 오른손으로 어디를 가리키느냐에 따라 달라질 수 있다는 사실을 잘 못 받아들이고 있어. 어찌 보면 그건 일종의 겸손함의 증거가 아닐까 해. 네 팔이 '오른쪽'과 '왼쪽'의 위치 같은 중대한 사안을 결정할 권한을 얼마든지 가질 수 있다고 감히 넘겨짚지 않는 거지.

서로 모순되는 두 가지가 동시에 참이기도 한 것을 역설이라고 한단다. 길의 이쪽과 저쪽이 다 오른쪽일 수 있는 것이 좋은 예야. 또 나를 기분좋게 해주고 안심하게 해주는 일이 동시에 나를 마음 아프게 하는 것도 좋은 예일 수 있겠다. 만약 한 노르웨이인이 "노르웨이 사람들은 전부 거짓말을 한다"고 말하면, 그 사람은 진실을 말하는 걸까, 거짓말을 하는 걸까? 둘 다일 수도 있을까? 말도 안 되는 것 같고 많이 혼란스럽겠지만, 역설 또한 위험한 게 아니란다. 오히려 이 세상을 설명하고 경험하는 또하나의 재미난 방식일 뿐이지. 너를 오래 지켜봐온 아빠가 말하는데, 너 자신도 하나의 역설이야. 아주 복잡하고 예측 불가능하며 풀기 어려운, 그러나 결코 지루하지 않고 단조롭지도 않은, 파악하기가 절대 쉽지 않은 역설이 바로 너야. 너는 그냥 하나의 언어야, 가브리엘.

열.

나 자신을 돕는 법 배우기

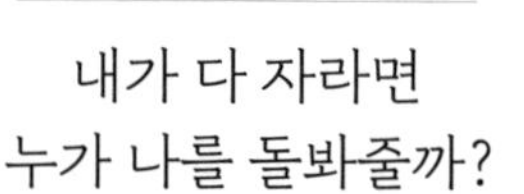

내가 다 자라면 누가 나를 돌봐줄까?

해 떨어진 지 한참인 때도 있고 해가 아직 중천에 있는 때도 있지. 집에 우리 둘과 동물들뿐인 날도 있고 웃음과 음악, 수다로 집안이 시끌벅적한 날도 있어. 어느 쪽이건 너는 항상 때가 되면 잠자리에 들어야 하는데, 그게 밤마다 네게는 그토록 부당한 일로 느껴지는 모양이야.

이해가 안 가는 건 아니야. 시계가 가리키는 시각의 개념은 이해하지 못하고 오직 '전'과 '후'의 개념만 이해하는 너에게는 여름하늘이 눈부시게 밝건 겨울의 어둠이 벌써 짙게 깔렸건, 또 파티 손님들이 거실에 모여 떠들고 있건 아니면 집 전체가 크게 하품하며 졸고 있건 간에 '늦은 시각'과 '저녁' '밤' 같은 표현들이 전부 가차없이 침대에 들 시간, 잘 시간을 뜻한다는 걸 받아들이기 쉽지 않을 거야.

그러거나 말거나 잠자리에 드는 시간은 매번 체념의 시간이 된다. 무한한 가능성을 안고 시작됐던 하루가 문을 닫는 시간이니까. 그 가능성 중 대부분은 싹도 못 틔우고 끝을 맞지만, 그건 우리가 앞으로도 계속해서 안고 살아가야 할 상실의 경험이야. 보통 일상은 그날이 그날인 것처럼 비슷하게 흘러가지. 매일이 어제 같고, 아무 사건도 없이 지나가. 해가 뜨고 바람이 불었고, 그럭저럭 괜찮았던 날이 저물어. 안 그런 날도 있고. 그러다보면 좋은 날도 안 좋은 날도 또렷이 분간하기 힘들어져. 왜냐면 다른 좋은 날, 안 좋은 날과 크게 다를 것이 없거든. 이 또한 우리가 받아들여야 하는 사실이야. 매일의 나날이 특별할 것 없이 조용히 흘러가서 또 하루가 저문 것을 알아채지도 못하게 되는 것, 매일이 제대로 살지 않은 나날 혹은 뭐에 홀린 듯 멍하니 사는 나날인 양 그렇고 그렇게 느껴지는 것 말이야. 그뿐만 아니라 우리는 끝나기를 거부하고 계속되려 하는 나날, 너무나 파란만장하고 힘과 기운이 넘쳐서 웃음과 마법과 기쁨이, 아니면 비애와 폭력과 눈물이 한밤이 되도록 흘러넘치는 그런 나날까지 놓아보내는 법을 알아야 해. 그런 나날에도 우리는 매달리지 않아야 해.

잠자리에 들 시간, 우리는 시간이 아닌 오직 서로에게만 매달린다. 시간은 이미 잃어버렸거든. 다 지나갔어. 잠들기 전 이 순간에는 오직 체온과 친밀감만이, 또 그 친밀감이 전하는 약속, 모든 것이 용서받았고 내일도 우리는 혼자가 아닐 거라는 약속만이 남아.

잠자리에 들 시간이 됐는데 마침 엄마 아빠가 둘 다 집에 있어서 선택할 기회가 주어지면, 너는 누가 너를 재워줬으면 좋겠는지 명확한 지시를 내려. 갈팡질팡할 때가 한 번도 없어서인지 네 선택의 패턴을 찾기란 거의 불가능해. 한번 내린 결정은 최종적이고 번복 불가하며, 우리가 제기한 이의나 대안을 네가 고려하는 경우도 극히 드물어. 한번 엄마를 택했으면 그걸로 끝이야. 그날따라 아빠가 너를 재워주고 싶다거나 엄마가 편히 쉬면서 뉴스를 보고 싶다고 해도 까딱없어. 한번 아빠로 결정했으면 아빠가 밤늦도록 쌓인 일거리를 해치워야 한다고 아무리 사정해도, 또 엄마가 마침 너를 안고 재워주고 싶다고 해도 너는 요지부동이야.

―괜찮아. 우리끼리 있다가 엄마는 나중에 와서 나 안아주면 되잖아.

오늘밤에는 내가 행운의 주인공이다. 네 엄마와 빅토리아 누나는 벌써 와서 한 번씩 안아주고 갔고, 잠옷 입은 가브리엘이 무엇을 의미하는지 아는 발데르도 이미 침대 위로 훌쩍 뛰어올라 발치에 자리를 잡았다.

네 방에 들어간 우리는 창문 블라인드를 모조리 내려 세상을 차단하면서, 오늘 하루 그리고 하루 동안 일어났던 모든 일들을 뒤로한다. 잠자리에 들 시간의 네 방은 우리집과 달력에서 떨어져나온 타임캡슐 같아서, 그 캡슐을 타고 우리는 여행도 하고 꿈도 꿔. 하지만 그전에 먼저 모든 것이 제자리를 찾아야 하지.

순록가죽 덮개는 반드시 시트 위에 둬야 하고, 금실로 코끼리를 수놓은 샴고양이 모양 벨벳 베개는 평범한 베개 옆에 있어야 하고, 평범한 베개 위에는 염소가죽 덮개를 드리워놔야 해. 금색 실크 담요는 네가 누우면 곧바로 네 몸과 이불 사이에 '중국의 장막'을 덮고 잠들 수 있도록 적당히 젖혀놔야 하고. 침대 위 선반에는 불상 두 개와 소라껍데기 한 개, 말 모양의 반들반들한 은색 저금통, 바퀴 달린 미니어처 놋쇠 대포가 영구임대한 자리를 하나씩 차지하고 있어. 매일 밤 다른 보물이 한줌씩 추가되는데, 오늘은 오팔과 자개 차례인가보다. 그것들을 찾는 데 시간이 한참 걸린다. 특히 며칠 전에 네가 지하창고에 숨겨뒀는데 거기에 둔 걸 까맣게 잊어버렸고, 그렇지만 내가 빨래 바구니 뒤에서 본 기억이 나고, 찾아보니—천만다행으로—거기에 있었던 보물들이 시간을 많이 잡아먹는다.

다음은 책을 고를 차례다. 우리는 거의 빼놓지 않고 매일 밤 책을 읽어주는데, 네가 어떤 책을 원할지 사전에 추측하기란 거의 불가능해. 이런 문제를 맞닥뜨렸을 때 너는 너만이 아는 패턴을 따르거나 아니면 순전히 변덕에 따라 결정하거든. 어쨌거나 어제 도입부를 읽어준 책을 오늘 이어서 읽어주기를 네가 당연히 바랄 거라고 넘겨짚어선 안 돼. 특히 어제 읽어준 게 엄마일 경우엔. 가끔 보면 목소리를 기준으로 책을 고르는 것도 같더라—『피노키오』는 엄마 목소리여야 하고, 『해적소녀 로냐』는 아빠가 최적이라는 식으로.

드디어 우리는 침대에 눕는다. 너는 벨벳 베개를 베고 실크 담요를 덮고서, 아빠는 코바늘뜨기한 노르웨이산 퀼트 이불을 덮고 반으로 접은 테디베어 인형을 베개 삼아 몸을 누인다. 책을 읽으려고 펼치자마자 네가 곧바로 저지한다.

—내 하트스틱!

태국에 갔을 때 네가 카페와 식당에 들를 때마다 한줌씩 챙겨온 파란색과 노란색, 빨간색, 초록색 플라스틱 젓가락을 말하는 거지. 한쪽 끝이 하트 모양으로 돼 있는데, 아빠가 세어본 바로는 46개나 집어왔더라. 이제 너는 일어나서 젓가락들이 딱 있어야 하는 모양대로—테이블에 색깔별로 나뉘어서, 거의 나란히도 아니고 정확히 나란히—잘 있는지 확인하고 와야 해. 있어야 하는 대로 있는데도 너는 아주 치밀한 정확성으로 두어 개를 살짝 흐트러뜨렸다가 재정렬하며 어마어마한 만족감을 얻는다. 마치 아무리 사소한 난잡함이라도 질서정연하게 정돈할 수 있음을 스스로에게 증명하려는 것 같다.

침대로 돌아온 너는 꼬물거리며 편안하게 자리잡는다. 평범한 싱글침대이고 너는 아직 어린애이지만 그래도 움직일 여유는 필요하니까. 우리는 가까이, 그렇지만 너무 딱

붙지는 않게 나란히 눕는다. 너는 담요와 이불을 적당히 여미고 싶지만 너무 꽉 여며지는 건 싫은데, 내가 침대 가장자리 쪽으로 더 물러나지 않으면 이불이 너무 꽉 여며진다고 불평한다. 내가 읽어주는 책을 같이 들여다보고 싶어해서 나는 네 쪽에 둔 팔을 쭉 펴고 있어야 하는데, 또 팔을 우리 둘 사이에 두면 안 된단다. 그러면 너무 갑갑하니까. 결국 나는 한쪽 발은 바닥에 딛고 반대쪽 팔을 접어 내 가슴팍에 얹은 채로, 침대의 약간 뾰족한 가장자리가 내 등을 파고드는데도 꾹 참고 가만히 누워 있기로 한다. 하지만 너는 거기에 왕자님처럼 편안히 누워 있고, 우리는 비로소 이야기의 세계에 푹 빠져들 준비가 됐다.

너의 세계에서는 우리가 읽어주는 이야기들이 예쁜 동화건 신나는 모험이건 똑같이 '그런 척하기' 놀이 정도의 위치를 차지해—아니, 네 상상의 산물이 아니라는 이유로 오히려 약간 현실성이 떨어진다는 취급마저 받지. 네 상상의 세계에서는 현실의 범주들이 끊임없이 서로의 경계를 침범하잖아. 지어낸 이야기는 만화영화 같아서, 아무리 신나고 기묘하고 짜릿하고 조금 무섭더라도 그게 진짜로 진짜는 아니라는 걸 너도 알아. 게다가 그 안에서 일어나는 일이 전혀 네 책임이 아님을 분명히 아니까 안심되기도 하고. 그러니까 그 안에서 무슨 일이 벌어지건 절대로 네 잘못이 아니고, 네가 인과의 사슬에 조금이라도 관여된 양 엮이지 않아도 되는 사건들이니 완전히 마음놓아도 된다는 논리야. 물론 그렇다고 이야기 속 장면들을 네가 원하는 걸 조르는 데 엉터리 논거로 갖다붙이기를 주저하는 건 아니더구나. 예전에 만화영화 〈포카혼타스〉에 나온 인디언 소년들은 칼로 무장하고 잘만 숲에 들어가는데 왜 너는 꼭 어른하고 동행해야 하느냐고 따진 것 기억나니? 이런 경우엔 그나마 타당성이 부족하다는 걸 너 자신도 알고 있어서, 우리가 '그건 해당 안 된다' '그건 만화영화에서나 있는 일이다'라고 지적하면 그래도 곧장 포기하곤 하지.

—아, 맞다, 깜빡했네.

너는 재빨리 이렇게 대꾸하고 넘어가. 깜빡한 건 아무것도 없고, 대신 '그런 척하는 것'과 '진짜인 것'의 차이를 알고 있다고 우리를 안심시키고 싶어서 그런 거면서.

책은 또다른 문제야. 책은 아기자기한 동화나 신나는 모험 이야기도 들려주지만, 다른 한편으로는 화산이 어떻게 분출하는가라든가 어떤 동물이 지구의 어느 구석에 서식하는가 따위의 정보도 알려주거든. 너에게 책은 그 성격상 신뢰할 수 없는 구석이 있어. 그 안에 담긴 내용이 참인지 허구인지, 펼쳐보기 전에는 영 알 수 없으니까. 혹시 너의 설명할 수 없는 독서 기피의 이유가 바로 그거니? 어떻게 처리하면 좋을지 감조차 안 잡히는 정보들을 소화하기가 두려워서 책을 안 읽는 거니?

그런 면에서 책은 텔레비전과 비슷한 것 같아. 뉴스에 나오는 내용이 '참'이라는 정도는 너도 우리가 말해줘서 알지만, 영화를 볼 때는 참과 허구를 구분하기 어려워하지. 어쨌든 영화에 등장하는 인물들은 살아 숨쉬는 사람들인데, 그들이 '그런 척하고 있는' 배우들인지 아니면 그냥 평소의 모습 그대로 행동하는 건지 네가 어떻게 알겠니?

—저건 위험한 상황이 아니라, 그냥 연기하는 거잖아.

너는 저녁뉴스에 나온 전쟁의 현장을 보면서 이렇게 말하기도 해. 그러다 잠시 후에는 타잔이 정글 속 어느 성에 들어가는 장면을 보면서, 우리도 저기 갈 수 있느냐고 아무렇지 않게 물어보지.

가장 좋은 방법은 읽어줄 책, 볼 영화가 어떤 성질의 내용을 담고 있는지 우리가 대강 말해주면서 시작하는 거야. 그러면 네가 적절하게 주파수를 맞출 수 있으니까. '그런 척하는' 이야기이면 감정적으로 얼마든지 빠져들어도 되고, 신뢰할 만한 정보를 획득할 수 있는 내용이면 수용적인 태도를 취하는 식으로. 그런데 이야기 속 사건이 일어나는 장소가 식별 가능한 '진짜' 장소인데 내용 자체는 허구일 경우 특별한 어려움이 발생해. 이럴 경우, 진짜인 것이 동시에 상상의 산물일 수 있다는 사실을 네가 이해하고 받아들여야 하거든. 네가 현실에서는 평범한 집에 사는 가브리엘이지만 으리으리한 성에 사는 왕인 척하며 놀 때와 비교해서 설명해주면, 그나마 마지못해 받아들이더구나. 네가 왕인 '척하는' 동시에 진짜 가브리엘, 둘 다일 수도 있다는 것을 떠올리면 된다고. 마지못해 받아들이는 건 물론 우리의 설명에 논리적 구멍이 있어서겠지—네가 생각하기에 놀이는 다른 존재인 척하는 것이고, 따라서 현실은 놀이와 아무 상관이 없으니까.

한번은 뉴욕의 스카이라인이 배경인 미국 다큐멘터리 영화—정의상 '진짜로 진짜인' 장르—를 보다가 네가 거의 극복 불가능한 혼란에 빠져, 몸이 부들부들 떨릴 지경으로 분노에 사로잡힌 적이 있었어. 위풍당당하게 서 있는 쌍둥이빌딩이 화면에 잡혔는데, 너는 쌍둥이빌딩이 더이상 존재하지 않는다는 걸 의심의 여지 없이 알고 있었거든. 신뢰할 만한 뉴스 방송에서 빌딩이 무너지는 장면을 수없이 봤으니까. 지금 보는 다큐의 내용이 '참'이라고 내가 아무리 말해줘도, 텔레비전에서 거짓말을 하고 있다는 거야. 그 다큐영화가 9.11 참사 전에 찍은 거라고 알아듣기 쉽게 설명해줘도, 너는 그걸 말도 안 되는 궤변으로 받아들였어. 텔레비전이나 책에서는 사건의 발생이 자연적인 시간, 그러니까 있을 법한 흐름을 따라 제시되지 않는데, 네가 유일하게 신뢰하는 시간의 흐름은 오직 너의 주관적 경험에 따른 것이니 혼란이 올 수밖에. 너에게는 네가 사건을 경험하는 순서가 곧 실제 사건의 발생 순서인 거야. 분명히 오래전 폭발하고 무너져 먼지가 되는 걸 목격한 건물들이 갑자기 다시 솟아나 원래 모양을 회복한 것에 대해 아무도 너를 납득시킬 수 없었어.

하지만 이번만은 네가 스스로 답을 찾아냈지. 바로, 아빠가 잘못 알고 있었던 거라고. 다큐멘터리는 결국 연기였던 거라고.

—그치만 신경쓸 것 없어, 아빠. 나도 가끔씩 진짜가 아닌데 진짜인 줄로 착각하는걸. 이 얘기는 더이상 안 하는 걸로 하자.

지금 아빠는 여기 누워 너에게 책을 읽어주고 있다. 천장에 야광 천체 스티커를 붙여놨는데, 네 시선만 봐서는 네가 로냐와 해적들과 함께 숲속에 가 있는지 아니면 우주선을 타고 토성에서 명왕성으로 이동중인지, 그도 아니면 아빠가 전혀 모르는 다른 세계에 가 있는지 도무지 알 수가 없다. 너는 꼼짝도 않고 한마디 말도 없어서, 네가 듣고 있는 건 알지만 듣는 게 곧장 기억창고 깊은 곳으로 들어가는지 아니면 우선 정보처리 과정을 위한 의식을 거치는지조차 모르겠구나.

너는 항상 귀를 기울이고 모든 것을 놓치지 않고 듣지만, 나중에 써먹기 위해 그냥 저장하는 것처럼 보일 때가 많아. 어느 쪽이든, 보통은 상대방이 하는 말에 어떤 가시적인 반응도 보이지 않지. 그래서 우리는 너에게 뭔가 이야기할 때 항상 즉각적인 대답을 요구하지는 말아야 한다는 걸 시행착오를 통해 배웠어. 네가 자신이 그러는 줄도 모르는 채 정보를 저장하고 있을 때도 종종 있거든. 우리가 네게 뭔가 말한 뒤 어떻게 생각하느냐고 물으면 너는 때로 영문 모르는 표정으로, 방금 무슨 얘기를 했는지 전혀 모르는 듯 우리를 쳐다봐. 그러다 그날 저녁이나 일주일 뒤에 느닷없이, 게다가 사뭇 다른 맥락에서 그때의 대화를 끄집어내 더 세세하고 더 나은 해명을 요구하는 거야.

오늘밤의 책 읽기가 끝났다. 나는 덮은 책을 한쪽에 치워두고 침대 위 전등을 끈다. 벽을 향해 돌아누운 너는 한 손을 등뒤로 뻗어 아빠가 아직 거기 있는지, 혹시 살그머니 침대에서 빠져나간 건 아닌지 더듬더듬 확인한다. 하루의 끝자락에서 머리 위 태양계가 발하는 옅은 녹색광에 잠긴 우리는 가만히 누워 서로의 날숨을 듣는다. 잠시 후 네가 침대에 등을 대고 눕는다. 얘기가 하고 싶다는 신호야.

—있잖아, 아빠?

—뭔데, 가브리엘?

—내가 다 자라면 누가 나를 돌봐줘? 엄마 아빠가 죽어서 나랑 더이상 같이 살아줄 수 없게 되면 말이야. 왜냐면 내가 어른이 되면 내 집에서 혼자 살아야 되잖아. 내가 완전히 혼자가 되는 걸까?

나의 가장 연약한 곳을 가장 고통스럽게 찌르는 질문인데도, 너는 잔잔하고 진지한 목소리로 묻는다. 마치 열차시간표나 휴가 일정을 묻는 것처럼 순수한 호기심만 묻어나는 감정 없는 목소리다. 그렇다 해도 나는 그 잔잔함을 보이는 대로 믿기 힘들다. 목구멍에 무언가 치밀어오른다. 아마도 이런 질문들을 그저 입 밖에 꺼내기 위해서만이라도 네가 늘 감내해야 하는, 네 안의 달랠 길 없는 어떤 고통에 대한 나의 무의식적 반응이겠지.

—아니야, 너 혼자 남지 않을 거야, 가브리엘. 너를 사랑해주는 사람이 얼마나 많은데.

나는 돌아누워 네 볼을 쓰다듬으며 말한다.

너도 따라서 돌아누워 어스름한 천체 스티커의 빛으로는 가늠할 수 없는 표정으로 나를 똑바로 보며 말을 잇는다.

—생각해봐. 내가 다 커서 완벽히 혼자 남았고 그래서 집에 나밖에 없는데, 잠잘 시간이 돼도 나를 재워줄 사람이 아무도 없는 거야! 그럼 난 어떻게 하지, 아빠?

이번엔 네가 내 볼을 쓰다듬는다. 위로가 필요한 쪽이 나라는 걸 아는 모양인지. 어떻게 할 수 없을 만큼 목이 메어와서, 대답을 간신히 웅얼거린다.

—모르겠다, 가브리엘. 아빠도 모르겠어.

나도 모른다. 그렇게 솔직하고 거대하고 중대한 질문에 얼마나 한심한 대답이냐. 한심하긴 한심한데, 달리 대답했다면 너를 얕잡아본 꼴이 됐을 거야. 거짓말일 수밖에 없으니까. 엄마랑 아빠는 네가 너 나름대로 어른이 되는 날, 우리가 더이상 곁에 있어주지 못하는 날, 네가 스스로 먹고살아야 하는 날이 오면 어떻게 할지 매일매일 고민한단다. 아무리 고민해도 답은 안 나와. 네가 나날이 강해지는 모습,

다른 아이들처럼 다양한 능력과 지식을 쌓아가는 모습, 네 인격이 점차 형성되어가는 모습을 우리는 기쁨으로 지켜본다. 하지만 이 정도로 과연 충분할지, 우리는 알지 못하고 알 수도 없어. 너와 세상이 과연 서로를 받아들이는 법을 배울지, 상대에게 아량을 발휘해 공존할 수 있을 만큼 서로를 이해하는 법을 배울지, 누구도 알 수 없어. 네가 완벽히 혼자가 될지 우리는 알 수 없고, 네가 완벽히 혼자가 되어도 잘살아갈지 또한 알 길이 없단다, 가브리엘.

이런 미래에 대한 전망이 네 머릿속을 채우고 그러다 한 번씩 너는, 혹시 시간이 흐르면 네 문제들이 없어질지 묻곤 해—보통은 그 문제들이 저절로 사라져 네가 어느 날 '건강해'질지도 모른다는 희망이 담긴 눈빛으로 묻지. 그럴 때 우리는 거짓말하지 않고, 그래, 미안하지만 네 문제들은 평생 그대로일 것이고 아니면 최소한 의학계가 치료법을 발견하지 못하는 한 그대로일 거라고 대답해줘.

아빠는 남들에게 네 문제를 설명할 때 검지 하나가 없이 태어난 사람과 비교하기도 한단다. 그 검지는 절대 자라나지 않을 것이며 그 사람은 평생을 손가락 아홉 개만 가지고 살아가야 한다고. 하지만 곧바로 이렇게 덧붙이지. 그렇다고 그 사람이 뛰어난 피아니스트나 외과의사가 될 수 없는 건 아니라고. 도움과 연습만 충분하다면 얼마든지 될 수 있다고. 그냥 남들보다 손가락 한 개 덜 가지고 살아가도록 삶을 조정하기만 하면 된다고. 마찬가지로 너도 평생 네 문제들을 안고 살아가야 한다는 것을 받아들이면 돼. 그렇다고 네가 앞으로도 줄곧 '문제 있는 애'로 남을 거라는 뜻은 아니야—아니, 전혀 거리가 멀지. 오히려 너의 신체적, 지적 능력과 감수성은 더욱 성숙하고 발전해서, 너는 무슨 일이든 얼마든지 해낼 수 있는 어른이 될 거야. 그 과정에서 남들의 도움을 받고 거기에 더해 너 자신을 돕는 법만 배운다면, 뿌듯하고 풍성한 긴 인생을 누리지 못하리라는 법은 없단다.

—어른이 되면 결혼하고 싶어.

네가 대뜸 말한다.

아직 어린아이인 네가 어른의 인생을 유일하게 아는 방식으로, 그러니까 엄마와 아빠가 사는 것처럼 사랑하는 사람과 함께 살고 싶어서 그렇게 생각한 거니? 정말 그래서 그러는 거니? 아니면 네가 뭘 깨달았는지조차 알지 못한 채 앞으로 네가 누군가를 필요로 하리라는 걸, 혼자서는 삶이 너무 고되리라는 걸 직감적으로 이미 깨달아서 그러는 거니? 네가 마음속에 떠올려본 실질적 문제에 대한 실질적 해결책이니? 그래서 마치 설명서가 필요하다는 듯 이렇게 덧붙인 거니?

—그런데 내가 어른이 된 다음에 어떻게 결혼을 하지?

—지금부터 걱정할 건 없어. 네가 정말 결혼하고 싶은지 결정을 내릴 만큼 크려면 아직 멀었으니까.

솔직히 말하면 아빠는 적당히 아무 얘기나 해서 문제를 치워버리고 싶다. 나중이 되면 더 나은 답이 기다리고 있을 것처럼 먼 미래로 문제를 미뤄두려고 하지. 솔직히 그 질문이 두렵단다. 행복한 대답이란 존재하지 않는 것 같고, 그러므로 그 질문은 그러잖아도 가슴 절절한 비통함만 더 키운다고 믿기 때문이야. 솔직히 네가 결혼할 수 있을지, 네 가족을 꾸릴 수 있을지조차 나는 모르겠다, 가브리엘. 어른들 간의 사랑은 세상에서 가장 복잡한 관계거든. 네가 가지고 있지 않은 것, 네가 이해 못하는 것을 너무나 많이 요구하는 게 어른들 간의 사랑이야. 종종 불분명하고 말로 표현되지도 않으며 몹시 함축적인 언어를 해석할 줄 알아야 하지, 또 자기 자신을 잃을까 두려워질 정도로 타인과 깊이 공감하고 상대를 포용할 줄도 알아야 하거든. 너 자신의 자아조차 정확히 이해 못하는 너인데, 또다른 사람들도 각각의 자아를 가지고 있다는 것을, 가장 피상적인 수준의 사회적 관계라도 맺으려면 너의 자아를 조금 억누르고 남의 자아를 조금 포용해야 한다는 것을 이해 못하는 너인데—그런 네가 공동체 안에서, 부부관계 안에서 잘살아갈 수 있을까?

애석함과 의심, 진실을 말하고픈 충동이 내 안에서 서로 싸우면서 탈출구 없는 중력으로 나를 무겁게 끌어내린다. 하지만 너에게는 탈출구가 있지.

—아빠, 내가 어른이 되면 여자친구 만날 때 내 보물들

가져갈 수 있을까?

아까와 똑같이 진지하고 순수한 호기심이 담긴 목소리지만, 나한테는 오늘 최고의 한마디 같다. 갑자기 분위기가 가벼워지면서 웃음과 농담이 터져나온다. 당연히 네 보물들을 가져갈 수 있지, 하나도 안 빼고 전부 다! 내 목구멍에 고집스럽게 걸려 있는 한 덩이의 기억만이 이 대화가 끝난 게 아님을, 이 대화는 영원히 끝날 수 없음을 상기시킨다.

천장의 연녹색빛이 서서히 약해져가고, 태양계 행성들의 불이 하나둘 꺼진다. 너는 어두운 걸 싫어해서, 환한 복도를 향해 방문이 활짝 열려 있는데도 내가 아래층으로 내려가자마자 침대 위 전등을 켤 것을 나는 알고 있어. 내가 방에서 나가기 전에 네가 잠들면 한밤중에 깨서 방의 어두움을 알아채고는, 안정감을 되찾으려고 잠결에 손을 뻗어 전등 스위치를 찾겠지.

하지만 지금 당장은 내 몸이 네게 필요한 안정감을 채워주고 있다. 너는 세상을 막아줄 듬직한 방패인 아빠를 등 뒤에 두고, 평소처럼 벽을 향해 옆으로 누워 있다. 나는 네가 아주 조그만 아기였을 때부터 그래온 것처럼 아주 조용히, 음조도 없이 거의 호흡만으로 〈아름다운 이 땅〉을 불러준다. 너도 이 찬송가가 듣기 좋다고 생각하는 건 분명하지만 실제로 너를 진정시켜주는 건 모든 게 다 괜찮아질 거라고, 모든 게 평소대로니 다 괜찮다고 노래하는 후렴구다.

곁눈으로 네 엄마가 문간에서 우리를 가만히 지켜보고 있는 게 보인다. 엄마는 침대로 다가와 내 몸 위로 몸을 숙여 네 볼에 입을 맞춘다. 너는 오늘따라 유난히 지쳤는지 지금 누운 편안한 자세에서 굳이 몸을 돌려 엄마를 쳐다보지는 않지만, 전혀 다른 곳에서 나오는 것 같은 네 목소리가 이렇게 말한다.

—내가 죽어서 하늘나라에 가면, 거기서는 우리들 다 오래오래 껴안고 있을 수 있어?

우리는 아무 대꾸도 안 하지만, 웃음기 묻은 손을 네 머리에 살며시 얹는다. 눈빛으로 '이렇게 소중한 아이가 어디에서 왔지?' 하고 서로에게 말하면서.

오늘밤 같은 시간, 이렇게 모든 게 감사한 순간에는 모든 문제가 극복되고 모든 것이 이해된다. 모든 것이 기적이다. 너는 가브리엘이고, 온 세상이 네 보물의 방이다.

잘 자라, 아들아. 내일도 열심히 살아보자꾸나.

에필로그

세월은 소년을 성장시킨다

보내는 사람: dad@fromtoyou.no

받는 사람: gabriel@fromtoyou.no

제목: 뉴욕에서 전하는 인사

사랑하는 가브리엘,

아빠는 지금 뉴욕 한복판의 어느 벤치에 앉아 있어. 대서양이 저렇게 망망하지만 않았어도 서로에게 손 흔들어 인사할 수 있을 텐데—너는 우리집 앞마당에서, 나는 지금 앉아 있는 공원을 에워싼 고층건물 중 한 곳의 옥상에서.

이 도시에 알고 지내는 사람이 몇 있긴 하지만, 아무리 그래도 솔직히 조금 외롭구나. 어디를 봐도 다들 각자 열심히 살고 있는 것 같아서, 나는 잠시 다녀가는 방문객에 불과하다는 사실을 다른 어느 곳에서보다 더 사무치게 느낀다. 아마 다들 서둘러 어디론가 가고 있어서 그런 것 같아. 저 사람들의 일상은 내 일상과 거리가 멀어. 아마도 내 일상이 되는 날은 절대 오지 않을 거야. 이곳 사람들 대부분이 친절하지 않다거나, 내 마음을 편하게 해주려고 최선을 다하지 않는다는 얘기는 결코 아니야. 그렇게 해줘도 소용이 없는 것 같다는 얘기지. 때로는 친절한 태도가 역효과를 내기도 하거든. 그들이 나를 따뜻하게 대해줄수록 내가 여기 사람이 아니라는 것, 나는 그들의 현실을 이루는 한 조각이 아니라는 것만 더 극명히 느끼게 돼.

비슷한 경험을 여러 번 해봤어. 내 것이 아닌 남의 현실을 지나쳐간 적이 몇 번 있었으니까. 그럴 때마다 이 씁쓸한 경험이 너한테는 얼마나 흔하고 또 힘든 일일지 상상이 갔어. 집에 있건 학교에 있건 혹은 길거리 상점에 들어가 있건, 아니면 친구들과 함께 있을 때조차—어떤 기준으로 봐도 네가 편안해야 할 환경에 있을 때조차—편안함을 느끼려고 얼마나 기를 써야 하는지 말이야. 그러면서 몇 번인지도 모를 만큼 수없이 나 자신에게 물었지. 자신의 현실에서 편안한 기분이 든다는 건 도대체 무슨 뜻일까?

아직도 그 질문에는 그럴듯한 대답을 해줄 수가 없구나. 오히려 나 자신에게 이런 질문을 던질 때마다, 답은 점점 더 미꾸라지처럼 빠져나가고 더욱 모호해진다는 기분을

떨칠 수가 없어. '내 현실은 뭘까?' '나는 어디에 속하지?'

어쩌면 묻는 걸 그만두는 게 좋을지도 몰라. 알고 보면 내가 끊임없이 고립감을 느끼게 한 건 바로 질문 자체, 출구도 없고 공연히 마음만 들쑤시는 고민인지도 모르고. 혹시 우리가 이런 질문을 던지길 멈춘다면 모든 것이 제자리를 찾을까? 우리도 제자리를 찾고 더이상 고민하지 않으며 그걸로 만족할까?

미안하구나. 인생의 의미니 뭐니 하는 골치 아픈 질문들은, 아빠가 뉴욕에서 보낸 메일을 열어보면서 기대한 얘기가 아닐 텐데. 아마 네가 가장 기대하는 건, 내가 당장 컴퓨터를 끄고 밖에 나가 너한테 선물할 멋있는 옷을 사러 다니는 거겠지. 당연히 네 선물도 살게. 네가 딱 좋아할 만한 걸 사서 돌아갈게. 하지만 먼저 이것만은 말해주고 싶어. 앞서 던진 질문들은, 내가 보건대 네가 아빠한테 준 선물들 중 하나라고. 네가 없었다면 아빠는 아예 저런 의문들을 품지도 않았을 거고, 최소한 이만큼 고민하지도 않았을 거거든. 그리고 맹세컨대, 그런 고민을 전혀 안 해본 사람이 되고 싶지는 않구나. 네가 느끼게 해준 경이로움은, 근본적으로 내가 가장 편안하게 느끼는 현실이라고. 어쩌면—이건 추측에 불과한데—그게 나를 너에게 묶어주기 때문이 아닐까 한다.

너무 어렸을 때의 일이라 너는 기억 못할 텐데, 오래전 아빠가 너를 데리고 뉴욕에 잠깐 들렀던 적이 있어. 네가 두세 살쯤 됐을 때였는데, 그때는 네가 우리에게 기적처럼 안겨진 활기 넘치고 사랑스러운 아이라는 것 말고는 너에 대해 아는 게 거의 없었단다. 쌍둥이빌딩이 폭격을 맞아 무너지기 전, 하늘을 배경으로 당당하게 우뚝 서 있을 때였지. 아직 아기인 네가 벌써 쓰디쓴 폭격을 맞아 녹다운된 상태라는 걸 엄마 아빠가 알기 전이었어. 세상이 무자비한 요청과 요구를 퍼부으며 달려들면, 너는 너무나 쉽게 무너지리라는 걸 모르고 있었어. 그런 폭격을 견디고 똑바로 서 있을 힘과 끈기가 네게 없다는 걸 몰랐던 거야. 아니, 이렇게 표현할게—힘은 충분히 있었어. 부족했던 건 그 힘을 언제, 어떤 식으로, 얼마나 써야 하는지에 대한 이해였어. 그래서 너는 무너졌어. 끊임없이 너를 공격하는 것처럼 느껴지는 이 세상과 마주한 너는, 너무나 혼란스럽고 괴로워서 그만 마비됐던 거야.

그랬던 네가 지금은 훤칠하고 근사한 청년이 되었고, 오늘 우리는 또다른 방식으로 이곳에서 함께하고 있다. 전세계 작가들이 모이는 문학 페스티벌에 아빠가 초청됐거든. 너에 대해, 그리고 이 책에 대해 강연해달라고. 솔직히 말할게. 아무리 내가 쓴 책이라 해도, 그리고 내 아들인 너에 대한 이야기라 해도, 사람들 앞에 나가 말하기란 쉽지 않구나. 이유는 간단해. 내가 이 책에 쓴 아이는 더이상 존재하지 않아서야.

시간은 흐르고, 책에 주인공으로 등장한 소년의 시간도 똑같이 흘러간다. 세월은 그 소년을 성장시켰지. 소년은 지적으로나 감정적으로나 모두 골고루 성장했어. 신체적으로는 말할 것도 없고. 그동안 새로운 관심사들도 생겼고, 또 새로운 어려움들도 겪었어. 소년은 어느새 청년이 됐단다. 그래서 지금 여기, 무대 뒤에서 대기중인 나는—아마 우리가 전화통화를 한 지 십 분도 안 지났을 거야. 아빠가 출장 간 걸 깜빡하고 네가 친구 집에서 자고 와도 되느냐고 전화를 걸었잖니—객석에서 강연을 기다리는 저 사람들은 지금의 네가 아닌 과거의 너에 대해 듣고 싶어한다는 걸 상기한다.

여느 부모들처럼 나도 너를 항상 보는 대로, 나날이 발전하는 모습으로만 생각한다. 하지만 다른 무엇보다 네 문젯거리들을 묘사한 이 책으로 너를 접한 많은 사람들은 네가 과거의 상태 그대로 있기를, 세상을 이해 못하고 또 세상에게 이해받지 못해서 힘들어하는 사랑스러운 소년으로 영원히 머물러 있기를 바라는 것 같더구나. 아니면 네가 씨름하던 그 문젯거리들이 지금쯤 분명 해결됐을 거라고 넘겨짚거나. 나한테 다가와 이렇게 말을 건 사람이 얼마나 많은지 너는 짐작도 못할 거야.

—아, 맞다. 선생님 혹시 그 문제가 있었던 아들을 두신 그분 아니십니까? 아드님은 어떻게 지내나요? 이제 다 괜찮아졌죠?

둘 중 어느 쪽이건, 사람들은 가장 듣기 편한 답을 기대하는 것 같더라—그동안 아무 변화도 없었으며 너는 여전히 그 심성 곱고 재치 번뜩이지만 마음은 여린 꼬마 가브리엘 그대로라고 믿거나, 아니면 마지막으로 이야기를 들은 이후 어느 정도 시간이 흘렀으니 네가 자라서 그 문제들을 '뒤로했을' 거라고 믿고 싶어해.

하지만 너도 알다시피 현실은 그렇지 않지. 마음 편한 대답이란 주로 어느 한쪽의 소망이 반영된 결과일 뿐. 평생을 다른 삶이 주어졌더라면 하고 소망하며 살아온 너보다 그걸 더 잘 알 사람이 어디 있을까.

지금 아빠는 미국 사람들이 '빅 애플'이라고 부르는 도시의 중심부에 있는 거대한 공원 근처의 어느 강연장에 다른 작가들과 나란히 서 있단다. 너도 한번 맛본 적 있는 사과야. 우리는 각각 간단히 인사말을 한 다음 자신이 쓴 책의 몇 구절을 낭독할 예정이야. 나 빼고 다들 프랑스나 미국에서 온 저명한 작가들인데, 그렇게 생각하니 갑자기 객석을 채운 200~300명의 청중이 너에 대한 소소한 이야기에 과연 관심을 가져줄까 마음이 쪼그라들기 시작한다. 불안을 떨치려고 나는 좀더 실질적인 문제들을 곱씹기 시작한다.

가브리엘이 친구 집에서 별일 없이 놀다 오고, 콜라랑 피자 사먹을 돈도 헨니가 잘 챙겨줬으면 좋겠군. 이런 생각을 하는데 마침 사회자가 오늘 프로그램의 문을 여는 첫번째 게스트인 미국 작가를 무대로 초대한다. 사랑과 전쟁을 소재로 한 역사소설을 쓴 베스트셀러 작가라는구나. 가브리엘이 친구들한테 또 속아넘어가서, 용돈을 죄다 걔네들 먹을 것 사주는 데 써버리지 않았으면 좋겠는데 말이야.

우정이란 것이 너에겐 아직 너무 새로워서, 최근에 사귄 친구들과 더 어울려 놀 수 있다면 너는 뭐든 하려고 들지. 안타깝게도 아빠가 보기에는 그 친구들이 너의 열성을 이용하는 것 같더구나. 주로 네 용돈을 탕진하는 식으로. 너는 천성이 놀랍도록 너그럽고 이타적인데, 친구들을 얻을 수 있다면 그 따뜻한 심성으로 가진 걸 아낌없이 내주려고 해서 문제야. 더이상 줄 게 없다는 것이 확인된 순간 친구라던 애들이 즉시 등돌리는 일을 여러 차례 겪었으면서.

생각만 해도 분노가 치민다. 뉴욕에서 장거리 간섭을 하고픈 충동이 치솟지만 이건 가브리엘이—다른 청년들과 똑같이—알아서 감당해야 할 문제라고, 남의 도움 없이 혼자서 경험하고 돌파해야 하며 이런 상황을 다루는 법을 직접 터득해야 한다고 나를 마지못해 꾸짖어 간신히 충동을 억누른다. 비록 네가 다른 청년들과 항상 똑같지는 않지만, 다른 청년들처럼 해야 한다고 네 머리에 새기고 또 새겨야 해. 왜냐면 넌 혼자 살아가는 법을 반드시 배울 테니까—배울 거고, 또 배워야만 하니까!

내가 그 얘기를 너한테 얼마나 여러 번 했는지 기억나

지? 계속 노력해야 하고 절대 포기해선 안 된다고 엄마 아빠가 기회 있을 때마다 잔소리한 것 기억나지? 왜 그랬냐면, 가브리엘, 세상은 너 같은 사람을 특별히 봐주거나 하지 않거든. 다른 사람들을 특별히 봐주지 않듯이. 그러니 자신을 세상에 적응시키는 법을 배워야 하는 것도 너고, 세상이 친절하게 대해주는 행복한 순간과 세상이 무관심하고 냉소적이고 괘씸하게 굴면서 너를 자빠뜨리는 훨씬 잦은 순간을 구별하는 법을 배워야 하는 것도 너야. 그 두 가지를 어떻게 구별하느냐고 내게 묻는다면—글쎄다, 나도 똑같이 네게 되묻고 싶구나. 왜냐면 그 질문의 핵심에는 이런 수수께끼가 있거든. '세상이 쓴맛만을 보여주려고 할 때 어떻게 하면 내면의 긍정을 유지할 수 있을까?' 3천 년에 걸친 철학적, 종교적 논의로도 풀지 못한 수수께끼란다—물론, 질문을 던지는 것 자체가 답이라면 이야기가 다르지만.

흥! 말은 쉽겠지. 최근 발표돼 뜨거운 논쟁을 불러일으킨, 미국 남북전쟁 시기의 동성애를 소재로 한 소설의 발췌 낭독을 막 끝낸 베스트셀러 작가에게 쏟아지는 청중의 박수갈채를 들으며 나는 속으로 자신에게 코웃음 친다. 혹시 마음 깊은 곳에서 가브리엘이 이미 패배를 시인했으면 어쩌지? 혹시 우리를 실망시키지 않으려고 그냥 괜찮은 척 지내는 거면 어쩌지?

지난 몇 년간 너는 걱정스러울 정도로 괜찮은 척하는 데

선수가 됐잖아, 가브리엘. 너의 가장 남다른 특질 중 하나였던 가식 못 떨고 거짓말 못하는 성격을 서서히 바꿔 이제는 일종의 생존전략 비슷한 걸로 발전시켰잖아. 절대 부응할 수 없을 것 같았던 요구와 기대를 네게 퍼부으며 돌진했던 바로 그 세상이, 지금은 다양하고 구미가 당기는 잠재적 해법을 제공하고 있어. 어디를 가도 이미 검증된 듯한 행동패턴이 예시로 제시되고, 그것을 너만의 것으로 만들어 잘 따라 하면 모든 것이 다 잘될 거라고 공허한 약속을 남발하지. 옷차림, 언어, 취미생활, 태도, 의견—세상은 기성의 행동패턴들로 가득차 있으니 그중 내키는 대로 골라 취하면 돼. 그것으로 모자라 대중문화가 끊임없이 제공하는 마취제와 마취상태는 자아실현으로 위장한 자기치료에 빠져들 그럴싸한 명분을 선사하고 말이야.

보통의 젊은이들에게는 마치 슈퍼마켓에 다양한 종류의 정체성이 진열돼 있어서, 그중 마음 가는 대로 골라 개인적 취향과 기질에 맞게 얼마든지 조합해도 되는 것처럼 보일 거야. 하지만 네게는 훨씬 무거운 것을 의미하지. 너에게 기성의 정체성이란 실존적인 탈출 루트, 남들과 같아지기 위해, 그리고 남들이 다 가진 걸 너만 안 가질 수 없기에 취해야만 하는 지름길 같은 거니까—가브리엘이 아니기 위해 취해야 하는 길 같은 거지. 너는 그것이 근본적으로 불가능한 일임을 어렴풋이 알고 있을 텐데도 네가 유일하게 아는 방법으로, 즉 '그런 척하는 것'으로 어떻게든 그

것을 성취하려고 노력해.

고백하는데, 아빠는 그것이 두려워. 가식이란 거짓을 듣기 좋게 포장한 말일 뿐이고, 거짓은 우리 인생의 영양분을 꿀꺽 삼킨 다음 어둠과 공허함, 두려움만 툭 뱉어내는 늪이야. 하지만 두려운 동시에 네가 너무 잘 이해된다. 그래서 네가 그런 노력을 하는 걸 응원하고 싶기도 해. 하지만 사랑하는 가브리엘, 차마 네가 너 아닌 다른 사람이 되는 것을 응원할 수는 없구나. 그건 거짓말이 상대방에 대한 배신인 것과 마찬가지로, 아주 근본적인 방식으로 너를 배신하는 일이 될 테니까. 그리고 나 자신에 대한 배신도 될 거야. 그래서 아빠는 네가 가브리엘이라는 것—고유하고 대체 불가한 가브리엘이라는 사람이라는 것—을 받아들이는 것만 응원할 수 있단다.

놀랍도록 젊은 프랑스 시인이 막 무대로 나갔다. 네 나이 또래로 보이는 저 시인은 분명 조숙한 서정성을 타고난 모양인데, 그녀의 시적 지향성은 영 파악을 못 하겠다. 영어로 옮긴 작품을 '쉬' 발음과 '흐' 발음이 난무하는 프랑스어 악센트로 낭송해서 잘 전달이 안 되는 것도 있겠지. 거기에 더해 지금 내가 대기중인 무대 측면에서 보이는 그녀의 왜소하고 생기 없는 품새가 무언가의 또렷한 부재로 다가오고, 또 그것이 자연히 너를 떠올리게 해서이기도 할 거야.

사실 이 젊은 시인에 대해서 아는 거라고는, 사회자가 소개한 대로 이미 시집 한 권을 발표했고 파리의 영향력 있는 비평가들에게 극찬을 받았다는 것뿐이야. 그런데 그녀가 그토록 손쉽고 재미나게 시의 재료를 쏙쏙 뽑아내는 영감의 보물창고가, 남들 같으면 다양한 인생 경험을 위해 따로 떼어뒀을 여유시간까지 몽땅 차지하고 있을 것 같은 예감이 왠지 든다. 컴퓨터 키보드와 시적 영감의 세계를 떠나 있으면 저 작가는 굉장히 지루할 거야, 아마. 나는 속으로 중얼거린다. 당연히 내 예감이 틀릴 수 있고, 편견 때문에 이런 생각을 하는 것일 수도 있어. 그걸 인정한다 해도, 저 작가가 살지 않기로 한 인생에서 나는 너의 갈망이 보이는 듯하다. 꽉 찬 삶이란 이런 것이리라 네가 상상하는 모든 경험에 대한 너의 채워지지 않는 갈증이 보이는 것 같아 안타깝다.

물론 그중 많은 부분이 여자친구, 섹스 그리고 사랑에 대한 갈증이겠지. 왜 아니겠니? 이런 면에서 너는 사랑과 쾌락이라는 미스터리에 흥분하고 겁도 먹은 채, 우물쭈물 앞으로 나아가는 다른 청년들과 별반 다를 것 없어. 그들 대부분이 살면서 우연히 만나는 그 경험들에 정도는 다르지만 보통 열린 마음을 가지고, 결과가 어떻게 되든 흥미가 당기는 대로 쫓아가볼 준비가 돼 있는 데 반해, 너는 머릿속의 임무수행표 항목을 체크하듯 하나하나 해치워간다는 느낌을 받을 때가 있어.

이 말을 하면서도 아빠는 가슴이 조마조마하다, 가브리엘. 혹시나 네가 내 말을 오해할까봐. 네가 사랑과 연애를 찾아 모험하는 방식에 문제가 있다는 게 결코 아니야. 오히려 그 분야는 규칙도, 정해진 안내서도 없는 게 특징이지. 사람들 간의 사회적 관계는 이루 말할 수 없이 복잡하며, 어디 쓰여 있는 것도 아니어서 학습이 거의 불가능한 법칙에 따라 이루어진다는 걸 네가 뼈저리게 의식하고 있음을 아빠도 알아. 그렇지만 그런 것에 휩쓸려 네가 무엇을, 어떻게, 또 얼마나 느껴야 하는지에 대한 가이드라인이 있다고 착각해서는 안 돼. 네 친구들이 '그것'을 어떻게 했는지 자세히 묘사하거나 아무리 떠벌려도, 너도 반드시 따라해야 하는 어떤 보편적인 공식에 대해 얘기하는 거라고 믿어서는 안 돼. 자기가 느끼는 감정은 누구도 선택할 수가 없단다—네가 누구보다 더 잘 알겠지. 감정을 누구보다 예민하게 느끼는 아이니까.

그렇다 해도 우리의 감정이 낳는 행동들에 대해 많은 부분을 우리 자신이 책임져야 하고, 따라서 선택을 내리기에 앞서 몇몇 기본 규칙들을 먼저 알아두면 좋을 거야. 하지만 이런 얘기도 너에게 딱히 해줄 필요가 없다는 걸 알아. 감정이 앞서게 내버려뒀다가, 즉 너무 행복하거나 화나거나 아니면 너무 자랑스럽거나 혹은 너무 슬퍼서—그것도 아니면 혼란스럽게도 그 모든 감정을 동시에 느껴서—충동에 따라 행동했다간 어떤 결과를 맞게 되는지 너도 충분히 겪어서 알고 있을 테니. 그리고 남들이 너한테 그와 같은 행동을 했을 때의 부당함도 세상 누구보다 잘 알 테고. 그런 치가 떨리는 대접을 받고 돌아온 날, 예를 들면 학교의 못된 녀석들이 여자애들한테 잘 보이려고 너를 두드려 패서 팔과 어깨에 피멍이 들어 돌아오거나, 아니면 친구라는 애들이 불러서 쇼핑몰에 나갔는데 그애들이 너를 있는 그대로 인정하기에는 자존감이 너무 낮아서 네게 면박 주고 창피 주는 걸로 자기들 기분을 해소한 날—비슷한 경우를 다 읊으려면 끝도 없고 마음이 너무 아프구나—아빠가 속으로 너를 얼마나 대견해했는지 모를 거다. 그런 일이 있을 때마다 너는 걔들이 왜 그리 잔인하게 구는지 영문도 모르면서 그냥 봐주고, 용감하게 씩 웃으면서 비하와 모욕을 아무것도 아닌 양 넘기며 걔들한테 한번 더 기회를 주곤 했잖니.

지금 무대에서 청중의 열띤 환호에 숙달된 당당함으로 화답하는 저 여성처럼, 젊은 나이에 문학적 명성의 무게를 지탱해내는 건 경탄해 마지않을 일인지도 몰라. 하지만 누가 내 의견을 묻는다면 네가 매일매일 한결같이, 그것도 무대에서 야유받을 위험을 너무 자주 감당하면서, 조금의 주저함 없이 인생을 살아가는 것에 비하면 저건 아무것도 아니라고 아빠는 말하겠다.

우리의 이름을 호명하는 소리가 들린다. 놀이터에서 놀

다가 뭔지 모르지만 말썽을 부린 게 탄로 나서 교장실에 불려가는 기분이다. 당연하지만, 초조하고 긴장된다. 컴퓨터 화면 뒤에 숨어 너에 대해 글을 쓰는 건 쉽지만, 수백 쌍의 눈이 집중되는 무대에서 너에 대해—우리에 대해—이야기하라고 하면?

그래, 까짓거! 네가 할 수 있으면 아빠도 할 수 있어. 게다가 더 좋은 건, 너에 대해서 실컷 얘기할 수 있다는 거야. 오늘 이 무대는 오롯이 네 얘기만 하는 자리야. 그러니 잘 들어보렴.

나는 먼저 너의 문제들과 어떤 증상들이 주로 어느 범주에 들어가는지 설명하면서 강연의 문을 연다. 이어서 의사에게 내 아들이 평생 짐이 될 문젯거리들을 안고 태어났으며, 안타깝게도 그들—의사들—이 실질적으로 도움이 될 조언을 해줄 수 없다는 소리를 듣는 기분을 이야기한다. 의사들은 네 문제의 정확한 원인도 짚어주지 못했고, 그 문제들 때문에 네가 겪을 어려움이 어느 정도가 될지도 말해주지 못했다고. 그들이 확신을 가지고 말한 건 네 문젯거리에 이름이 있다는 것뿐이었고, 그래서 그들은 네게 소위 진단이라는 걸 내렸다고.

당연히 진단은 충격으로 다가왔어. 아마 뭔가 잘못됐음을 미리 감지한 네 엄마가 나보다는 충격을 덜 받았을 거야. 아빠는 어땠냐면, 내 아들한테 잘못된 부분이 있다는 걸 절대 받아들이지 않으려 했던 것 같아. 대신에 네가 너에게 맞는 페이스로 너에게 딱 적당한 시기에 발달 과정을 거칠 거라고, 또 결국에는 다 잘될 거라고 스스로를 위로했어. 인내심을 갖고 기다리면 될 일이라고, 시간에 따른 자연적인 성장이 알아서 하도록 내버려두면 될 일이라고 억지로 믿었어. 그러다 진단을 받고 나니, 그렇게 부정하는 게 다 부질없어지더라.

진단. 그 단어를 머릿속에서 얼마나 이리저리 뒤집어봤는지 너는 모를 거야. 그게 뭘 뜻하는지, 너에게, 그리고 우리에게, 우리 가족 전체에게 어떤 미래를 의미하는지 이해하고 받아들이려고 무진 애를 썼어. 그러다 나중에는 너처럼 심층적이고 전반적인 문제를 안고 태어난 경우에는, 진단을 받는 게 자식 잃은 엄마나 아빠가 자식의 묘지를 찾아가는 것과 여러 면에서 흡사하다는 생각이 들었어.

어쩌면 이 비교가 너무 극단적이고 심지어 잔인하다고 느낄지도 몰라. 하지만 내가 하려는 말은 어떤 확정성, 일종의 뚜렷함이 있다는 점에서 흡사하다는 거야. 죽은 이의 묘는 비통함과 상실감을 안고 찾아가는 구체적인 장소잖아. 하지만 묘는 그 정도밖에는 더 줄 게 없지. 죽은 아이를 부모에게 돌려주지도 못하고 이런 악몽 같은 일이 왜 일어났는지, 어떻게 하면 받아들이고 살아갈 수 있는지도 알려주지 않아.

바로 그런 점에서 너의 진단과 비슷해. 아무것도 해결해주지 못한다는 것. 네가 남들과 같아지게 해줄 수도 없고,

너의 신경생물학적 회로에서 어떤 연결부분이 남들과 다르게 작동하는지도 설명해주지 못해. 왜 옆 동네 재가 아니고 우리 가브리엘이 이런 병을 떠안았는지 말해주지도 않고, 너의 이런 문제들을 안고 네가, 그리고 우리가 어떻게 살아가면 좋을지 알려주지도 않아.

그럼 진단이 무슨 소용이냐고? 그런 의문이 생기는 것도 당연해.

미안하다, 가브리엘. 이번에도 대답해줄 수가 없다. 진단을 가지고 할 수 있는 유일하게 쓸모 있는 일은, 네 문제들의 정체를 알아내는 거야. 그런다고 문제들이 사라지지는 않아. 그저 남들과 대화할 때 정확한 병명을 댈 수 있을 뿐. 바라건대 네가 왜 그런지 다른 사람들이 이해할 수 있게 해줄 이름.

우리, 이 얘기 했었지. 이름이 얼마나 중요한지에 대해서. 우리가 어떤 대상에 대해 말할 때 세상에 질서를 부여해주는 게 이름이라고 했잖아. 우리가 무슨 얘기를 하고 있는지 파악하게 해주는 것이 이름이라고.

몇 년 전 네가 바로 그 점을 너만의 방식으로 내게 설명해준 적도 있었어. 아마 네가 열 살 내지 열두 살쯤이었을 거야. 진짜 인디언이 뭔지에 대해 자기가 알 건 다 안다고 확신하는 그런 나이지. 그날 너는 유난히 초롱초롱한 눈으로 내게 오더니 이렇게 물었어.

―있잖아, 아빠. 아빠한테 진짜 인디언인 친구가 있다면

가끔씩 전화해서 어떻게 지내는지 물을 거야?

네가 내 마음이 얼마나 따뜻한지 알아보려는 거라고 순진하게 넘겨짚은 아빠는, 그 인디언 친구가 나와 친한 친구라면 당연히 때때로 전화를 걸어 안부를 물을 거라고 망설임 없이 대답했어.

그러자 자기가 특정 이름의 의미를 제대로 이해했고, 그래서 이번에야말로 아빠보다 언어적 우위를 차지했다고 여겨 의기양양해진 너는 볼이 당길 정도로 활짝 웃으며 대꾸했어.

—아니지. 아빠 친구가 진짜 인디언이라면 집에 전화기가 없을 텐데!

이 일화를 이야기하자 관객석에서 잔잔한 웃음이 터져 나온다. 웃음이 잦아든 틈을 타 나는 이 책을 왜 너에게 헌정했는지, 어째서 이런 형식으로, 즉 긴 편지의 형태로 썼는지 설명하면서 책 소개를 마무리한다.

편지 형식을 택한 이유는 무엇보다도 너의 본모습을 왜곡하지 않을 형식, 훗날 네가 이 편지를 읽어볼 때가 왔을 때 아빠가 네 눈을—그리고 거울 속의 나를—당당히 마주할 수 있게 해줄 글의 형식을 찾아야 했기 때문이라고 설명한다. 네가 오해받았다고 느끼거나 너무 까발려지고 세상에 배신당한 기분이 들 여지가 없기를 바랐고, 그래서 혹여 네게 상처가 되거나 너무 자극적이고 부적절하고 야

비하게 비칠 수 있는 건 전부 경계해야 했어. 그뿐 아니라 숨김없이 솔직한 태도로 이야기하게 해줄 형식, 그리고—딱 필요하다 싶은 정도로—나 자신의 못난 면을 드러낼 수 있는 형식이 필요하기도 했어. 현실을 미화하거나 이상적인 것으로 왜곡할 위험이 있는 형식은 피해야 했어. 그렇게 만드는 건 너와 네 문제들을, 혹은 나 자신을 진지하게 여기지 않는 것과 마찬가지가 될 테니까. 다른 형태의 배신인 거지.

오랫동안 이런저런 형식으로 글을 써보며 실험해봤지만 영 뜻대로 풀리지 않았고, 그러다 결국 네게 편지를 써보기로 결심했단다. 아빠가 아들을 대상으로 남에게도, 특히나 모르는 사람들에게도 읽힐 편지를 쓴다면 감히 상처줄 내용을 쓴다거나 피상적으로, 엉터리로는 쓰지 못할 거라는 계산이었어. 그 점에서 내가 성공했는지 아닌지는 최종적으로 너만이 평가할 수 있겠지.

이제 발췌 낭독을 할 순서가 왔다. 여러 번 해봤지만 여전히 가장 피하고 싶은 순간이야. 너에 대한 이야기이고 너에게 하는 말인데, 생판 모르는 남들과 공유하기에는 너무 사적인 내용인 것 같아서 그래.

하지만 동시에—조금도 모순된다는 느낌 없이—낭독시간이 기대되기도 해. 왜냐하면 책을 들고 마이크 앞에 서서 내가 쓴 문장을 내려다보는 순간(비록 보지 않아도 줄줄 읊을 정도로 머릿속에 다 들어 있지만) 네가 피부로 느껴질

만큼 진짜처럼 내 앞에 나타나서, 우리가 무대에 함께 서 있는 것 같거든.

나는 읽으려고 미리 골라놓은 페이지를 펼치고, 마음속으로 손을 내밀어 네 손을 잡는다. 그 손에서 전해지는 든든함과 격려를 느끼며 책을 읽기 시작한다.

낭독을 마치고 책을 덮은 나는 청중에게 들어주셔서 감사하다고 인사한다. 불편해질 정도로 살짝 긴 정적이 흐른다. 한 박자 후 박수가 터진다. 하지만 내가 기대한 열광적인 박수가 아닌, 어딘지 억제된 박수다.

사회자가 나를 들여보내고 마이크 앞에 서더니 왠지 머뭇거리면서, 마지막 게스트인 다음 작가는 소개가 필요 없는 분이라고 말한다. 미국 문학의 거장으로 추앙받는 나이 지긋한 여성인데, 누가 봐도 오늘 행사의 주인공이다.

손으로 만져질 듯 빽빽한 침묵이 내려앉은 가운데 마지막 연사가 무대 중앙으로 걸어나온다. 그녀는 준비해온 원고를 들고 어떻게 할까 고민에 빠진 듯 가만히 서 있고, 침묵이 길어진다. 그러더니 그녀는 우리에게—그러니까 가브리엘 너와 나에게—최고의 찬사를 보낸다. 한참을 들여다보던 강연 원고를 연단에 내려놓고, 청중을 바라보며 확고한 어조로 이렇게 말한다.

—생각해봤는데, 우리 모두 공원에 나가 인생에 대해 잠시 생각해보는 게 좋을 것 같습니다.

그렇게 해서 아빠는 지금 여기 공원 벤치에 앉아, 원래 의도했던 것보다 훨씬 길어진 이 메일을 마무리짓고 있단다. 여기는 밤이 늦었고, 그러니 네가 있는 곳은 이른아침이겠지. 그럼 오늘 이 편지를 읽을 시간은 충분하겠구나.

좋은 하루 보내렴, 아들아. 곧 얼굴 보자.

아빠가 여기서 힘껏 안아줄게.

덧붙이는 말

자폐증과 ADHD

이 책에서 '문제들'이라 칭한 것은 각각 비전형자폐증atypical autism과 ADHD로 진단받은 증상들입니다.

자폐증은 ('자기 자신'을 뜻하는 고대 그리스어 '아우토auto'에서 나온 용어로) 소위 전반적 발달장애에 속합니다. '전반적'이라 칭하는 이유는 의사소통 능력이라든가 다른 사람과의 상호작용을 이해하는 능력 등 살아가는 데 결정적인 기능들에 영향을 미치며, 또한 맥락과 정황을 막론하고 모든 행동에 영향을 주기 때문입니다. 정확한 원인은 알려지지 않았으나, 학자들은 대부분 자폐가 신경계의 비정상적인 발달로 인해 특정 두뇌활동이 보통 사람과 다르게 일어나기 때문에 발생하는 것으로 보고 있습니다. 미국 정신의 학자 레오 캐너Leo Kanner가 그러한 발달장애를 겪는 이들을 칭하는 별개의 진단명으로 '자폐'라는 용어를 처음 사용한 이래 60년 넘게 지났음에도, 어째서 그리고 어떻게 자폐가 발생하는지는 아직 아무도 밝혀내지 못하고 있습니다—개중에 비교적 그럴듯한 이론이 몇 개 나온 정도입니다. 그뿐 아니라, 자폐 진단 기준에 부합하는 아동들이 보이는 발달과 행동패턴이 서로 너무도 달라서, 그들의 병에 단 하나의 공통된 원인이 있다고 보는 것은 말이 안 된다고 주장하는 학자들이 많습니다. 그들의 기능장애에 아마도 여러 가지 서로 다른 원인들이 작용했을 것이며, 그 원인은 아동마다 각기 다를 거라는 주장입니다. 많은 자폐아동들이 (최대 70퍼센트까지) 정도가 약하거나 심각한 정신장애도 가지고 있습니다.

자폐의 원인은 거의 대부분이 밝혀지지 않은 채로 남아 있지만, 가장 중요한 특징들은 이제 많이 알려졌습니다. 자폐증은 기본적으로 사회적 관계와 상호작용에 대한 이해 능력의 결핍입니다. 어느 학자는 이렇게 표현했습니다. "자폐는 [무엇보다도] 자기 자신과 타인 혹은 타인들이 동일한 것에 대해 이야기하고 있다고 상정하지 못하는 병이다. 그래서 그들에게는 거의 대부분의 사회적 상황이 예측 불가하며, 따라서 무서운 것으로 인식된다." 미국과학원은 자폐가 "사회적 상호작용, 생각과 감정을 표현하는 능력, 상상력 그리고 타인과 관계를 정립하는 능력 등 인간의 기본적인 행동에 영향을 주는 병"이라고 설명한 바 있습니다.

'비전형자폐증'이라는 특정 진단명은, 이를테면 '소아자폐'처럼 다른 자폐증의 진단 기준에 충분히 부합하지 않는 경우에 부여됩니다. 예를 들어 '정형화되고 반복적인 행동'이라는 기준에 부합하지 않으며, 따라서 충분한 근거를 토대로 진단을 내릴 수 없는 경우가 이에 해당합니다.

자폐증이 있는 사람은 상대방이 무슨 말과 행동을 하는지, 또 왜 그러는지 이해할 능력이 결핍되어 있어서 사회적 상호작용에 심각한 어려움을 겪는다는 데는 의견 일치가 이루어진 상태입니다. 자폐인은 다른 사람의 생각이나 개념에 공감하지 못하거나 혹은 그렇게 해야 할 필요 자체를 못 느낍니다. 그래서 그들은 모든 종류의 사회적 상황에서 중대한 어려움을 겪게 됩니다. 왜냐하면 두 사람 혹은 그 이상이 학교 수업이나 게임 또는 길거리에서 나누는 가벼운 대화에 동등한 입장으로 함께한다고 할 때, 자신들이 참여하고 있는 상황에 대한 공통의 이해가, 최소한 그 순간 그곳에서만이라도 이루어지는 것이 중대한 기본요건이기 때문입니다. 어느 한쪽에게 그런 이해가 불가능할 경우, 그 사람은 조각상에 대해 이야기하는 사람들 무리에서 홀로 맹인이 되는 꼴이지요. 다들 눈앞의 조각상이 어떤 색이며 어떤 형태인지 이야기하는데, 맹인은 조각상을 만져본 느낌이 어땠는지밖에 할말이 없거든요. 그 맹인은 남들이 하는 얘기를 어떻게 이해할 것이며, 또 다른 사람들은 그가 하는 얘기를 어떻게 이해할 수 있겠습니까? 양측이 각각 다른 조각상에 대해 말하는 것이나 마찬가지겠죠.

아이들에게 자폐를 쉽게 이해시키기 위해 들 수 있는 또 다른 비유는, 한 캐나다 소년이 200년 전 어느 외진 중국 마을로 시간여행을 갔다고 상상해보라는 것입니다. 소년은 중국인들이 서로에게 혹은 자신에게 하는 말을 전혀 못 알아들을 테고, 중국인들도 소년이 대체 무슨 말을 하는지 이해하지 못할 겁니다. 이 마지막 부분이 특히 중요한데, 자폐증을 앓는 사람이 겪는 이중의 어려움을 잘 보여주기 때문입니다. 자폐인은 다른 사람이 하는 말이나 행동을 항상 이해하지는 못할 뿐 아니라, 그가 남들의 말과 행동을 이해 못한다는 점을 사람들이 종종 고려하지 못하기 때문에 자폐인 자신도 오해받기 일쑤입니다. 그래서 사람들은 자폐인이 자기들보다 지능적으로 떨어진다고 치부해버리곤 하지요.

하지만 자폐는 지적 능력과 아무런 상관이 없습니다. 보통 사람들과 마찬가지로 자폐인들 중에는 천재적인 사람도 있고 또 심각한 지적 장애가 있는 사람도 있습니다. 그뿐만 아니라 언어능력이 완전히 결핍될 정도로 심각한 수준의 자폐에서부터 아주 약한 증상만 보이며, 따라서 정상적으로 생활하는 사람들과 거의 행동의 차이가 드러나지 않는 자폐까지, 증상이 워낙 광범위합니다. 그래서 학자들은 자폐의 다양한 형태와 정도에 따른 큰 차이를 포괄하기 위해 '자폐스펙트럼'이라는 용어를 사용하고 있습니다.

그런데 책이나 영화 중에는 자폐증이 있는 사람들이 증상은 증상대로 보이면서, 다른 한편으로는 그들 모두 '백치 천재'인 것처럼 대중이 오해하도록 조장하는 작품이 많습니다. 자폐인 모두가 음악이나 수학, 천문학 등 특정 분야에서 매우 드물고 천재적인 재능을 타고난 양 덧칠하는 겁니다. 그러잖아도 베일에 싸인 부분이 많은 병에 베일 한 꺼풀을 더하는, 근거 없는 통념입니다—자폐인 중 다수가 유독 특정 분야에 열정을 보이고, 특정 재능이 발달하는 건 사실이라 할지라도 말입니다.

자폐가 처음 사회적으로 이슈가 되기 시작했을 무렵, 사람들은 냉담하고 애정을 주는 데 인색한 엄마 때문에 아이가 자폐증에 걸린다고 믿었습니다. 현재 전문가의 절대다수는 그러한 시각을 완전히 잘못된 것으로 보고 있습니다. 대신 그들은 자폐증의 기본적 특성을 철저히 파악해 기록하고, 자폐증이 어떻게 진행되는지에 대한 설명 모델을 만드는 데 초점을 맞춰왔습니다.

자폐인이 쓴 책 중에 자폐가 '치료될 수 있는 병'임을 암암리에 내비친 경우가 더러 있습니다. 그것은 사실이 아닙니다. 그렇게 주장하는 것은 위험합니다. 자폐아동의 부모가 자녀를 돕는 데 집중하는 대신 비현실적인 기대를 갖도록 유도하기 때문입니다. 물론 언급한 그 작가들도, 자폐증이 있어도 얼마든지 학습과 자기 훈련을 통해 자신의 삶에

해를 덜 끼치는 방식으로 살아가는 것이 가능하다고 말할 권리가 있습니다. 이 분야에 경험이 많은 한 전문가는 이렇게 말했습니다. "자폐는 나이를 먹으면서 증상이 완화될 수도 있는 평생 장애다. 이는 특정 메커니즘이 장기간 유예되어 있다가 기능하기 시작하기에, 그에 따라 영구 손상을 피했기 때문일 수도 있다." 이에 대해 우선, 중증 자폐가 있는 것으로 보였던 미취학 아동이 청소년기와 성인기에 들어서는 훨씬 가벼운 증상을 보이는 경우가 있다는 몇몇 연구 결과가 있습니다. 하지만 그렇다 해도 그런 '호전'마저 다수의 자폐인들에게는 실현 가능성을 벗어나 있으며, 대부분은 정상적인 삶에 근접하는 것조차 불가능할 정도로 심각한 장애를 안고 살아갑니다. 반대로 중증 자폐와 발달장애가 있는 이들도 필요한 도움과 지지를 받는다면, 주변 환경과 관계를 맺고 교류하며 살아가는 것이 가능해질 수도 있습니다.

ADHD는 '주의력결핍과잉행동장애'를 뜻하는 용어입니다. ADHD가 있는 사람은 일정 시간 동안 한 가지 문제에 주의를 집중하기 힘들어하고, 몸을 한시도 가만히 두지 못합니다—그러한 증상을 종종 '과잉행동hyperactivity'이라고 합니다. 더불어 ADHD는 분노와 공격성이 수반될 때가 많으며, 부주의와 충동적 행동을 야기하기도 합니다. ADHD는 자폐와 마찬가지로 신경학적 발달장애나 손상에 기인하지만 지적 능력과는 무관합니다.

자폐스펙트럼 진단을 받은 사람 중 극히 일부만이 ADHD 진단도 함께 받습니다. 그런데 진단 기준을 들여다보면, 자폐 진단은 ADHD를 배제하도록 되어 있습니다. 임상실험 결과를 보면 자폐인들 중 다수가 ADHD와 연관된 문제들을 가지고 있는데도 말이지요. 두 집단이 겹치는 경우가 많은데도 불구하고, ADHD는 자폐스펙트럼의 일부로 간주되지 않고 있습니다.

최근의 연구를 보면 인구 1만 명당 자폐인이 60명 정도에 이른다고 합니다. 이는 캐나다에만 20만 명의 자폐인이 있으며, 세계적으로는 1천만 명에 달한다는 얘기입니다.

ADHD를 앓는 인구의 수는 그보다 더 많습니다. 전체 인구의 5퍼센트 내지 6퍼센트가 ADHD라고 추산되며, 이는 캐나다로 따지면 많게는 200만 명에 달하는 수치입니다. 더 정확히 표현하면, 200만 명의 독특하고 비범하며 남다른 사람들이 그곳에 살고 있다는 뜻입니다.

옮긴이 **허형은**
숙명여자대학교를 졸업하고 현재 전문 번역가로 활동중이다. 옮긴 책으로 『광기와 치유의 책』 『미친 사랑의 서』 『모르타라 납치사건』 『토베 얀손, 일과 사랑』 『삶의 끝에서』 『모리스의 월요일』 『빅스톤갭의 작은 책방』 『생추어리 농장』 『범죄의 해부학』 『세상에서 가장 자유로운 도시, 암스테르담』 등이 있다.

디어 가브리엘
언젠가 혼자 남을 자폐증 아들에게 보내는 아버지의 편지

초판인쇄 2020년 4월 22일
초판발행 2020년 4월 29일

지은이 할프단 프레이호브 | 옮긴이 허형은 | 펴낸이 염현숙

책임편집 정현경 | 편집 고아라 원보름 이연실
디자인 강혜림 | 저작권 한문숙 김지영 이영은
마케팅 정민호 이숙재 양서연 박지영
홍보 김희숙 김상만 오혜림 지문희 우상희 김현지
제작 강신은 김동욱 임현식 | 제작처 더블비(인쇄) 중앙제책(제본)

펴낸곳 (주)문학동네
출판등록 1993년 10월 22일 제406-200-000045호
주소 10881 경기도 파주시 회동길 210
전자우편 editor@munhak.com | 대표전화 031) 955-8888 | 팩스 031) 955-8855
문의전화 031) 955-3578(마케팅) 031) 955-1910(편집)
문학동네카페 http://cafe.naver.com/mhdn | 트위터 @munhakdongne
북클럽문학동네 http://bookclubmunhak.com

ISBN 978-89-546-7150-7 03850

* 잘못된 책은 구입하신 서점에서 교환해드립니다.
기타 교환 문의: 031) 955-2661, 3580

www.munhak.com